KB097132

돌림판 작가 허아른의 소설 분투기

주제는 랜덤 결과는 미스터리

돌림판 작가 허아른의
소설 분투기

허아른 소설가

고즈넉
이엔티

차 례

➤ 안녕, 세븐틴 7

➤ 프랑스 인형과 여행하는 남자 18

➤ 마시멜로는 28개 34

➤ 소녀가 고민하는 건 아빠 때문 41

➤ 얼음 귀신을 모시는 아이들 51

➤ 12시의 신데렐라 69

➤ 노 리스크, 하이 리턴 77

➤ 겨드랑이 도둑 87

➤ 사랑의 바바리-갓 97

➤ 생명의 유통기한 109

➤ 빨간 마스크 챌린지 117

➤ 알고 지내는 마을 124

➤ 그들은 때때로 돌아온다 136

➤ 깨물어주고 싶어 149

➤ 따뜻한 홍차를 타놓고 기다릴게 157

➤ 인식 너머의 살인자 162

➤ GAME OVER 188

➤ 그 후로 장롱은 열리지 않았다 197

➤ 담쟁이는 오른다 204

➤ 야곱의 사다리 212

➤ 애매한 히어로 228

➤ 눈치 없는 로맨스 238

➤ 부끄러운 죽음은 싫어 242

➤ 그 집의 크리스마스트리는 핼러윈 한정 246

➤ 종이 빨대는 좋아하세요? 263

➤ 백묵을 쥐는 손 272

➤ 물가에 선 아이 283

➤ 자살해서 죄송합니다 289

안녕, 세븐틴

2024년 1월 1일. 소년이 죽었다. 이건 특별할 것이 없다. 늦든 빠르든 사람은 죽는다. 자살이었다. 이것도 특별할 것이 없다. 청소년의 사망원인 절반이 자살이다. 시신은 자택 욕조에서 발견되었는데, 전라로 물속에 잠겨 있었다. 이건 좀 특별하다. 왜냐면, 소년은 동맥을 그어 자살한 것이 아니기 때문이다. 음독자살이었다.

"독의 종류는 뭐였나요?"

"의사의 소견으로는 아세틸콜린일 가능성이 높다고 합니다."

"…농약?"

"아마도 그렇겠죠. 빈 농약병도 발견되었고요."

이것도 그렇게 특이하지는 않다. 나는 수사관에게 다시 물었다.

"유서가 있었나요?"

"예."

"제1 발견자는?"

"같이 사는 삼촌입니다."

다시 서류 쪽으로 눈을 돌렸다. 제1 발견자가 시신을 발견한 시각은 1월 1일 저녁 8시. 경찰이 도착한 시각은 그로부터 한 시간 뒤였다. 시신은 미지근한 물 속에 잠겨 있었다. …미지근한 물?

"사망 추정 시각은?"

"발견 시각으로부터 최소 세 시간 전으로 추정됩니다."

경찰이 도착했을 때는 아무리 빨라도 사망 네 시간 후였다는 이야기가 된다.

"한겨울인데 네 시간 동안 물이 식지 않았다?"

"욕실 온도 자체가 상당히 높았다고 합니다. 별도의 온열 설비가 되어 있어서요."

다시 사망한 소년의 서류에 눈을 돌렸다. 양친은 이미 오래전에 사망했고 후견인인 삼촌과 동거 중. 학교 성적은 엉망. 교우관계는 원만. 우울증으로 병원 치료받은 이력 있음. 출생은 2007년 1월 1일… 1월 1일. 그러니까, 소년이 죽은 날은 생일이기도 했다.

상상해보자. 우울증을 앓고 있는 소년이 열일곱 살 생일을 맞아 농약을 원샷 한다. 그리고 침착하게 옷을 벗고 욕실로 들어가 따뜻한 물속에 몸을 눕힌다. 대사를 촉진해 독이 더 빨리 퍼지도록? 성적에 비해 꽤 머리가 좋은 편인가? 그래도 뭔가 마음에 들지 않는다.

"저녁 식사는… 역시 미역국이었겠죠?"

"예."

수사관이 보고서를 내민다. 위장에 남아있던 음식물은 미역, 덜 익은 소고기… 덜 익은? 뭐 어쨌든, 미역국이겠지. 소화 상태로 보아 식사를 한 것은 사망 한 시간 전 정도.

"미역국은 삼촌이 끓였나요?"

"예."

"삼촌이 미역국에 농약을 넣었을 가능성은?"

"타살 가능성 말씀이죠? 없습니다. 사망자 스스로 농약을 구입한 흔적이 있었고, 뭣보다 농약이라는 게 냄새가 심하니까요. 몰래 넣었더라도 바로 알아차렸을 겁니다."

삼촌 쪽의 신상 보고서를 들여다보았다. 독신에 재산은 그럭저럭. 직장이나 교우관계에서 특별한 문제 없음. 아버지는 병사. 어머니와의 관계는 매우 좋지 않음. 돈 많은 형이 있었지만, 십 년 전 형수와 함께 여행을 떠났다가 선박 사고로 사망.

그 후 유산 분배 과정에서 소송… 소송?

"이 소송이라는 건…."

"유서 때문에 발생한 소송입니다."

십 년 전, 부부는 선박 사고로 함께 사망했다. 사고 후 유언
장이 발견되었다. 거기에는 재산 분배에 관한 내용도 들어있었
는데, 동생에게 재산의 절반을 물려주기로 되어 있었단다. 하
지만 이 유언장은 법정에서 결국 무효로 판정되었다. 동생은
소송을 걸었지만 결국 패소했다. 이후 부부의 재산은 모두 자
식에게 상속되었다.

"무효가 된 이유는 뭐였나요?"

"날짜를 잘못 적었다고 합니다."

"날짜?"

"예, 2014년인데 2015년으로 적었다더군요. 사망 이후의
날짜로 유서를 쓴 셈입니다."

그렇군. 유언장이 법적으로 인정받기 위한 요건은 생각보다
까다롭다. 정확한 날짜, 인적 사항, 자필 수기, 인감이나 지장
날인 중 하나라도 잘못되어 있으면 인정받지 못한다. 그렇다면
이 삼촌이란 사람은 형의 어처구니없는 실수 때문에 상당한 재
산을 조카에게 빼앗긴 셈이다. 원한이 있을 수도 있겠다. 아니,
꽤 깊을지도….

"주변 인물들 증언은 어떤가요?"

"대체로 비슷합니다. 사망자가 평소 우울증을 심하게 앓고 있었다거나, 자살했다는 소식이 그리 놀랍지 않았다거나…."

"무슨 고민이 있었던 것 같다거나 하는 그런 이야기는 없나요?"

"…그러고 보니 열일곱 살이 되고 싶지 않다는 말을 들었다는 친구가 있었습니다만…."

열일곱 살이 되고 싶지 않아… 이건 또 뭔가. 열일곱 살이 되고 싶지 않아서 우울증을 앓던 소년이 마침내 열일곱 살 생일을 맞아 미역국을 먹고 한 시간 정도 쉰 후, 농약으로 티타임을 가진다. 그리고 욕조에 들어가 따뜻한 물에 몸을 눕힌다… 엉망이다. 챗GPT가 쓴 소설 같다.

"가족관계에 대한 증언은 없나요?"

수사관은 잠시 얼굴을 찌푸리더니 대답했다.

"특별한 건 없었습니다."

"특별한 게 없는 건가요? 아예 없는 게 아니고?"

"…아예 없습니다."

그런가. 그건 좀 이상하다. 좋든 나쁘든 가족이라면 밖으로 나도는 이야기가 있어야 한다. 가족에 대한 이야기를 터부시한 게 아니라면 뭐라도 에피소드가 있을 법한데. 예를 들어 유언장 재판 이야기라던가… 유언장, 유언장?

"유언장엔 뭐라고 써 있었죠?"

"예? 그… 동생에게 재산을….'"

"아니 그거 말고요. 이 소년의 유언장 말입니다."

"아 예, 그게….'"

수사관은 다시 얼굴을 찌푸렸다.

"삼촌에게 재산을 물려준다는 내용이었습니다."

"날짜는 정확히 써 있었나요?"

"네, 정확합니다. 자필도 확실하고요."

다시 정리해보자. 열일곱 살이 되고 싶지 않아서 우울증을 앓던 소년이 마침내 열일곱 살 생일을 맞았다. 미역국을 먹고 한 시간 정도 쉰 후, 농약으로 티타임을 가지며 유언장을 쓴다. 유언장의 내용은 삼촌에게 재산을 물려준다는 것. 그다음엔 욕조에 들어가 따뜻한 물에 몸을 눕힌다… 이런 말도 안 되는….

…잠깐만.

어, 어라? 왜지? 잠깐만, 늦었잖아?

"사, 사망 추정 시각 좀 다시 얘기해줄래요?"

"최소 세 시간입니다. 따뜻한 물 속에 꽤 오래 있었기 때문에 정확한 추정은 어렵다고 합니다."

"최대는?"

"예?"

"최대 몇 시간?"

"최대… 48시간입니다."

"그렇다면, 그 전날 죽었을 가능성도 있겠죠?"

"어… 예… 물리적으로는 그렇습니다만… 그건 어째서…"

그래, 그거다. 어쩌면 지금까지, 완전히 착각하고 있었을지도 모른다. 나는 수사관에게 다급하게 물었다.

"수사관님 지금 나이가 49세죠?"

"예… 그런데요?"

"만약 수사관님이 50세가 되는 게 죽기보다 싫어서 자살을 결심했다고 칩시다."

"아뇨 전 그렇지…."

"일단 그렇다 치자고요. 만약 그렇다면 언제 죽겠습니까?"

"예? 그야 50세가 되기 전에…."

"가장 이상적인 날짜는 생일 전날이겠죠?"

"예, 예."

"그런데 이 소년은 대체 왜 열일곱 생일까지 기다렸다가 죽었을까요? 말이 안 되지 않습니까?"

"그렇긴 하지만 실제로…."

"실제로는 그 전날에 이미 자살한 게 아닐까요?"

"하지만 유서의 날짜가…."

"날짜를 틀렸다면요?"

"자기 아버지처럼 말입니까? 아무리 그래도 대를 이어 그런 실수를 할 리가 없지요. 게다가 2023년 12월 31일을 2024년

1월 1일로 착각할 리는 없지 않습니까?"

나는 입을 꽉 깨물고 고개를 세차게 저었다.

"착각이 아니라 고의로 틀린 겁니다. 정확히는, 미리 써둔 겁니다. 2024년 1월 1일 시점으로."

"어째서요?"

"유언의 능력이 법적으로 인정되는 건 열일곱 살부터니까요. 2023년에 쓰면 무효가 되는 겁니다. 2024년 1월 1일은 유언이 인정되는 가장 빠른 날이라고요."

"…?"

다시 상상해보자. 형이 유언장에 날짜를 잘못 쓴 바람에 조카에게 상속분을 빼앗긴 삼촌. 그 삼촌이 조카를 키운다. 언젠가 조카에게 다시 재산을 상속받기 위해. 그런 관계이니 집에서 이렇다 할 대화가 있을 리 없다. 삼촌은 한 번 유언장 효력 문제로 쓴맛을 본 터라, 결격 없는 유언장 확보에 더 집착하게 된다. 게다가 우울증에 시달리는, 언제 자살해도 이상하지 않은 조카의 상태도 문제다. 그래서 유언능력이 발휘되는 최대한 빠른 시점으로 미리 유언장을 작성하게 한다. 그것이 2024년 1월 1일. 그리고 그 유언장의 존재가 조카의 상태를 더 악화하게 만드는 계기가 된다. 어쩌면 2024년 1월 1일에 삼촌에게 살해당하는 것은 아닐까…. 그런 생각까지 하게 된다. 점점 다가오는 공포를 이기지 못해 결국 2024년이 되기 직전에 자살을 한다. 평범하게 농약을 먹고. 그리고 곧 삼촌에게 발견된다. 그래, 이러면 말이 된다.

"제1 발견자인 삼촌이 사망 시각을 위조한 겁니다. 적어도 2024년이 된 후에 죽어주지 않으면 유산을 받을 수 있을지 없을지 불분명하니까요."

상속 순위는 보통 직계 비속이 1순위, 직계 존속이 2순위다. 자식이 있으면 자식, 없으면 부모, 없으면 조부모… 쉽게 말해 촌수가 우선이다. 이걸로만 따지면 유산상속은 한 명뿐인 직계 존속, 즉 할머니가 받게 될 가능성이 있다. 삼촌 입장에서는 관계가 나쁜 어머니를 거쳐 자산 상속을 받는다는 것이 불안하기 짝이 없었으리라.

그런데 2024년이 되기도 전에 조카가 자살해버렸다. 조카를 발견한 삼촌은 일단 옷을 벗겨 욕조로 데려가 눕힌 후, 욕조에 얼음을 가득 채워 넣는다. 부패가 시작되는 것을 막기 위해서. 욕실의 창문은 열어두고, 온열 장치는 꺼놓는다. 다음 날 아침까지 기다렸다가 이번엔 욕실의 온도를 최대한 올린다. 조카가 따뜻한 물속에 있었던 것으로 위장하기 위해 욕조의 얼음물을 욕실 째로 데운 것이다. 그리고 나서 적당히 물이 따뜻해지면 경찰에 신고한다… 이러면 말이 된다.

"하지만 미역국은요?"

"미역국?"

"보통 생일 전날에는 미역국을 안 먹지 않습니까? 다음 날 먹을 거라는 걸 알고 있으니까요."

"그렇겠죠."

"그렇다면 역시 1월 1일에 죽은 게…."

"그래서 덜 익었던 겁니다."

"예?"

"소고기가 덜 익었다고 했죠? 미역국에 들어가는 소고기라는 게, 그렇게 익히는 데 수고가 들어갈 만큼 크진 않잖아요? 보통 그런 실수는 하지 않습니다."

"그거야…."

"독을 먹고 쓰러진 조카를 발견한 순간, 삼촌은 우선 미역국을 끓였습니다. 그리고 소고기가 채 익기도 전에 불에서 내리고, 냉동실에 집어넣어 급하게 식힙니다. 보통은 좀 미리 내렸다 하더라도 국물이 한차례 끓었다면 식는 동안 고기도 자연스럽게 익어가겠지만, 이 경우에는 급하게 식었기 때문에 채 익지 않고 남았던 겁니다."

"대체 왜…."

"물론 그것도 사망 시각 위조를 위해서죠. 생일날 미역국을 먹고 나서 죽었다고 생각하게 만들기 위해서요."

"아뇨, 제 말은 그게 아니라…. 왜 그렇게 급하게 식힐 이유가 있냐는 겁니다."

"숨이 끊어지기 전에 빨리 먹여야 하니까요."

"…!"

"물론 서두르다가 목구멍에 화상을 입혀서도 안 되겠고요."

수사관은 말을 잊은 듯 멍하니 나를 바라보았다. 뭐, 해야 할 이야기는 충분히 했다. 나는 다시 보고서를 들여다보았다. 미역국의 소화 상태로 보아 먹은 시각은 사망 한 시간 전쯤. 삼촌이 조카를 발견했을 때, 조카는 아직 살아있었다. 괴로워하고 있었을 것이다. 삼촌은 고통에 몸부림치는 조카의 상태를 보며 고민한다. 이 아이가 살아남을 확률과 죽을 확률. 병원에… 구급차를 불렀을 때, 이 아이가 살아날 것인가 아니면… 잠시 고민하다가, 애매한 확률을 버리고 확실한 길을 택하기로 한다. 그리고 발을 돌려 부엌으로 걸어간다. 조카의 열일곱 생일을 맞아, 미역국을 끓이기 위해.

프랑스 인형과 여행하는 남자

그것은 이상한 꿈이었다. 꿈속에서도 나는 잠들어 있었고, 그런 나를 늙은 여자가 가까이에서 내려다보고 있었다. 생전 처음 보는 얼굴이었다. 온 얼굴에 주름이 가득하고, 피부는 마치 뼈대 위에 살색 비닐 하나만 대충 덮은 것처럼 말라비틀어져 있었다. 거기에 깊고 검은, 생각을 읽을 수 없는 눈. 그 눈이 내 감긴 눈을 내려다보고, 퍼석퍼석한 머리카락이 내 뺨을 간질였다. 이상한 꿈이었다. 꿈속에서 나는 분명히 눈을 감고 잠들어 있었다. 하지만 나를 들여다보는 눈이 또렷하게 보였다. 여자는 움직이지 않았다. 하지만 그 눈은 마치 점점 다가오는 것처럼 커져갔다. 가까이, 가까이 더 다가와 점점 커지면서, 마침내 내 눈속으로… 들어올 것만 같았다. 목덜미에, 등에, 겨드랑이에 밴다…. 그 땀은 식었다기보다는 몸서리쳐지게 차가운,

추운… 그 흉측한 한기가 내 몸을 비틀어 짜는 것처럼 옥죄어 온다. 눈이, 눈이 다가온다. 썩은 것처럼, 혹은 섞인 것처럼 잡스럽고 불길한, 퀴퀴한 화장품 냄새가 점점 다가와 숨을 쉴 수 없을 정도로….

"…아!"

눈을 떴을 때는 암흑이었다. 어딘가 멀리서 코 고는 소리와 뒤척이는 소리가 뒤섞여 들려온다. 나는 머리를 부르르 털고, 멍한 눈을 비비며 스마트폰을 꺼냈다. 현실로 돌아오기 위해 필사적으로 눈을 깜빡이며 화면을 확인한다. 오전 3시. 비행기 모드. 코끝에 아직 화장품 냄새가 남은 것 같은 기분이다. 머리를 세차게 흔들고, 필사적으로 생각한다. 오전 3시, 비행기, 언제부터 잠들었더라? 그래, 12시쯤… 여기는… 주머니에서 티켓을 꺼낸다. 파리에서 인천으로 가는 직항 노선. 창가 자리. 어젯밤 10시에 출발해 오늘 아침 11시에 도착하는 노선이다. 머릿속으로 하나둘 하고 셈을 한다. 여덟 시간. 앞으로 여덟 시간 남았다. 남은 시간을 생각하니 그제야 현실로 돌아온 것처럼 느껴졌다. 이제 여덟 시간 후면 한국이구나. 묘한 기분이다. 열흘간의 여행이 사실은 그냥 꿈이었던 것처럼 느껴진다. 물론 그게 꿈이 아니었다는 것은 나도 잘 알고 있다. 으드득하며 기지개를 켜고, 등받이에 다시 기댄다. 잠이 더 올 것 같진 않다. 하지만 그렇다고 딱히 할만한 일도 없다. 책이라도 가져올 걸 그랬나. 뭔가 사탕이나 그런 게 남아있진 않으려나. 부산하게 주머니를 뒤진다. 그러다 보니 갑자기 옆에서 몸을 일으키는 기척과 함께 말소리가 들린다.

"아, 비켜드릴까요?"

돌아보니 통로 쪽에 앉아 있던 남자가 몸을 엉거주춤 일으키고 있었다. 아무래도 내가 몸을 이리저리 비트는 모양이, 자리에서 일어나려는 것처럼 보였던 모양이다. 화장실이라도 가려는 줄 알았던 걸까. 괜스레 부끄러워졌다. 나는 손을 휘휘 저으며 남자를 말렸다.

"아뇨, 아뇨. 그냥 주머니를 좀 뒤지던 것뿐이에요."

그러자 엉거주춤한 자세로 멈춰 있던 남자가 살짝 미소 지으며 다시 앉았다. 마흔쯤 되었을까, 착해 보이는 인상의 남자다. 나는 힐끗 남자의 팔을 보았다. 인형이 안겨 있다. 키가 1미터 정도 되어 보이는, 중세 유럽풍의 드레스를 입은 여자 인형이. 아무래도 비행기에 탈 때부터 안고 있었던 것 같다. 40대 아저씨와 유럽 스타일의 인형. 어쩐지 어울리지 않는다.

"아, 이거요?"

남자가 자리에 고쳐 앉아 인형을 들어 보인다. 속마음을 읽힌 것 같아 괜히 민망해졌다. 아저씨가 주책이라고 생각한 것처럼 느낄까 봐, 얼른 한마디를 얹었다.

"비스크 돌…이라고 하죠? 조금 특이하네요."

"요즘 것들과는 많이 다르죠? 오래된 물건이라서요."

남자는 씨익 웃으면서 대답했다. 특이하다는 게 그런 뜻으로 한 말은 아니었지만, 남자의 말대로다. 요즘 사람들이 흔히 비스크 돌이라고 부르는 것들과는 조금… 아니, 많이 다르다. 가느다란 선을 뽐내는 요즘 스타일 미형의 얼굴이 아니라 좀 더 고전적인, 동글동글한 얼굴이다. 매끈하고 투명하게 빠진 피부가 아니라, 자잘하게 가는 홈들이 있는… 금이 간 거친 피부다. 그래도 관리는 잘 해왔는지 표면만큼은 반짝반짝 윤기가 난다. 오히려 그 점이 더 불길하게 보이긴 했지만. 어쨌거나 전반적으로 요즘 부르는 '비스크 돌'이라는 이름보다는, 옛날식으로 '프랑스 인형'이라고 부르는 게 더 어울릴 것 같다. 박물관에서나 볼 수 있을 것 같은 분위기의 물건이다. 이런 건 대체 어디에서 파는 걸까, 문득 궁금해졌다.

"파리에서 사신 건가요?"

바보 같은 질문이다. 당연히 그렇겠지. 하지만 남자는 의외로 고개를 저었다.

"아뇨, 원래부터 가지고 있던 인형입니다. 한 이십 년 되었을까요."

"…?"

남자는 아기를 어르듯 인형을 위로 흔들어 보이며 순박한 표정으로 말했다.

"파리는 처음이거든요. 혼자서 돌아다니기도 뭐해서 여행의 동반자로 데려왔어요. 이 녀석에게는 고향 같은 곳이니까."

잠깐 싫은 표정을 지을 뻔했다. 인형과 함께 여행이라니, 어째 징그럽기도 하거니와 좀 무서운 느낌도 든다. 인형과 함께 여행하는 남자… 예전에 에도가와 란포의 「오시에와 함께 여행하는 남자」라는 소설을 읽었던 기억이 떠오른다. 물론 그것과는 많이 다르긴 하지만. 꺼림칙했던 것도 잠시, 인형을 어르는 남자의 자상한 눈빛을 보고 있자니 살짝 마음이 녹아내렸다. 나는 웃으며 받아쳤다.

"올해가 되었든 이십 년 전이 되었든 결국 파리에서 산 건 맞나 보네요."

남자는 고개를 끄덕이는 것도, 젓는 것도 아닌 묘한 동작으로 까딱까딱하더니.

"뭐… 파리인지 아닌지 정확하지는 않지만… 아버지가 파리 출장에서 사오신 물건이니 아마도 파리가 맞겠죠."

남자의 표정이 어째 께름칙해 보인다. 내가 뭔가 이상한 말을 했나? 나는 허둥거리며 말을 이었다.

"그래도 굉장히 아끼시는 인형… 아이인가 봅니다. 그렇게 오랫동안 잘 간직하신 걸 보면."

분위기를 부드럽게 하려고 한 말인데, 어째 남자의 표정에는 그늘이 더 깊어진 느낌이다.

"예, 뭐… 지금은 그렇죠."

남자는 내게서 고개를 돌리고 허공을 잠시 노려보더니, 다시 내 쪽으로 고개를 돌리고 사람 좋은 웃음을 지어 보였다.

"사실 처음에는 그렇지도 않았습니다. 오히려 꺼림칙하달까, 도대체 아버지는 왜 이런 걸 사온 걸까 하는 생각을 참 많이 했죠. 뭐 여러 가지 일이 있기도 했고요."

남자는 웃는 듯 우는 듯한 묘한 표정으로 이야기를 시작했다.

남자가 이 인형을 만난 것은 스물한 살 때의 일이었다. 아버지는 당시 막 떠오르기 시작한 무역회사의 잘 나가는 중역이었는데, 그즈음에는 해외 출장을 그야말로 밥 먹듯이 다녔다고 한다. 그럴 때마다 아버지는 작은 기념품을 하나씩 사들고 돌아와 거실의 진열장에 채워 넣곤 했다. 그러던 어느 날, 파리에 출장 갔던 아버지가 들고온 게 이 인형이었다. 그 당시에는 비스크 인형이라는 것이 그다지 대중적이지 않았던 데다가, 서양 영화—특히 호러 영화—를 통해서나 봤던 것이 전부라, 남자도 어머니도 처음부터 상당히 꺼림칙하게 생각했다고 한다. 그도 그럴 것이, 인형이라는 걸 분명히 알아볼 수 있는 비현실적인 외관인데도 피부만큼은 정말 사람의 피부처럼 매끈하게 생겼으니 말이다. 그 미묘한 괴리가 말 그대로 불쾌한 골짜기를 만들어 냈을 것이다. 그중에서도 정말 불쾌했던 것이 눈이었다.

"이런 종류의 인형에서 눈을 표현하는 방법이 여러 가지가 있습니다만 이 인형의 경우엔 유리로 눈알을 따로 만들어서 집어넣는 방식을 썼더군요."

인형의 얼굴과 눈의 재질이 다르다 보니 눈만 묘하게 빛이 났는데, 그것이 마치 눈알만 살아있는 시체처럼 보여서 그렇게 꺼림칙할 수가 없었단다. 심지어 눈알의 방향이 완전히 고정된 것도 아니어서 큰 힘을 주지 않고도 눈알을 돌릴 수 있었는데, 가끔은 사람이 안 보는 사이에 이상한 방향으로 돌아가 있고는 했단다. 부지불식간에 눈이 마주치기라도 했다면 정말 끔찍했으리라.

"때때로 그 파란 눈이 저를 훔쳐보고 있는 것 같은 기분이 들기도 하더군요. 실제로 그런 건 아니었지만요. 하지만 어머니는 인형의 그 눈빛을 굉장히 민감하게 받아들였습니다. 점점 인형의 그 시선을 피하기 시작했어요. 언젠가는 그렇게 말씀하시더군요. 아무리 눈알을 돌려봐도, 결국은 반드시 안방을 바라보고 있다고. 인형의 시선이 어머니를 따라오고 있다고요. 하지만 정말로 끔찍한 건 인형이 아니었습니다."

"그러면…."

"…아버지였습니다."

불길한 예감이 든다. 이 이야기를 계속 들어야 할까? 들으면 들을수록 아주 어둡고 차가운, 시커먼 안개 같은 것이 몸속으로 스며드는 기분이다. 하지만 그렇다고 해서, 마치 고해성사 하듯 털어놓는 남자의 고백을 거절하는 것도 어쩐지 내키지 않았다. 어차피 새벽 3시의 불 꺼진 비행기 안. 아직 여덟 시간은 더 가야 한다. 게다가 딱히 잠이 올 것 같지도 않다. 나는 일단 남자의 이야기를 좀 더 듣기로 했다.

이야기는 한참을 더 이어졌다. 남자와 어머니는 날이 갈수록 그 인형을 불길하게 느끼기 시작했다. 그것이 집안의 공기를 완전히 바꿔놓고, 점점 존재감을 키우고 있었다. 마음 같아서는 치워버리고 싶었지만, 아버지가 사다 놓은 물건이니 그럴 수도 없었다. 그러는 사이 찝찝한 일은 하나둘, 더 늘어갔다.

어느 날 밤, 남자는 잠에서 깨어 화장실에 가려다가 괴상한 장면을 보고 말았다. 거실의 풍경을. 밤늦게 들어온 아버지가 넥타이도 풀지 않은 채로 거실에 앉아 있었다. 아니, 그냥 앉아만 있었던 것은 아니다. 인형을 안고 있었다. 아니다, 이것도 아니다. 중요한 것은 그게 아니다. 아버지는 인형에게 화장을 시키고 있었다. 어디서 가져왔는지 모를 화장품들로. 아버지는 인형의 얼굴에 정성스럽게 화장을 한 다음, 그 인형을 진열장에 다시 올려놓았다. 그러고는 화장품을 주섬주섬 가방에 담아 넣고 테이블에 올려두었다. 아버지가 안방에 들어간 후에 남자는 슬며시 거실로 나와 아버지의 가방을 들여다보았다. 거기에는 파운데이션이며 립스틱 같은, 아마도 샘플로 보이는 아주 작은 화장품들이 가득 담겨 있었다.

아버지가 술에 취했던 게 아니라는 건 분명했다. 그 일은 하룻밤의 기행으로 끝나지 않았다. 규칙적인 일과가 되었다. 아버지의 기이한 행동은 곧 어머니도 알게 되었다. 아버지가 매일 인형을 화장시킨다는 것을 알게 된 후로 어머니는 더욱 인형을 질색하게 되었다. 아버지의 행동 자체도 소름 끼치는 일이었던 데다, 어머니가 워낙 냄새에 민감한 탓도 있었다. 불길하게 조여오는 집 안의 찝찝한 분위기와 생리적 혐오감이 겹쳐 어머니는 점차 정신적으로 무너지기 시작했다. 그러던 어느 날 아침, 어머니가 안방에서 비명을 지르며 일어났다. 후다닥 달려가 보니, 어머니는 침대 밑에 주저앉은 채로 넋 나간 표정이 되어 침대 위쪽을 올려다보고 있었다. 거기에는 인형이 있었다. 그 파란 눈동자를 아래로 한 채, 고개를 숙이고 있었다.

아버지는 이미 출근한 뒤였다. 아버지는 출근 시간이 빨랐기 때문에, 아침 이 시간에는 보통 어머니 혼자 잠이 들어 있었다. 어머니는 잠에서 깨자마자 그 인형과 눈이 마주쳤다고 했다. 침대 머리맡, 베개 뒤에서, 고개를 숙여 어머니의 눈을 들여다보고 있는 그 인형의 눈과.

어머니는 완전히 공포에 질려버렸다. 퇴근한 아버지에게 하소연하기도 했지만, 아버지는 '꿈이라도 꾸었던 거 아니냐'라며 콧방귀를 뀔 뿐이었다. 하지만 그 후에도 인형은 분명 어머니를 따라다녔다. 아버지가 출근하고 나면 인형은 어머니의 침대로 숨어들었다. 어머니는 결국 아버지가 없는 시간에는 잠들지 않게 되었다. 그런데 아버지의 출장이 워낙에 잦다 보니 어머니의 불면도 끝이 없었다. 거실에 주저앉아 졸다가 깜짝 놀라며 깨기도 하고, 인형이 진열장에 있는 것을 확인한 다음에야 안심하기도 하고. 점점 눈은 퀭해지고 몸은 말라만 갔다. 그리고 그 멍하면서도 발작적인 행동들은, 그야말로 미친 사람이라고 불러도 할 말이 없을 수준이었다.

하지만 아버지도 정상이라고 할 수는 없었다. 아버지는 인형 화장시키기를 멈추지 않았다. 어머니가 제발 그만두라고 울면서 말렸지만 소용없었다. 인형에서 피어나는 화장품 냄새는 점점 진해졌고, 더 기괴해졌다. 그러기를 거듭하다가, 어느 날 남자는 지금까지보다 훨씬 더 기괴한 장면을 보게 되었다.

"…밤중에 소곤거리는 소리가 들려서 깼죠. 거실에서 누군가 대화하고 있는 것 같더군요. '뭐야 이 시간에?' 하면서 슬쩍 밖을 엿보니…."

아버지가 인형을 품에 안고는 말을 걸고 있었다. 물론 인형이 말을 할 리는 없다. 아버지가 일방적으로 말을 하고 있을 뿐이었다. 하지만 아버지의 그 표정, 속삭이는 어조, 그 목소리는 마치, 연인에게 밀어를 속삭이는 것 같은 느낌이었다. 그 기괴하고 불쾌한 장면은 지금까지의 그 어떤 것보다 충격적이었다.

"그것을 제가 뭐라고 생각했든 간에, 하여간 어머니에게는 말할 수 없었습니다. 아니, 제가 뭘 보았는지 입에 담는 것 자체가 불경하달까… 그렇게 느껴졌죠. 하지만 결국 어머니는 알게 되었습니다."

그것도 최악의 형태로. 어느 날의 주말 아침, 여느 때보다 일찍 잠에서 깬 어머니는 보고 말았다. 곁에서 아직 자는 아버지가, 그 팔 안에 인형을 소중하게 껴안고 있는 것을. 인형의 눈은 어머니를 쳐다보고 있었다. 마치 놀리는 것처럼. 어머니는 비명을 지르며….

"송곳을 꺼내와서 인형의 눈을 마구 찔렀죠. 유리 눈알이 깨지고, 파랗고 하얀 파편들이 침대로 튀었습니다. 물론 자고 있던 아버지도 송곳과 파편 때문에 상당히 다쳤고요."

"…."

그날부터 어머니는 완전히 넋이 나가 버렸다. 눈빛에선 힘이 사라지고, 푸석한 머리에도, 확 늙어버린 피부에도 생기라고는 남아 있지 않았다. 멍한 눈으로 바닥에 주저앉아 있던 그 시절의 어머니는 마치, 인형이 되어버린 것 같았다.

"그런 일이 있었으니 멀쩡하게 부부생활을 이어갈 수 있을리 없지요. 결국 부모님은 이혼했고, 아버지는 집을 나갔습니다. 그래도 저는 어머니와 함께 남았습니다. 어머니는 혼자서는 생활할 수 없었던 데다가, 보살핌이 필요한 상태였으니까요."

아버지는 집을 나가면서 그동안 모아온 기념품들을 전부 챙겨갔지만, 눈 없는 인형만은 가져가지 않았다. 그토록 아꼈으면서. 그토록 사랑스럽게 쳐다보았으면서. 남자는 아버지가 나가고 난 후 그 불길한 인형을 쓰레기처리장에 버렸다.

"그런데, 돌아오더라고요. 버려도 버려도, 어느새 돌아와서 진열장에 앉아 있는 겁니다."

인형과는 별개로, 그 후로도 한동안은 종종 아버지와 연락하곤 했다. 아버지와 연락을 완전히 끊게 된 계기는 아버지의 재혼이었다. 아버지가 재혼을 선언한 것은 이혼 후 다섯 달이 지나서였다. 남자는 그 재혼 상대를 처음 만났을 때, 그대로 얼어붙어 오줌을 지릴 뻔했다. 그 여자는.

"네, 그 인형이 살아서 제 앞에 서 있는 것 같았죠. 정확히 그런 느낌이었습니다. 아뇨, 얼굴이 닮은 건 아닙니다. 옷차림도 이렇게 치렁치렁할 리 없죠. 하지만 뭔가, 분위기… 눈에 보이지 않는, '그 인형이다!'라고 생각하게 만드는 뭔가가 있었죠. 아버지의 재혼에 딱히 불만을 가진 건 아니었어요. 하지만 그 후로 아버지의 연락을 피하게 되었습니다. 그 여자를 다시 만나고 싶지는 않았으니까요."

어느 날 밤, 남자는 인형 갖다 버리는 일을 완전히 포기하게 되었다. 한밤중에 거실에 앉아 인형의 머리를 빗겨주고 있는 어머니의 모습을 목격하고서야.

"분명히 섬뜩한 장면이었습니다. 하지만 그것과 별개로, 마음 어딘가를 쿡쿡 찌르는 게 있었죠. 스물한 살에는 그게 정확히 무엇인지 이해하지 못했지만… 나이를 먹고 옛일들을 되돌아보니 이것저것 다르게 보이기 시작하더군요."

"다르게 보였다…."

"예, 어릴 때는 그것이 다 불길하고 두려운 일이었지만, 지금 돌이켜보면 그것과는 조금 다른… 슬픈 일이었달까요."

"…."

"아마 그 인형을 가져오던 즈음에 아버지는 이미 불륜 중이었을 거로 생각합니다. 출장이 잦았던 데는 그런 이유도 있었겠지요."

"상대는 그 재혼 상대인가요?"

"예, 확실합니다. 왜냐면… 왜 그 사람이 인형과 닮았다고 느꼈는지 나중에 진지하게 생각해보니, 아마도 화장품 때문이 아니었을까 싶더군요."

"화장품?"

"예, 만약 인형에 바른 화장품과 그분이 사용하는 화장품이 같은 것이라면, 보기에는 달라도 냄새는 같을 거 아닙니까."

"아…!"

"그렇게 생각하고 나니 아버지의 괴벽도 이해가 가더군요. 돌이켜보면 아버지는 딱히 인형에 화장품을 바른다는 사실을 숨길 생각이 없었어요. 오히려 새로운 취미라고 과시하는 것처럼 보였죠. 실제로는 아마도 자기 몸에서 어렴풋하게 나는 화장품 냄새의 원인을 감추려고 한 일이 아니었을까 싶습니다."

불륜 상대와 만나고 돌아온 날에는 화장품을 들고 와서 인형에 화장을 했다. 자기 몸에서 화장품 냄새가 나는 이유를, 냄새에 민감한 어머니로부터 숨기기 위해. 그녀의 화장품으로 인형에 화장을 하고 돌보는 사이에, 그 인형이 그녀의 분신처럼, 대용품처럼 느껴지기 시작했다. 그러다 보니 어느새 사랑스러움이 샘솟아 인형에게 밀어를 속삭이고, 밤에는 껴안고 자게 되었다. 그리고 때때로 뒤척이다가 인형을 침대 구석에 밀어 넣고, 눈치채지 못한 채 그대로 출근하기도 했다.

"그저, 그뿐인 이야기 아니었을까요?"

"아… 그러면 아버님이 이혼 후에 인형을 가져가지 않았던 이유는…."

남자는 씁쓸하게 웃으며 대답했다.

"아버지에겐 더 이상 대용품이 필요 없게 되었으니까요."

그런 추측을 하고 나니 인형이 더는 불길하게 보이지 않게 되었다고 한다. 오히려 그 버려진 꼴이 가련하게 느껴졌달까.

그 인형의 신세는 어찌 보면 어머니를 많이 닮았다. 어쩐지 점점, 남자도 인형에게 애착을 느끼게 되었다. 어머니가 그 몸을 정성스럽게 닦는 것을 볼 때마다, 어머니가 그 머리를 빗겨주는 것을 볼 때마다. 눈알이 파여 텅 비어버린 공간이 마음에 걸리긴 했지만, 그대로 두는 게 낫겠다고 생각했다. 어머니에게는 아마 그 인형이, 가정이 행복했던 때를 증명하는 어떤 상징 같은 것이었으리라. 그래서 남자가 인형을 버릴 때마다 어머니는 나가서 다시 그것을 주워 왔다. 버린 인형이 다시 나타난 것은 저주도 뭣도 아닌, 어머니의 집착 때문이었다. 어머니는 나이가 들수록 점점 더 인형을 사랑하게 되었다. 점점 더 어린애처럼 인형에 집착했다. 때로는 머리를 빗겨주며 이야기를 나누곤 했다. 마치 어린 딸을 돌보는 것처럼….

"'너는 파리에서 왔지? 파리는 어떤 곳이니? 거기엔 친구들이 많이 있니?' 분명 정상적인 대화는 아니었죠. 물론 인형과 대화하는 시점에서 정상이니 아니니 하는 말 자체가 모순이죠… 한 사람의 몫을 할 수 있는 상태는 아니었지만, 그래도 어머니는 행복했겠죠. 하지만 그런 어머니의 기묘한 행복을 보는 제 마음은 너무 힘들었습니다."

어느새 남자의 눈에 눈물이 살짝 맺혀 있었다. 그렇구나. 오래된 인형이 이렇게 깨끗하게 보관되었던 것은, 어머니가 매일 보살폈기 때문이구나. 하지만 이 인형이 남자의 품에 안겨 있다는 것은.

"어머님께서는 그럼….”

"예, 돌아가셨습니다. 이제 한 달이 되었네요.”

인형을 아꼈던 어머니. 파리를 궁금해했던 어머니. 어머니의 인형을 안고 파리로 여행을 떠난 아들. 괴상하고 슬픈 이야기다. 하지만 그 어떤 것도, 지금 내가 가장 궁금해하는 것에 대한 대답은 되지 못한다. 나는 굳게 결심하고 어렵게 입을 뗐다.

"그래서 그 어머니의….”

나는 입을 닫았다. 어느새 남자는 잠들었다. 색색거리는 숨소리. 굳게 닫힌 눈꺼풀. 나는 시선을 아래로 내렸다. 인형의 까만 눈이 나를 응시하고 있다. 정말로 사람이 보고 있는 것 같다. 남자가 설명하지 않은 것이 이 부분이다. 아니, 어쩌면 아무것도 설명하지 않은 것이나 마찬가지다. 어머니가 죽고 나서 어머니의 인형과 함께 여행한 이유, 파란 눈의 인형이 까만 눈의 인형이 된 이유.

아버지에겐 더 이상 대용품이 필요 없게 되었으니까요.

아버지에겐, 말이지. 나는 조심스럽게 손가락을 뻗었다. 천천히, 그 안구를 향해 다가갔다. 싫은 예감. 불길한 기운. 하지만 그 의혹을 확인하지 않고 남은 약 일곱 시간을 여기에 앉아있을 수는 없다. 떨리는 손가락 끝이 결국 안구에 닿았다. 물컹, 하고.

마시멜로는 28개

하얀 가운을 입은 남자가 문을 열고 들어왔다. 남자는 작은 필름 통 하나를 들고 있었다. 눈을 움직이지 않은 채 주변시로 몰래 남자의 등 뒤를 확인했다. 철문. 남자가 들어오자마자 철 커덩하고 문을 잠그는 소리가 들렸다. 분명, 남자가 나가고 나면 다시 문이 잠길 것이다. 남자는 내 맞은편에 앉아 필름 통에서 작은 물체를 꺼냈다. 알약이나 캡슐 같은 게 나올 줄 알았는데, 영 다른 것이었다. 하얗고 점점이 반짝이는, 몰랑해 보이는 원기둥 형태의 물건. 마시멜로인가… 남자는 그것을 꺼내. 내 앞의 커다란 접시에 올려놓았다. 그리고 입을 열었다.

"실험에 대해서는 미리 설명 들으셨습니까?"

"…아뇨."

등에 식은땀이 흐른다. 섣불리 남자를 화나게 해서는 안 된다. 여기서는 장단을 맞춰주어야 한다. 남자는 예의 발라 보이지만, 신경을 잘못 건드리면 무슨 짓을 당할지 모른다. 아마도 옆방의 남자는 그의 신경을 건드린 것이 틀림없다. 남자는 안경을 벗어 꼼꼼하게 닦고는 설명을 시작했다.

"아주 오래된… 마시멜로 실험이라는 게 있습니다."

나는 마시멜로를 흘끗 쳐다보았다. 하얗고, 반짝거린다. 저 안에 약을 탄 건 아니겠지. 아니, 굳이 그럴 이유가 없다. 애초에 우린 약을 먹게 될 거라 생각하고 왔으니까.

"먼저 아이들을 한 명씩 별도의 방으로 데려갑니다. 그리고 마시멜로 한 개가 놓여 있는 접시를 보여주는 겁니다. 그리고 이렇게 말합니다. '십오 분 정도 나갔다 들어올 건데, 그때까지 이걸 먹지 않고 기다리고 있으면 다녀와서 하나를 더 줄게.' 라고요. 그다음에는 아이가 십오 분을 기다리는지, 기다리지 못하는지 지켜볼 뿐입니다."

비슷하다. 우리의 상황과. 우리는 이곳에 도착해 A조와 B조로 구분해 각자 다른 방으로 안내되었다. 나는 B조였다. 그리고 한참을 기다린 후, 이 남자가 내 방에 들어왔다.

아마도 방마다 순차적으로 도는 것 같다. 그리고 지금 내 앞에는 마시멜로가 놓여 있다.

"실험 결과 어떤 아이들은 십오 분을 기다렸고, 어떤 아이들은 그냥 먹어버렸다고 하더군요. 결과적으로 마시멜로를 두 개

먹은 아이와 하나 먹은 아이로 나뉜 셈인데….'"

남자가 잠시 말을 끊고 내 눈을 바라보았다. 호응을 바라는 눈치다. 나는 침을 꿀꺽 삼키며 고개를 주억거렸다. 심기를 거슬러서는 안 된다. 옆방의 A조 남자처럼 비명을 지를 일은 당하고 싶지 않다. 남자는 만족한 듯 웃으며 이야기를 계속했다.

"그 실험을 하고 나서 한 십 년 정도 실험한 아이들을 지켜봤더니, 마시멜로를 먹지 않고 십오 분을 버틴 아이들이 학업 성취도가 더 좋았다, 뭐 그런 결과가 나왔다고 합니다. 그러니까 어린 나이에 이미 인내심이 형성되고 그 인내심이 후일의 성공에 영향을 끼친다는 이야기죠. 그런데요, 그럴싸하긴 하지만 사실 이 실험은 후대에 여러 가지 비판을 받았습니다. 대표적인 비판은 인과관계가 거꾸로일 수 있다는 겁니다. 예를 들어 이런 겁니다. 가정환경이 좋은 아이들일수록 후일에 성공할 가능성이 높고, 그렇지 않은 아이들은 상대적으로 뒤처질 가능성이 높다고 생각해 봅시다. 자, 선생님 혹시 주식이나 부동산 투자 같은 것을 하십니까?"

나는 얼른 고개를 저었다. 빚을 내서라도 투자를 하는 사람들이 없진 않은 모양이지만, 내겐 당장 하루의 밥값이 급하다. 가난할수록 미래의 천만 원보다 오늘의 십만 원을 원하는 법이다. 그래서 이런 수상쩍은 아르바이트에 지원하기도 했지만. 남자는 만족스럽게 고개를 끄덕이고는 말을 계속했다.

"그런 겁니다. 환경이 여유로운 아이들은 십오 분을 기다려서 마시멜로 하나를 더 얻는 데에 성공했지만, 그렇지 않은 아이들은 십오 분 후라는 불투명한 미래를 믿지 않았던 겁니다. 당장 마시멜로를 먹는 게 더 중요했단 이야기죠. 뭐 사실 이론적으로는 좀 더 복잡한 이야기입니다만, 쉽게 설명하자면 말이죠…."

남자는 한번 팔짱을 끼고 흠, 하고 숨을 뱉더니 분위기를 전환하려는 듯 목소리를 가다듬고 설명을 계속했다.

"뭐 딱 그 설명이 아니더라도, 인과관계를 파악하는 건 중요한 겁니다. 예를 들어 이렇게 물어볼 수도 있겠죠. 그때 마시멜로를 먹지 않고 기다렸기에 학업 성취도가 좋았던 게 아니라, '마시멜로를 남보다 하나 더 먹었기에 잘 자란 거 아닌가?' 하고요. 네, 물론 농담 같은 이야기이긴 합니다만… 그런데 말이죠, 저는 아무래도 그 실험이 못마땅하더군요. 실험을 하다 만 것 같아서요."

나는 진지하게 듣고 있다는 티를 내기 위해 눈도 깜빡이지 않고 남자를 바라보았다.

"왜 두 개에서 끝냈냐 이 말이죠. 십오 분 후에 돌아와서 마시멜로 하나를 더 놓고, 이번에도 먹지 않고 기다리면 하나를 더 줄게. 그리고 다시 십오 분 후에 하나를 더. 그리고 다시… 이렇게 무한히 반복하면서, 마시멜로를 가장 많이 모은 아이는 몇 개나 모았는가 같은 것도 가능하겠죠. 물론 받은 마시멜로를 다 먹을 때까지 집에는 갈 수 없습니다."

미친 소리다. 하지만 그런 감상을 티낼 수는 없다.

"도대체 아이들은 언제까지 집에 안 가고 버틸 수 있을까? 너무 마시멜로를 많이 모아버린 아이는, 집으로 돌아가기 위해 얼마나 빨리 마시멜로를 먹을까? 실험의 소재는 무궁무진하다 이겁니다."

정말 미친 소리지만, 슬슬 이 실험의 정체가 대충 짐작이 간다. 처음부터 이상했다. 보통 생동성 실험이라면 정해진 기간이 있고 정해진 액수가 있을 것이다. 하지만 이 실험은 그렇지 않다. 정확한 시간에 끝나는 게 아니라 실험 참가자의 재량에 따라 최소 십오 분에서 최대 일곱 시간이 걸린다고 들었다. 게다가 십오 분을 연장할 때마다 수당이 십오만 원씩 갱신된다고 한다. 분급 1만 원인 셈이다. 벌어가는 돈은 최소 십오만 원에서 최대 사백이십만 원. 얼마를 벌어갈지는 본인에게 달렸다. 하지만 문제는 그 대가가 뭐냐는 거다. 십오 분마다 무슨 일을 당하는지, 그 십오 분의 정체가 문제다. 옆방 남자의 비명소리가 머리를 스친다.

고문… 아니 설마 그건 아니겠지. 전기충격 실험…이라는 게 옛날 어딘가에서 있었다는 이야기를 듣긴 했다만, 설마 그러지는 않겠지. 역시 마시멜로에 약을 탔을까? 아니 그런 짓을 할 필요는 없다. 그럼 대체….

"그래서 생각해낸 게 바로 이 실험입니다."

남자가 결론을 말하려고 한다. 나는 숨을 흡, 들이키고 멈췄다. 긴장을 감출 수 없었다.

"저는 지금 나갔다가 십오 분 후에 돌아오겠습니다. 그동안."

그동안. 그동안 무슨 일이 생기는 건가? 남자는 접시 위의 마시멜로를 가리켰다.

"그동안 먹지 않고 기다리면, 하나를 더 드릴게요."

순간, 어안이 벙벙해졌다. 뭐? 남자는 밖으로 나갔다. 나는 곰곰이 생각했다. 이게 정말인가. 일곱 시간, 십오 분, 28. 일곱 시간을 버티면 총 28개의 마시멜로. 나는 손가락을 하나씩 꼽아가며 계산해보았다. 그리고 접시 위의 마시멜로를 집어 들었다. 손가락에 달짝하게 묻어난다. 반짝이는 것들은 슈가 파우더였던 모양이다.

엄지손톱으로 살살 긁으니 슈가파우더가 먼지처럼 흩날린다. 이렇게 끝까지 흩어낼 수 있다면 좋을 텐데. 뒷목에 비 오듯 땀이 쏟아진다. 먹어야 하는가, 먹지 말아야 하는가. 먹지 않으면 하나가 더 늘어난다. 내가 끝내지 않으면 옆방의 비명도 끝나지 않는다. 그게 문제다. 하지만 도저히 먹고 싶지 않다. 옆방에서 다시 비명소리가 들린다. 아마도 십오 분 후를 위한 비명이리라. 그 순간, 내 손톱이 손톱과 부딪혀 딱하고 작은 소리를 냈다. 마시멜로의 엄지손톱과. 이제 26마디가 남았다.

소녀가 고민하는 건 아빠 때문

마법의 고민 해결 미니 북! 당신의 고민거리를 십 초간 생각하고 페이지를 펼치면, 짠! 고민 해결!

"뭐야 그게?"

거실의 커다란 TV 앞에서 멍하니 화면을 바라보던 아이는, 내 목소리에 놀라 뒤를 돌아보았다. 좁은 거실 벽에 놓인 커다란 80인치 TV와 정면에 놓인 소파, 그리고 그 소파에 앉아 뒤를 돌아보는 중학생 여자아이. 어쩐지 비현실적으로 느껴지는 광경이다. 아빠와 딸 단둘이 사는 집에 보통 이런 커다란 TV를 놓지는 않겠지. 우리 집도 어쩌다 경품에 당첨되어 이 흉물이 놓이게 되었을 뿐이다. 그렇다고 이 대형 TV로 무슨 대단한 영화를 보는 것도 아니고, 고작 유튜브나 틀어두고 딴짓을 할 때가 대부분이다.

아이는 내 물음에는 대답하지 않고 그저 물끄러미 내 손의 비닐봉지만 들여다보았다. 봉투 속에 든 것은 맥주와 담배. 어쩐지 부끄럽다. 나는 시선을 슬쩍 피하며 냉장고에 술을 가져다 넣어두고, 다시 돌아와서 아이의 옆에 앉았다. 새 담배의 포장을 벗기기 시작하니 아이가 슬쩍 재떨이를 옆으로 밀어준다. 우리 집은 실내 금연이 아니다. 일주일 전부터 그렇게 정했다. 담배 한 개비를 꺼내 입에 물고 불을 붙이니, 옆에서 아이가 시큰둥하게 말을 건넸다.

"아빠 방에 냄새나던데, 괜찮겠어?"

"그러게 좀 치워달라고 했잖아."

"그건 무리라니깐."

'쿨시크한 아이'라는 표현은 이 녀석에게 제일 잘 어울릴 것 같다. 누굴 닮았는지. 나는 담배 연기를 깊이 빨아들이고 화면을 바라보았다. 화면에서는 다 큰 여자 하나가 작은 책자 하나를 들고 이리저리 뒤집고 만지면서 온갖 방정을 다 떨고 있다.

자, 이 표지에 손을 올리고, 십 초간 고민거리를 생각해보세요. 그리고 책을 딱 펼치면, 짜잔!

"해결책 같은 거야."

아이가 뒤늦은 대답을 했다.

"해결책?"

"응. 고민이 있을 때 책의 아무 페이지나 펼쳐서, 그 페이지의 말을 따르라는 거지. 비슷한 건 많아. 해결 카드 같은 것도 있고."

"아아, 모든 페이지에 명언 따위가 써 있는 그거지? 어찌 되었든 상관없는 말만 써 있는 그거."

해결책, 해결 카드, 포춘쿠키, 모두 원리는 같다. 어디든 갖다 붙일 수 있는 좋은 말을 여러 가지 써두고, 읽는 사람이 알아서 해석하게 하는 무책임한 가짜 점술.

"저건 조금 달라."

"응?"

"평소엔 아무것도 써 있지 않아. 그런데 고민거리를 생각하면서 표지에 십 초간 손을 올리고 있다가 책을 펼치면, 글자가 나타난대."

"흐응… 그래서, 어떤 글자가 나타나는데?"

"'GO', 'STOP', 아니면 'AGAIN' 세 가지."

"명쾌하네 그거."

"GO가 나오면 하던 대로 할 것. STOP이 나오면 멈출 것. AGAIN이 나오면 일단 책을 덮고 이십 초간 생각한 다음 다시 펼칠 것."

"이십 초?"

"응. AGAIN이 나올 때마다 십 초씩 늘어나."

"특이하네."

아이는 고개를 끄덕였다.

"요즘 인기야. 여중생들 사이에서. 그리 싸지도 않은데 엄청나게 팔린대."

화면에는 천만 권 돌파 어쩌고 하는 자막이 떠 있다.

"많이 팔리긴 하나 보네."

"응. 산 사람이 또 사기도 하고."

"왜? 선물용으로?"

"그런 건 아니고, 학교에서 빼앗기는 경우도 있고…."

"아하… 선생님에게 말이지?"

"응. 그리고 열 권씩 사 모으는 애들도 있고."

"대체 왜?"

"'레어'를 뽑기 위해서."

"…레어?"

무슨 포켓몬 카드도 아니고.

"나올 리 없는 글자가 나오는 책들이 있대."

"뭐야 그게? 인쇄 실수인가? 뭐가 나오는데?"

"그때그때 다른가 봐. 의미 없어 보이는 알파벳의 나열일 때도 있지만, 대개는 페이지마다 다른 알파벳. 가끔은 확실하게 단어가 나올 때가 있나 봐. 심지어는 한글이 나오기도 한대."

"확실히 신기하긴 하지만, 그다지 실용적이진 않을 것 같은데?"

순간 아이가 내 양어깨를 잡더니 고개를 획 돌려 나를 바라보았다. 손이 많이 차다. 어느새 손톱이 많이 자랐다. 덥수룩한 머리 사이로 창백한 피부와 까만 눈이 보인다. 가끔은 밖에 잠깐이라도 나갔다 오면 좋을 텐데. 아이는 내 눈을 바라보며 또 박또박 말했다.

"쓸 데가 있어. 확실히."

"응?"

"분신사바."

분신사바라. 무슨 소리를 하나 했더니. 분신사바라면 나도 예전에 해본 적이 있다. 아니지, 해본 정도가 아니다. 나는 인생에서 가장 중요한 결정을 분신사바로 정하려고 했었다. 하는 방법은 간단하다. 연필 같은 걸 느슨하게 쥐고 주문을 외우면 귀신이 나타나 종이 위에 글씨 비슷한 걸 쓴다고 한다. 귀신에게 실컷 물어보고 싶은 걸 물어보고, 돌려보내면 된다나. 그러고 보니 귀신에게 질문을 하고 대답을 듣는다는 점에서 분신사바도 일종의 해결책 비슷한 것일 수 있겠다.

"나 잠깐 화장실."

아이는 소파에서 일어나 화장실 쪽으로 갔다. 나는 멍하니 앞의 화면을 들여다보았다. 화면에서는 아까 그 여자가 빈 페이지를 펼쳐 보이고는, 책을 덮었다가 다시 펼쳐 드러난 글씨를 보여주고 있었다. 그 장면을 보니 뭔가 떠오르는 게 있었다.

나는 아이가 화장실에 들어간 사이에 몸을 일으켜 작은 방으로 들어갔다. 여자아이의 방답다고는 할 수 없지만, 꽤 깔끔하게 정리된 방이다. 나는 조용히 책상 서랍을 열었다. 거기엔 OX와 이런저런 글자들이 쓰인 커다란 종이 한 장이 있었다. 분신사바를 한 흔적이다. 그 종이를 꺼내 접어 주머니에 넣은 후, 그 아래에 있던 새 종이를 집어 들고 방을 나왔다. 주머니에 넣었던 분신사바 종이는 구겨서 재떨이에 넣고, 불을 붙였다. 종이가 타들어 가는 것을 확인하고 나서 나는 냉장고로 향했다. 냉장고 안에서 작은 귤 하나를 꺼내 들고, 테이블로 돌아와 귤을 깠다. 물 내리는 소리가 들리더니 아이가 화장실에서 나왔다.

"뭐야, 담배 피우고 귤 먹어? 어후 타는 냄새. 이건 또 뭐야?"

"잠깐만 기다려 봐."

나는 재만 남은 재떨이를 쓰레기통에 한 번 비우고는 싱크대로 가져가 대충 물로 헹궜다. 그런 다음, 빈 재떨이를 들고 소파로 돌아왔다. 껍질을 벗긴 귤을 손으로 우그러뜨려 재떨이에 귤즙을 모았다. 그것을 손가락에 적셔 종이 위에 글씨를 쓴다. 보이지 않는 글씨를. 그러고 나서 종이를 들었다.

"잘 봐."

나는 라이터로 종이를 그을리기 시작했다. 천천히 종이의 색이 변하고, 'GO'라는 글자가 선명하게 떠올랐다. 아이의 눈이 휘둥그레진다.

"어떻게 한 거야?"

"간단해. 귤즙에는 탄소와 수소, 산소가 있거든, 그런데 수소와 산소가 만나면 뭐가 되는지는 알지?"

"물?"

"그래. 그럼 귤즙에서 불로 수분을 날려버리면 뭐가 남을까?"

"…탄소."

"그런 거야."

말하면서도 뭔가 아이디어를 얻은 것 같은 기분이다. 수분을 날리면 탄소가 남는다… 뭔가 생각날 듯 말 듯하다. 아니, 나중에 다시 생각하자. 나는 말을 다시 계속했다.

"이거랑 완전히 같지는 않지만, 시온 잉크라는 게 있어. 온도에 따라 색이 변하는 잉크야. 잉크 안에 마이크로캡슐이 있고 그 캡슐 안에는 고체상태의 용매가 있는데…."

"어려워."

나는 쓴웃음을 지으며 빠르게 결론으로 이동했다.

"그러니까, 온도에 따라 색이 변하는 잉크가 있거든. 그걸로 글씨를 쓰면 온도에 따라 나타났다 사라졌다 하게 할 수 있어."

나는 TV 화면의 해결책을 가리키며 설명을 계속했다.

"저 책은 아마 열전도율이 높은 특수지를 사용했을 거야. 손을 십 초 동안 책에 올려놓으라고 했지? 그건 책 페이지 전체에 온도가 퍼지는 데 십 초 정도 걸린다는 이야기고, 아마 GO,

STOP, AGAIN의 세 글자가 각각 반응하는 온도가 다를 거야. AGAIN이 나올 때마다 십 초씩 올려놓는 속도를 늘리라는 건 온도를 조금씩 더 높여보라는 거겠지. 체온에는 개인차가 있으니까."

아이는 신기하다는 표정으로 이야기를 듣고만 있었다.

"나올 리 없는 글자라던가 알파벳이 따로따로 나오는 경우는 아마 인쇄 불량 때문일 거라고 생각해. 인쇄 과정에서 잉크가 섞였다거나. 예를 들어 'G'에서 'ㄱ'부분이 다른 잉크로 되어 있다면 'C'와 'ㄱ'이 각각 다른 온도에서 따로따로 나오겠지."

"흐응… 그런 거였구나."

아이는 어쩐지 시무룩해져서 자기 손바닥을 내려다보았다.

"그럼 난 안 되겠네. 아빠를 닮아서 손이 차갑거든."

그건 아닌 것 같은데. 나는 담배를 한 대 더 빼어 물고, 아이의 머리를 쓰다듬어주었다.

"그런데 어째서 저런 거에 관심 가지게 된 거야?"

"누군가에게 물어보고 싶었거든. 원래대로 돌아가는 방법에 대해서."

머리를 쓰다듬던 손이 흠칫했다.

"…그건 미안하구나."

"아니, 됐어. 지금도 나쁘지 않고. 그냥 알고 싶었을 뿐이야."

그렇게 말하긴 했지만, 시무룩한 표정이다. 나는 담배를 깊게 빨아들이며 생각에 잠겼다. 수소와 산소, 탄소… 수소와 탄소… 나는 소파에서 일어나 큰 방으로 걸어갔다. 방문을 열자, 아이의 말대로 지독한 냄새가 풍겨온다. 시체 때문이다. 방 안에는 아빠의 시체가 있다.

일주일 전, 나는 욱해서 그만 아빠를 죽이고 말았다. 말 그대로 욱해서였다. 그러니 죽인 다음의 계획 따위가 있을 리 만무했다. 아빠를 죽이고 말았다는 사실보다 나를 훨씬 더 혼란스럽게 만든 것은 바로 그 문제였다. 도대체 이 시체를 어떻게 처리해야 할 것인가. 토막을 낼까? 그래서 쓰레기통에? 아니면 냉장고에? 생각할 수 있는 모든 것들이 다 위험해 보였다.

논리적 발상들이 전부 부정되고 난 후에, 결국 내가 선택한 것은 비논리적인 방법이었다. 분신사바. 귀신에게 물어보자. 그렇게 해서 불러낸 귀신이 바로 저 아이다. 생각도 못 했다. 귀신이라고 해서 모든 것을 대답해 줄 수는 없다는 것을. 게다가 더 큰 문제는, 나는 그렇게 불러낸 귀신을 '돌려보내는 방법'을 전혀 모르고 있었다는 점이다. 그렇게 해서 우리 둘의 기묘한 동거가 시작되었다.

나는 쭈그려 앉아 아빠의 썩어 문드러져 가는 시체를 내려다보았다. 수소와 산소, 수소와 탄소… 뭔가 생각날 듯 말

듯 잡히질 않는다. 나는 다시 담배를 빼어 물었다. 이제 어찌할 것인가. 평범한 여고생에게는 참 힘든 과제다.

얼음 귀신을 모시는 아이들

> 최근 추위가 반짝 풀리면서 호수나 저수지 등 살얼음이 낀 곳에서 물에 빠지는 사고가 잇따르고 있습니다. 어제도 남도 지방에서 세 명이 저수지에 빠지는 사고가 일어났는데요….

TV에서 뉴스 앵커의 또박또박한 목소리가 흘러나온다. 화면에 비치는 영상은 어린이들이 빙판길에서 노는 장면이다. 아마도 자료 영상이겠지. 내 앞에 앉아 있는 아이, 유리는 어느새 TV 화면에 시선을 빼앗겨 있었다. 나는 그런 유리의 찰랑거리는 머리카락을 보며 감상에 젖어 들었다. 그 조그맣던 아이가 어느새 이렇게 자랐구나. 이제는 나보다 한 뼘은 더 크다. 오래전 산골의 학교에서 내 수업을 받던 아이가, 지금은 선생님이 되어 아이들을 가르치고 있다. TV 화면에서는 어린아이들이 빙판 위에 쪼그려 앉아 두 손으로 눈을 쓸어내고 있다. 그 모습을 보면서, 유리가 조용히 중얼거렸다.

"저러다 못 볼 걸 보면 충격이 클 텐데…."

나는 움찔했다. 못 볼 것. 그렇다. 이 아이였다. 처음 그것을 발견한 사람은. 나도 모르게 한숨을 크게 쉬었다. 유리는 그런 나를 돌아보더니, 살짝 미소를 지었다. 인사로 짓는 미소에 능숙한 아이. 이런 능력은 어릴 때부터 습득하지 않으면 어른이 되어서는 익힐 수 없다.

"아이들은 옛날이나 지금이나 똑같죠?"

"응?"

유리가 웃으며 말했다.

"겨울에 괜히 빙판에서 미끄러지는 게 신나고, 들어가지 말라는 데 들어가고 싶고."

"아아. 그렇지. 나도 그랬으니까."

아이들이 좋아하는 것은 비슷하다. 수십 년 전에 유행하던 장난감이 여전히 유행하고, 아무리 기술이 발전하고 세상이 달라져도 아이들은 팽이에 열광한다.

"이상한 쪽지도 돌리고."

"그렇지…."

"얼음 귀신도."

"…!"

얼음 귀신. 모르는 건 아니다. 하지만 이렇게 먼 기억이 갑작스럽게 다가오는 건 당황스러운 일이다. 입을 닫은 내 표정을 살피며, 유리는 손가방에 손을 넣었다.

"안 그래도 학교에서 얼마 전에 이런 걸 발견했거든요."

유리가 반쯤 찢어진 쪽지를 하나 꺼내 보여주었다.

호수로 오거라. 만나러 오거라. 얼음 위에 가둔 것을 만나러 오거라.

나는 그 쪽지를 들여다보았다. 이건 무슨 장난인가 싶어 다시 유리의 얼굴을 들여다보았지만, 장난을 치는 표정은 아니다. 그렇다고 해서 꺼림칙한 의도 따위를 담은 표정도 아니다. 그 얼굴에는 늘 짓는 잔잔한 미소뿐이다.

"어때요, 똑같죠?"

나는 이 아이가 무슨 이야기를 하고 싶어 하는 건지 알고 있다. 그렇지만 모른 척했다. 아마 TV에 저런 뉴스가 나오지 않았다 해도, 이 아이는 결국 얼음 귀신 이야기를 꺼냈을 것이다. 유리가 나를 찾아오는 것은 그리 드문 일이 아니었다. 추우면 추운 대로, 더우면 더운 대로 안부를 물으러 찾아오곤 했다. 때로는 학교생활을 하면서 풀리지 않는 문제가 있거나, 위로를 받고자 찾아올 때도 있었다. 옛 은사로서의 내가 아니라, 교사 생활의 선배인 나를 만나기 위해. 하지만… 이 아이가 기억할 리가 없다. 얼음 귀신. 분명히 그것을 처음 발견한 것은 이 아이였다. 하지만 그 쪽지는….

"선생님, 기억하세요? 얼음 귀신 이야기."

"…그래, 그런 이야기가 있었지."

사실 별것 아니다. 한동안 우리 학교, 그러니까 유리가 다니던 초등학교 아이들 사이에서 유행했던 시시한 이야기다. 겨울철에 얼음 귀신이 아이들을 살얼음 낀 물가로 불러내어 빠져 죽게 만든다나. 하지만 그런 건 없다. 아무리 그런 일이 일어났다고 해도, 귀신 같은 게 있을 리 없다.

"그땐 정말 깜짝 놀랐었는데."

유리의 눈이 먼 곳을 향했다. 깊고 맑은, 까만 눈빛. 저 눈빛의 심연에 가라앉은 것은 무엇일까. 추억? 아니면 회한?

"아직도 그 일을 생각하는구나."

"그럼요. 못 잊죠. 어떻게 잊겠어요?"

그것은 2월의 개학식 날이었다. 오랜만에 등교한 아이들은 하얗게 눈 쌓인 운동장에서 눈싸움을 하거나, 얼어붙은 빙판에서 썰매 흉내를 내거나 하며 소란스럽게 굴었다. 좀 더 모험심이 강한 아이들은, 낮은 담장을 뛰어넘어 출입 금지된 야외 수영장으로 뛰어들었다. 뛰어들었다고 해도 물속에 들어간 것은 아니다. 2월의 산골 마을은 춥다. 수영장은 이미 얼어서 스케이트장이나 마찬가지일 때다. 하지만 아이들이 수영장을 찾는 것도 바로 그 때문이다. 꽁꽁 얼어붙은 수영장 위에서 스케이트 놀이를 하기 위해서.

"그땐 저도 정말 말괄량이였죠. 진짜로 스케이트를 들고 왔
거든요. 눈이 좀 덮이긴 했지만, 그래도 훌륭한 스케이트장이
었으니까요."

휘휘 돌아다니는 동안 수영장 위에 쌓인 눈이 조금씩 벗겨
져 나갔다. 하얀 눈이 걷히고, 반투명한 얼음이 드러난다. 그렇
게 돌다가, 문득 유리는 수영장 가운데의 한곳에 멈췄다. 그러
더니 무릎을 굽혀 주저앉고, 손바닥을 빙판에 대고, 절을 하듯
이 허리를 구부렸다. 그런 다음엔 빙판을 뚫어져라 내려다보았
다. 한참을 들여다본 결과 반투명한 얼음을 사이에 두고 눈이
마주쳤다. 커다랗게 뜬 죽은 눈과.

"시체를 볼 거라곤 생각도 못 했어요. 그것도 세 구씩이나."

기억하지 못할 리가 없다. 빙판 밑에는 시체가 있었다. 세 명
의 어린아이 시체가. 전부 우리 반 학생이었다. 유리와 마찬가
지로. 유리는 그날 심하게 쇼크를 받아 급하게 병원에 실려갔
고, 그 후로도 한동안 학교를 쉬어야 했다. 그러니 그 이후에
무슨 일이 있었는지 유리는 알 리가 없다.

경찰이 출동했고, 수사가 시작되었다. 아이들의 사망원인은
익사로 밝혀졌다. 나는 당시에 수영장 관리 책임을 맡고 있었
기에 참고인 조사를 꽤 많이 받았다. 그러면서 많은 것을 알게
되었다. 죽은 아이들의 실종신고가 이미 오래전에 접수되어 있
었다는 사실도 알게 되었다. 아이들이 사라진 것은 한 달 전 방

학식 날 밤. 하지만 어떤 경위로 이 아이들이 수영장에 빠졌는지는 경찰도 알 수 없었다고 한다. 그날 밤에 바로 물에 빠졌을 가능성이 처음 제기되었지만, 그랬다면 분명 다음날 바로 발견되었을 것이다. 그때만 해도 수영장은 표면이 얼고 녹고를 반복하던 때였다. 그렇기에 분명, 시체가 있었다면 결국 떠올랐을 것이다. 누군가 아이들을 납치해 한동안 가둬둔 다음, 방학 중에 들어와서 의식을 잃게 만들고 물에 빠뜨렸을 것이라는 추측을 늘어놓는 사람도 있었다. 그 역시 있을 수 없는 이야기였다. 방학 중이라고 계속 학교가 비어 있는 건 아니다. 선생님들은 맡은 역할에 따라 학교에 나온다. 시설관리도 그렇고, 사무도 있고. 하지만 수영장에서 시체를 본 사람은 없다. 물론 시간이 조금씩 지나면서 빙판이 생겼고 그 빙판이 아주 투명하지는 않지만, 그래봤자 그 아래는 물이다. 빙판 위로 뚫고 올라오지는 못한다 해도, 떠오른 시체가 눈에 띄지 않을 리 없다. 몸에 돌 같은 걸 매달아 바닥에 가라앉힌다면야 신경 써서 살피지 않는 이상 잘 안 보일지도 모르지만, 시체에는 묶인 흔적이 없었다. 추위가 심해져 얼음이 충분히 불투명해질 때까지 기다렸다가, 그다음에 구멍을 뚫고 집어넣었을 가능성을 이야기하는 사람도 있었다. 하지만 그 정도로 두꺼울 얼음이라면 중장비라도 사용하지 않는 이상 구멍을 뚫기가 쉽지 않다. 사건의 진상은 결국 밝혀지지 않았고, 아이들 사이에선 기묘한 소문이 퍼지기 시작했다. '얼음 귀신'이라는.

"정말 난리였죠. 처음도 아니고 '두 번째'였으니까요."

두 번째. 나는 처음으로 얼어 죽은 제자의 얼굴을 떠올렸다. 아직도 이름을 기억한다. 민석이. 안 된다. 울 것 같다. 나는 황급히 시선을 돌리고 차를 한 모금 마셨다. 그리고 애써 태연한 어조로 말했다.

"그 아이는⋯."

'그 아이는 얼음 귀신 같은 게 아니야'라고 말하려고 했다. 하지만 '그 아이'라는 단어를 내뱉는 순간, 울컥하는 감정이 닥쳐서 입을 닫고 말았다. 유리는 그런 나를 관찰하듯 들여다보며 말을 이었다.

"지난달에 만나고 왔어요."

나는 유리의 말에 눈빛으로 반문했다. 누구를?

"민석이 어머니요. 이런저런 이야기를 듣고 왔죠. 그 쪽지에 대해서도요."

그 쪽지. 나는 유리가 아까 보여준 쪽지 쪽으로 시선을 옮겼다. 저것이 그 쪽지일 리는 없다. 비슷하지만, 조금 다르다. 거기에 써 있던 것은⋯.

"참 이상하죠. 어른이 되고 나니까 어렸을 때 무심코 지나쳤던 것들이 다른 모습으로 새록새록 떠오르더라고요. 그래서 제 기억들이 맞는지 확인하고 싶었어요."

그래서 민석이 어머니를 만나고, 다시 나를 만나고⋯ 말리고
싶은 일이지만, 무슨 말로 말릴 수 있을까.

　민석이가 죽은 것은 겨울방학이 시작되기 조금 전이었다.
그 아이는 얼어 죽었다. 기묘한 모습으로. 마을의 외진 호숫가.
그 한가운데의 빙판 위에서 마치 큰절을 하듯이 머리를 조아리
고 엎드려 있었다. 그것이 '첫 번째'였다.

　"민석이가 죽기 전날이던가, 며칠 전이던가. 그날 기억이 났
어요. 아이들 몇 명이 교무실로 들어가는 걸 본 기억이. 말썽꾸
러기들이었죠. 그 세 명."

　"그래."

　"그 아이들은 그날, 왜 교무실로 들어갔을까요?"

　"글쎄다⋯."

　그렇게 말을 했지만, 나는 잘 기억하고 있다. 잊을 수 있을
리가 없다.

　"선생님."

　유리의 눈이 반짝이며 나를 본다.

　"저희 학교에도 수영장이 있거든요."

　"그렇구나."

　"수영장을 보다가 그런 생각을 했어요. 그 물은 어떻게 되었
지?"

　"물이라면⋯."

"수영장 물 말이에요. 아이들이 빠져 죽은 물인데, 그 물을 계속 그대로 썼나요?"

나는 쓴웃음을 지었다. 그럴 리가 있나.

"그럴 리가 있겠니? 전부 새 물로 갈았지."

유리는 몸을 빼 등받이에 기대며 시큰둥하게 말했다.

"그러면 그 아이들 덕분에 수영장 물이 깨끗해진 셈이네요."

"평소에도 깨끗해."

"하지만 물을 가는 걸 본 적이 없는걸요?"

"전부 갈지는 않지만, 정수는 하지."

수영장에는 보통 정수 장치가 있다. 수영장의 물을 연결된 물탱크로 흘려보냈다가, 여과기를 거쳐 수영장으로 흘려보내는 식이다. 물론 그것만으로는 한계가 있기에 새 물을 조금씩 보충하기도 한다.

"호수에서 떠오는 건 아니고요?"

나는 고개를 저었다. 또 그 호수 이야기다. 그 바보 같은 소문.

민석이의 기묘한 죽음과 다른 세 아이의 죽음, 그리고 뒤이어 등장한 쪽지가 그 소문을 부채질했다. 세 아이 중 한 명의 책상 서랍에서 나온 그 찢어진 쪽지. 찢어진 것들을 맞추었을 때 나온 글자가 그야말로 기묘했다.

너희가 얼음 위를 기어
그 호수로 오거라

이 찢어진 쪽지가 작은 아이들에게 기묘한 상상을 불러일으켰다. 민석이가 얼음 귀신을 불러내어 나머지 아이들을 데리고 갔다는. 그날 민석이의 기묘한 자세는, 다름이 아니라 얼음 귀신에게 절을 하던 것이라는. 남의 일이라면 귀여운 상상이라고 생각했을지도 모르지만, 내 입장에서는 불쾌한 엉터리 같은 소문이다.

유리는 테이블에서 쪽지를 집어 들었다. 그러고는 박박 찢기 시작했다. 찢어진 종잇조각들이 테이블 위에 흩어진다. 유리는, 다시 찢어진 조각들을 이리저리 맞추어 글씨를 만들어 냈다.

"이거면 됐죠."

유리는 글씨를 가리키며 말했다. 잠시, 퍼즐을 묘하게 맞추어 다른 글자를 만들어내기라도 한 건가 했지만, 그렇지 않았다. 처음 쓰여 있던 문장이 그대로 맞춰졌을 뿐이었다. 유리는 글자에 속하지 않고 남은 조각들을 따로 모으더니,

"이건 필요 없죠."

그렇게 말했다. 나는 그녀의 말에서 어떤 영감이 떠올랐지만, 잠자코 있었다. 아직은 이 아이의 이야기를 더 듣고 싶다.

"절하는 자세로 죽은 아이, 그 후에 발견된 영문을 알 수 없

는 쪽지, 수영장의 얼음에 갇혀서 익사한 아이들… 여기서 얼음 귀신이라는 존재가 등장하는 건 그럴듯하겠죠. 아이들에게는요. 하지만 어른에게는 그렇지 않아요. 어른은 그런 상상을 하지 않아요."

"…그래."

"백번 양보해 얼음 귀신이라는 상상까지는 할지 몰라도, 얼음 귀신이 쪽지를 보냈다는 상상은 하지 않죠. 쪽지를 보내는 건 사람이에요."

"그렇겠지."

"이 쪽지, 선생님이 보낸 것 아닌가요?"

직설적이다. 당황한 것은 아니지만, 나는 입을 닫았다.

"원래는 뭐라고 쓰여 있었나요?"

"…."

유리는 대답하지 않는 나를 원망스럽다는 듯이 쳐다보다가, 한숨을 푹 내쉬고 말을 계속했다.

"호수 한복판에서 절하는 포즈로 죽은 아이… 무서운 이야기긴 해요. 아무것도 없는 허공을 향해 절을 하다 죽었다는 건 정말… 여러 가지 상상을 하게 되죠. 하지만 저는 그 포즈에서 다른 걸 연상하게 돼요. 제가 아이들의 시체를 발견한 그날을요. 그날 엎드려서 빙판 밑을 내려다보던 제 모습도, 옆에서 보기엔 절하는 것처럼 보이지 않았을까요?"

분명 그렇다. 무릎과 팔꿈치를 바닥에 대고, 머리를 빙판 쪽으로 기울인 모습은 분명 절하는 모습과 똑같다. 유리의 눈이 다시 나를 들여다본다.

"선생님. 민석이는 괴롭힘을 당하고 있었던 거죠? …아니, 어쩌면 괴롭힘이라는 귀여운 말로 표현하기엔 꺼림칙한, 끔찍한 일을."

울컥하고, 차오른다. 이 질문만큼은 무시할 수가 없다. 나는 굳은 목을 억지로 끄덕였다.

"그날, 그 아이들을 교무실로 불러낸 것은… 그걸 알게 되었기 때문이군요. 어떻게 알았나요? 민석이가 이야기했나요?"

고개를 끄덕였다. 눈물이 나올 것만 같다.

"…보복이 아닐까 생각했어요."

아닐 리 없다. 그것은 보복이었다. 선생님에게 '꼰지른'죄에 대한. 그 아이들은 민석이를 끌고 가 벌을 주었다. 언제 깨질지 모르는 호수의 살얼음판 가운데에 그 아이를 버려둔 것이 그 벌이었다.

"민석이 어머님이 기억하고 있더라고요. 장갑이 없었다고. 죽은 민석이의 손에, 그날 아침에 끼고 있던 장갑이 없었다고. 경찰에도 이야기했지만, 소용이 없었대요. 장갑은 장갑일 뿐이니까. 하지만 전 선생님이잖아요. 선생님은 의심하게 되죠. 빼앗긴 게 아닐까. 괴롭힘 당한 게 아닐까."

그렇다. 그 말 그대로다.

"장갑을 빼앗긴 채 호수 가운데에 버려진 민석이는, 언제 깨질지 모르는 살얼음판 위에서 조심조심해서 탈출하려고 했겠죠. 엉금엉금 기면서. …맨손으로."

쉽게 추측할 수 있는 이야기다. 맨손으로 빙판 위를 기다가 속도가 느려져, 결국 손이 빙판에 얼어붙어 버렸다. 빙판에 붙은 손을 떼려고 하지만, 이미 눈 깜짝도 힘들 만큼 추위에 힘을 다 빼앗긴 상태. 몸은 점점 움츠러들고, 칼바람을 피하기 위해 고개가 내려간다. 그렇게, 머리를 조아리고 큰절을 한 상태로, 결국 벗어나지 못하고 죽음에 이른다.

"그래서 불러냈군요. 그 호수로. 쪽지를 보내서. 뭐라고 쓰여 있었나요 원래는? '너희가 얼음 위를 기어다니다 죽게 만들었다는 걸 알고 있다. 밝혀지는 게 싫다면 그 호수로 오거라'인가요?"

비슷하다. 사실 토씨 하나 틀리지 않고 기억해내기엔 너무 먼 기억이지만. 쪽지를 받은 아이가 그것을 찢어버렸던 모양이다. 결국 그 아이도, 호숫가로 나왔지만. 찢어진 쪽지의 절반이 사라진 덕분에, 남아있는 쪽지에는 무슨 주문 같은 기묘한 문장만 남았다.

너희가 얼음 위를 기어

그 호수로 오거라

어쨌거나 나는 분명히 그날 그 호수에서 아이들을 만났다. 그리고….

"경찰이 수영장을 아무리 조사해 봤자 소용없었겠죠. 아이들이 익사한 장소는 그 수영장이 아니라, 수영장의 물을 정수할 때 쓰는 물탱크였을 테니까요. 밖에서 보이지도 않고, 소리도 새어 나오지 않는 곳. 선생님은 거기에 아이들을 가두어두고 기다렸어요. 수영장 표면이 얼어가기를요."

유리는 맑고 또렷한 눈으로 나를 바라보았다. 진지한 표정엔 한치의 흔들림도 없었다. 아무래도 대충 떠보는 것 같지는 않다.

"시간이 지나고 수영장 바닥이 잘 보이지 않을 정도까지 얼음이 두꺼워졌을 때, 수영장의 물을 뺐겠죠. 그 물은 물탱크로 흘러 들어가 아이들을 익사시켰고요. 그 후 수영장의 얼음이 너무 두꺼워져서 깨기 힘들어지기 전에, 한쪽 구석에 구멍을 내서 아이들을 떨어트렸어요. 시체는 떠오르지 않죠. 물이 없으니까요. 하지만 결국엔 수영장에 물을 채워야 해요. 그것도 시체가 떠오르지 않게 하면서. 그래서 선생님은 매일 조금씩, 물을 흘려보냈어요. 시체에 살얼음이 입혀지도록. 가득 찬 물이라면 표면만 얼겠지만, 바닥에 고인 물이라면 어는 건 금방이니까요. 그렇게 조금씩, 시체를 고정해 충분히 두꺼운 얼음을 만든 거예요."

그랬다.

"그렇게 시체를 얼음으로 고정하고 나서 다시 수영장에 물을 채웠죠. 빙판이 충분히 두꺼워지기 전에 시체가 떠오르는 일이 없도록, 시체가 뜨는 속도를 늦춘 거예요."

모두 사실이다. 부정할 생각은 없다.

"왜 그랬나요?"

대답할 말이 없다. 나는, 나는….

"선생님, 왜 그랬나요?"

집요하다. 버틸 수가 없다.

"그 아이들이 민석이를 죽였으니까…."

유리는 고개를 흔들었다.

"아뇨, 그걸 묻는 게 아니에요. 왜 그날, 교무실로 그 아이들을 불러냈나요?"

나는 멈칫했다. 나는 왜, 그날 그 아이들을 불러냈는가.

"보복할 거라는 걸 모르셨나요?"

나는 고개를 저었다.

"선생님은, 그냥 선생님이 하는 일을 했던 거죠?"

몸이 떨려온다. 잔인한 이야기다. 안다. 학교는 그런 곳이다. 도망갈 수 없는 곳. 학교에서 왜 괴롭힘이 계속되는가. 학생과 학생 사이에 왜 권위가 생기는가. 왜 학생들은 나쁜 일을 당해도 **어른들에게만은** 말하지 않는가. 뻔한 이야기다. 어른들을 믿지 않기 때문이다. 아이들은 자신이 원해서가 아니라 어른들이 원해서 학교에 간다. 원한다고 전학 갈 수 있는 것도 아니다. 모든 것은 어른들의 의사에 달려 있다. 아무것도 스스로 계획할 수 없다. '괴롭힘을 당하고 있으니 학교를 옮겨주세요'라고 말한다고 원하는 대로 처리되는 것이 아니다. 그 후의 일은 어른들 마음대로다. 그러니 이야기하지 않는다. '자기가 해결할 수 있다고 믿는 어른들'이 무슨 사고를 칠지 모르기 때문이다. 하지만 민석이는, 그 아이는 나를 믿었다. 그렇기에 이야기했다. 그리고.

"비밀로 해달라고 하지 않던가요?"

그랬다. 민석이는, 그런 이야기를 했다는 걸 비밀로 해달라고 했다. 그 아이는 내게 해결을 요구한 것이 아니었다. 그 아이는 그저, 비밀을 지켜줄 사람에게 상담하고 싶었을 뿐이다. 하지만.

"하지만 선생님은 알게 된 이상 조치를 해야만 했겠죠. 그러려면 사실 확인을 해야 했고요. 그래서 아이들을 교무실로 불러냈죠."

그랬다. 그 결과.

"그 결과 민석이는 죽었고요."

나는 침통한 마음으로 고개를 끄덕였다. 맞다. 그 결과 민석이는 죽었다. 그래서 나는.

"후회하셨군요."

"…그래."

울음이 터져 나왔다. 다른 사람에게, 다른 누군가에게 어떻게 이것을 이해시킬 수 있을까. 복수가 아니라 후회 때문에 사람을 죽였다. 자신의 안이함에, 자신의 무력함에 분노해서 사람을 죽였다. 사람이 죽어가는 것을 사실상 방관한 스스로를 멸시했기에 사람을 죽였다.

"하지만 그런다고 민석이가 돌아오지는 않으니까요."

알고 있다. 하지만.

"결국 선생님은, 넷이나 죽인 거네요."

"…뭐?"

"민석이부터 시작해서 하나, 둘, 셋, 넷. 그렇잖아요?"

유리는 손가락을 하나씩 꼽아가며 말했다. 처음엔 무슨 뜻인지 이해하지 못해 멍하니 있었다. 말들이 머릿속을 말벌처럼 떠다녔다. 그러다 어느 순간, 그 말벌들이 일제히 나를 찌른다. 한순간에, 충격이 몸을 관통했다.

넷을 죽였다. 그 말이 독처럼 심장까지 와닿다. 생각하지 못했다. 민석이의 죽음과 그 셋의 죽음을 하나로 연결할 수 있다는 것은. 민석이에 이어서, 나머지 셋도 죽게 만들었다. 그렇게 생각할 수도 있다는 것은.

"…아아아아아!"

말이라기도, 비명이라기도 힘든 괴이한 소리가 내 목에서 터져 나왔다. 나는, 나는 그 셋을 죽임으로써 민석이에 대한 죄책감을 해소했다고 생각했다. 하지만 그 일련의 죽음은 그저 연쇄살인이었다고, 넷을 죽게 만들었을 뿐이라고. '그래서'가 아니라, '그리고'였을 뿐이라고.

그 짧은 '그리고'가, 내 정신을 지키던, 살얼음같이 알량한 그 정의감을 폭력적으로 두드려 깨고 있었다. 부서져 내리는 얼음 조각 사이로, 유리의 눈동자가 들어온다. 천천히, 천천히. 관찰하는 듯한 그녀의 눈이 점점 온화해지고, 얼굴에 미소가 자리잡는다. 아아, 이것은 인사치레의 미소가 아니다. 이것은 진짜 미소. 안심의 미소. 나는 이제 영원히 닿을 수 없는 그 미소. 영원히… 아아, 그때, 그때, 교무실에서 그 아이들을 만났을 때, 그때 그 아이들을 죽였더라면 나는 셋으로 끝낼 수 있었는데. 나는 이제 영원히 이 주박에서 빠져나갈 수 없게 되었구나. 유리의 미소가, 미소 지은 그 입술이 벌어진다.

"선생님, 감사해요."

진심 어린, 그리고 강한 목소리.

"선생님 덕분에, 용기를 얻었어요."

12시의 신데렐라

이상한 꿈을 꾸었다.

꿈이라는 것이 본래 모호하고 정확히 기억나지 않기 마련이지만, 이번에 꾼 꿈에서 딱 한 가지 장면만큼은 정말로 선명했다. 그 장면에서 나는 시계를 노려보고 있었다. 원형 시계판 위에 바늘이 돌아가는 형태의. 그것이 괘종시계였는지, 손목시계였는지, 탁상시계였는지는 잘 기억나지 않는다. 마치 포커스를 맞춘 사진처럼, 그 외의 풍경은 좀 흐릿했기 때문이다. 어쩌면, 내가 그 시계만 노려보고 있었기 때문에 그렇게 보였을지도 모른다.

꿈속에서 나는 그 시계를 노려보며 소리 지르고 있었다. 그 소리라는 게 무엇인고 하니.

"멈춰! 멈춰!"

어이없게도, 나는 시간을 멈추려 하고 있었던 모양이다. 그 직후에 바늘이 정확히 12시 방향을 가리키며 멈췄던 것 같다. 어딘가 괴이하면서도 묘하게 현실적인 꿈이었다. 그렇기에 불길했다.

꿈이라는 것은 아무리 현실적이라 할지라도, 깨어난 후 어느 정도 시간이 지나면 감각적으로 멀어지기 마련이다. 기억은 나지만, 마치 내 일이 아닌 것처럼, 내 경험이 아닌 것처럼 느껴지는 것이 꿈이라는 놈이다. 하지만 이번엔 어쩐지 그렇지 않았다. 감각적으로는, 시간이 지나면서, 잠에서 깨면서 점점 그 꿈이 구체적인 경험처럼 느껴졌다. 그 꿈속에서 느꼈던 감정들이 점점 강하게 마음을 압박했다. 그 감정은 공포와 체념이 뒤섞인 어둡고 축축한 것이었다. 그리고 나는 그 꿈이 곧 일어날 일이라고 믿게 되었다.

예지몽. 12시 정각이 되는 순간, 무서운 일이 일어난다. 그렇게 생각하게 되었다. 아마도 평생 겪어본 적이 없는 무서운 일. 시간을 멈추려는 어처구니없는 시도를 할 만큼, 막을 수도 어찌할 수도 없는 일. 나는 도대체 무엇인지도 모를 '그 일'에 대한 공포감에 사로잡혔다. 그리고 그 일을 피할 방법을 고민하기 시작했다.

내가 아는 것은 그 일이 12시 즈음에 일어난다는 것, 그리고 내가 시계를 노려보며 멈추라고 명령하게 된다는 것 정도였다.

하지만 단서가 적었기 때문에 오히려 해법은 단순했다. 그 상황이 일어날 수 없게 만들면 된다. 요컨대, 내가 12시에 시계를 보지 않으면 된다는 것이다. 그래서 나는 온 집 안의 시계를 치웠다. 컴퓨터나 스마트폰 등의 시계 설정도 시곗바늘 형태로 표기되지 않도록 꼼꼼히 점검했다. 문제는 밖이었다. 회사를 나가지 않을 수도 없고, 집에만 틀어박혀 있을 수도 없다. 나는 12시를 피해 집 근처와 출근길을 쭉 돌아보며 원형 시계가 얼마나 여러 곳에서 보이는지 확인했다. 그 꿈을 꾸기 전에는 몰랐다. 거리에 이렇게나 시계가 많은 줄은. 그야말로 이 세상은 시계에 둘러싸인, 시계 제국이라고 해도 무방할 정도다. 누구도 보지 않지만 어딘가엔 항상 달린 시계. 여러 가지 동선을 상상해보고 수많은 시계를 확인한 후, 나는 그 작업을 포기했다.

한 번 거리로 나서는 순간, 시계에게서 벗어날 방법은 없다. 어딘가에서는 반드시 시계와 마주친다. 안전한 곳은 집뿐이다. 밤 12시 전에는 반드시 집에 들어오고, 사람도 들이지 않는다. 이것이 최선이다. 하지만 하루에 12시는 두 번. 점심시간을 피할 수는 없다. 그래서 회사에서는 어찌할지 고민하다가, 시계가 없는 곳이 있다는 사실을 깨달았다. 화장실. 혹시나 해서 회사 화장실을 샅샅이 체크해보았지만 화장실 어디에도 시계는 없었다. 낮 12시에는 화장실에 은신한다. 그것으로 충분하다. 점심시간 직전에 사라지는 것이 남들 눈에는 은근한 땡땡이처럼 보일지도 모르지만 어쩔 수 없다. 이게 최선이다.

첫날, 나는 그 계획을 완벽하게 완수했다. 그리고 집에 돌아와 잠자리에 들었다. 아니, 들려고 했다. 하지만 문득 무서운 예감이 들어 벌떡 일어났다. 만약 그것이 꿈이라면? 그러니까, 그 꿈이 예지한 것이, 꿈을 꾸는 장면이라면?

꿈에서 시계를 보고 멈추라고 말하는 순간 현실에서 무서운 일이 일어나는 것이라면? 정확히 꿈이 아니라도, 만약에 잠결에 '아… 슬슬 12시가 되었으려나' 하고 자각하는 순간, 상상 속에서 시계가 떠오른다면? 그것을 미리 없앨 수는 없다. 생각할수록 그럴듯하게 느껴졌다. 나는 12시 이전에는 잠들지 않기로 했다. 그리고 하루에 두 번, 낮 12시와 밤 12시에는 다른 생각이 들지 않도록 스마트폰의 시계를 숫자로 확인하면서 카운트다운을 하기로 했다. 그것을 위해 11시 56분에 알람을 맞춰두었다. 잠이 들지 않도록 거실로 나와 테이블 위에 커피를 올려두고, 틈틈이 시간을 확인한다. 11시 56분이 되었을 때, 나는 카운트다운을 시작했다. 300, 299, 298, 297… 12시 정각을 카운트다운 도중에 넘기기 위해서다. 마치 잠들기 전에 양을 세는 것 같다. 잠들기 위해서 하는 일은 아니지만. 카운트다운을 마치고 나서 시계를 보자 12시 1분이 되어 있었다. 생각대로다. 300부터 1까지 카운트다운을 하는 동안, 카운트다운 자체에만 집중할 수 있었다. 숫자가 틀리지 않을까 신경 쓰면서. 시계에 대해 잠깐이라도 떠올릴 틈 따윈 없었다. 다행이다. 해냈다. 나는 안심하고 자리에 누워 눈을 감았다. 시계에 너무 신경을 써서인지 머릿속에 곧바로 시계의 모양이 떠올랐다. 원형의, 바늘이 달린… 나는 벌떡 일어났다.

잠깐만, 그것은 아날로그 시계가 아니었던가? 물론 아날로그 모양으로 표현된 디지털 시계일 수도 있겠지만, 아날로그 시계였던 것 같은 기분이 든다. 어땠더라? 어쨌든 아날로그 시계라면 일 분 일 초 단위가 맞아떨어질 거라고 신뢰할 수는 없다. 오 분 늦거나 빠른 시계일지도, 심하면 십 분… 나는 침대에서 벌떡 일어나 스마트폰 시계를 확인했다. 오 분 전 카운트다운만으로는 부족하다. 확실을 기하기 위해서는 십 분. 앞뒤로 십 분은 필요하다. 그날부터 나는 매일 사십 분씩을 카운트다운에 쏟았다. 회사에서는 화장실에서, 집에서는 거실에서. 점심시간이 십 분도 넘게 남은 시점에서 먼저 일어나는 내게 동료들의 눈총이 쏟아졌지만, 어떻게든 얼버무려야했다. 얼버무린달까, 무시한달까. 밤에는 12시 반 가까이 되어 침대로 들어갔고, 1시 넘어서까지 뒤척이다가 겨우 잠들었다. 그렇게 며칠을 지내다 보니 절대적으로 잠이 모자라다는 사실을 느끼게 되었다.

주말이라고 해서 마음 놓고 늦잠을 자거나 일찍 잠이 들거나 할 수는 없었다. '그 일'은 영업일과는 상관없을 테니까. 결국 회사에서도 꾸벅꾸벅 졸기 시작했다. 근태 문제를 지적받게 된 것은 당연한 일이었다. 그러다가 어느 늦은 저녁, 사장실에 불려가는 꼴이 되고 말았다.

사장실에서 끝없는 훈계를 들으면서도, 내 눈은 사장의 머리 위, 벽에 커다랗게 달린 원형 시계에 박혀 있었다. 흰 테두리, 까만 시계판, 빨간 시계침. 10시 30분, 10시 40분, 시간이 흐르는 것만 신경 쓰였다. 11시 정각이 되었을 때도 사장의 훈계는 끝나지 않았다. 하지만 시계가 11과 12를 가리키는 순간, 나는 급격한 공포감을 이기지 못하고 벌떡 일어났다. 사장이 호통을 쳤지만 나는 뒤도 보지 않고 사장실을 뛰쳐나왔다. 지금이라면 아직 늦지 않았다. 12시 전까지 집으로 돌아갈 수 있다. 나는 회사를 뛰쳐나와 마침 방금 도착한 버스를 탔다. 버스를 타고 집까지는 40분 남짓. 충분하다.

버스 기사는 안전속도에 크게 매달리는 사람이 아닌 것 같았다. 다행이었다. 하지만 한강다리를 건너는 순간, 발목이 잡혔다. 갑작스럽게 길이 막힌다. 여기서만, 어째서? 어째서? 창밖을 내다보며 발을 구르고 있는데, 앞자리의 두 사람이 대화하는 소리가 들린다.

"안개 때문에 막히나 봐."

안개… 확실히, 전혀 신경 쓰지 않았지만 밖에는 안개가 껴 있다. 꿈속의 그 장면이 생각났다. 포커스를 날린 것처럼 뿌연 풍경… 이 장소를 탈출해야 한다. 스마트폰으로 시간을 확인한다. 11시 10분, 11분, 12분… 등에 땀이 맺힌다. 차는 거의 1분에 1미터씩 가고 있었다. 내려야 한다. 내려서 달리는 수밖에 없다. 나는 버스 기사에게 지금 내리겠다고 말했다. 통하지 않았다. 기사는 안전속도에는 관심이 없었지만 승객하차만큼은 정해진 대로 해야 한다고 믿는 것 같았다. 시계를 확인한다. 17분, 18분… 나는 비상용 망치를 뽑아 유리문을 내려치기 시작했다. 생각보다 잘 깨지진 않았지만 멈추지 않고 계속 내리쳤다.

　승객들이 비명을 질렀고 기사가 고함을 쳤다. 상관하지 않았다. 상관하지 않았다. 나를 붙잡으려 드는 젊은 남자의 이마를 망치로 내려치고, 머리채를 잡아 유리문에 박았다. 유리문에 기대어 미끄러지듯 쓰러지는 남자의 머리를 다시 한번 온힘을 다 실어 발로 내리찍었다. 그 순간, 그제야 뜯어지듯 유리가 고무틀과 함께 밖으로 깨져나갔다. 나는 정신을 잃은 채 문손잡이에 빨래처럼 걸려 있는 남자의 멱살을 잡아 뒤로 던지고, 버스에서 뛰어내렸다. 유리 파편들이 옷 속에 들어가 여기저기를 따끔따끔하게 만들었지만, 신경 쓰지 않고 뛰었다. 정신없이 다리 위를 달렸다. 숨이 턱까지 차올랐지만, 뛰면서 토할 각오로 뛰었다. 다리를 빠져나오자 거기서부터는 정체가 끝났다. 도로로 뛰어들듯이 해서 택시를 잡았다. 행선지를 급하게 말하고는, 빨리, 아무튼 빨리 가달라고 했다. 속도를 높이는 기사의 등 뒤에서, 나는 등받이 위에 무너져 내렸다. 그리고 스마트폰 시계를 확인한다. 11시 35분. 간당간당하다. 아니, 어쩌면 늦었을지도 모른다. 마음이 조급해져 다시 앞쪽으로 몸을 내밀었다. 기사님, 조금만 더 빨리, 예에, 더 빨리, 예에, 더 빨리! 기사는 고분고분 속도를 높인다.

속도계가 안전속도를 넘어 90, 100⋯ 마음이 고동친다. 속도를 더 높이지 않으면⋯ 속도를 더⋯ 어? 순간, 나는 내가 터무니없는 착각을 하고 있었음을 깨달았다. 그것은 시계가 아니었다. 눈앞의 계기판에서 바늘이 점점 12시 방향을 향하고 있었다. 110, 115⋯ 바늘이 120을 가리키려는 순간, 나는 계기판에서 눈을 돌리지도 못하고, 머릿속이 하얗게 된 채 결국 본능이 요구하는 대로 외치고 말았다.

"멈춰! 멈춰! 멈추라고!"

노 리스크, 하이 리턴

"저는, 정의에 홀렸습니다. 아니, 씌었달까요."

남자는 그렇게 운을 띄웠다. 나에게 말하는 것 같지만 그 눈은 나를 보고 있지 않았다. 어딘가 먼 곳—이를테면 추억—을 바라보고 있는 것 같았다.

"어린 시절부터 그랬습니다. 영화와 만화에 나오는 이야기들, 영웅이 악을 징벌하고 때로는 말소시키는 이야기들에 가슴이 설렜지요. 나이가 들어서도 그 마음은 변하지 않았습니다. 그래서 검사가 되었습니다. 검사가 된 후로도 정의를 추구하는 마음은 저물지 않았습니다. 수많은 사건을 기소하고 악인들을 벌하면서도, 제 마음속에는 더, 더, 조금 더 많은 정의를, 하는 갈증이 타올랐습니다. 다른 것에는 정말이지 흥미가 생기지 않았습니다. 스포츠도, 결혼도, 그 무슨 유희도 말이죠. 그렇게 살다 보니 실적도 엄청나게 올려서 출세도 했고, 감사패 같은 것도 많이 받았단 말이죠. 그런데 이 감사패라는 것이 절 짜증 나게 만들더군요. 이런 건 그냥 유리조각 내지는 금칠한 싸구 려 돌멩이일 뿐이란 말입니다. 그렇지 않습니까? 내가 정의를 지켰다, 악을 벌했다, 사건을 해결했다는 증거가 될 수 없죠. 내가 원하는 건 영예가 아니라, 정의의 편이라는 사실, 증거 그 자체니까요. 나이가 들어 더 이상 움직이지 못할 때, 침대에 누 워 저 감사패들을 보면서 흐뭇해할 수 있을까요? 좀 더, 내게는 직접적인 증거들이 필요합니다. 그런 생각을 하다가 말이죠."

그는 말을 잠시 끊고 일어나더니, 작은 칼 하나를 가져왔다.

"이 칼은 구 년 전, 어떤 남자가 과일가게 여주인을 찔렀던 칼입니다. 그 남자는 특수상해죄로 실형을 살게 되었죠. 그를 기소한 건 당연히 저였고요."

그는 칼끝을 만지작거리며 다시 앉았다.

"이 칼에는 범죄자의 지문과 유전자, 피해자의 피와 살점이 묻어 있습니다. 당시 사건의 가장 분명한 증거물이죠. 그래서 가져왔습니다. 훔쳤다거나 빼돌렸다는 말은 적절치 않아요. 이것을 가져야 할 사람은 분명 저뿐이니까요. 정의를 지켰던 역사의 증거로 말입니다."

나는 슬쩍 눈을 돌려 다른 곳을 바라보았다.

"처음 저 칼을 가져온 게 시작이었습니다. 이후로 사건 하나를 끝낼 때마다 증거물을 하나씩 가져왔지요. 물론 패소한 사건의 증거물은 수집하지 않았습니다. 저는 물건이 탐났던 것이 아니라 그 안에 있는 상징이, 역사의 흔적이 필요했던 것이니까요. 하지만….”

들는 척 마는 척하며, 내 눈은 지갑을 보고 있었다. 작은 카드 지갑….

“이내 그걸로도 부족하다는 걸 깨달았습니다. 사건이 일어난 직후도 아니고 한참 후에, 그것도 경찰부터 시작해 여러 사람의 손을 거쳐 온 물건….”

그는 한숨을 내쉬었다. 여전히 내 눈은 그 카드 지갑에 박혀 있었다. 그렇다. 저 지갑에서 모든 것이 시작되었다.

시작은 법원의 엘리베이터였다. 법원에는 민원용 엘리베이터와 법정용 엘리베이터가 있는데, 내가 타고 있던 것은 법정용 엘리베이터다. 엘리베이터를 타고 1층에서 내리려는데, 웬 남자가 뒤에서 쫓아와 어깨를 두드렸다.

“이거, 흘리신 것 같은데.”

그가 건네준 것은 카드 지갑이었다. 처음 보는 카드 지갑. 어쩌면 2층에서 내린 사람이 떨어뜨린 것이 아닌가 하는 생각이 잠시 머리를 스치고 지나갔지만, 내색하지 않고 지갑을 받아 챙겼다. 안 그래도 힘든 시기다. 뭐라도 보태야 한다. 남자에게 말없이 꾸벅 인사를 하고는, 지갑을 품 안에 넣었다. 검색대를 지나고, 민원실을 지나 출입구로 나갔다. 슬쩍 곁눈질로 뒤를 돌아보니, 남자가 아직도 내 쪽을 보고 있었다. 가슴이 맹렬히 두근거렸지만, 애써 평정을 유지했다.

오늘 받은 재판은 다행히 집행유예로 결론이 났다. 그래도 동종범죄로 다시 잡히면 이번엔 틀림없이 징역이다. 조심해야 한다. 나는 집에 돌아갈 때까지 품속에 손을 집어넣지 않았다.

집에 도착해서 지갑을 꺼내 보니 안에 신용카드가 잔뜩 들어 있었다. 카드의 디자인만 봐도 알 수 있다. 돈이 많은 사람이다. 하지만 나는 신용카드에는 눈길도 주지 않았다. 어차피 분실신고가 되어 있다면 이런 건 그냥 장난감에 불과하다. 좀 더 안전한, 실패해도 손해 볼 것 없는 물건이 필요하다. 그래, 예를 들어 이 카드키 같은.

신용카드 사이에 황금색의 번쩍거리는 카드키가 하나 껴 있었다. 친절하게도 앞면에는 빌라 이름이, 뒷면에는 동호수까지 적혀 있는. 빌라의 이름을 인터넷에 검색했다. 70평대 초고급 빌라. 운명이다. 그렇게 생각했다. 어떻게 할지 곰곰이 생각했다. 안전한, 아주 안전한 방법이 필요하다.

다음날, 나는 일찌감치 집을 나와서 그 빌라로 갔다. 머리엔 큰 모자를 덮어쓰고, 입에는 마스크를, 눈에는 검은 선글라스를 쓰고 두꺼운 재킷을 입었다. CCTV 대책이다. 그렇다고 해도 크게 이상해 보이지는 않을 것이다. 요즘처럼 마스크 쓴 사람이 흔하고, 요즘처럼 햇빛이 눈부신 때에는. 팬데믹 만세, 가을 만세.

카드키에 관한 정보는 확인했다. 고맙게도 빌라 외문, 동 현관, 호실까지 모두 열 수 있는 통합형이다. 나는 이 카드키로 외문에서 호실 앞까지 통과해, 벨을 누를 것이다. 뭐니뭐니해도 안전이 최고다. 벨을 눌렀을 때 사람이 나온다면, 깔끔히 포기하고 지갑을 돌려준다. 법원에서 주웠는데 카드키에 주소가 쓰여 있어서 찾아주려고 왔다. 그렇게 말하면 그만이다. 하지만 만약 안에 사람이 없다면….

목표지점에 도착하기까지의 경로를 지나는 동안, 사방에 CCTV가 깔려 있다는 걸 체감하게 되었다. 엘리베이터에서도 마찬가지였다. 어디선가 카메라가 나를 보고 있다는 느낌이 분명하게 들었다. 문제의 층에 도착해 엘리베이터를 내리고 나서야, 나는 CCTV로부터 해방되었다. 긴장하지 말자. 조용히 호흡을 체크하며, 문제의 문 앞에 섰다. 문 옆에 커다란 냉장고 박스—아마도 택배 같은 것으로 온—가 서 있었기에, 벨을 누르기 전에 이미 부재중이란 사실을 알 수 있었다. 그래도 신중을 기하기 위해 벨을 눌렀다. 한 번, 두 번, 세 번….

아무 반응도 없다. 조용히 귀를 문에 대본다. 없다. 아무도 없다. 카드키를 자연스럽게 문에 댄다. 삑하고, 철컹하고, 문이 열리는 소리. 장갑 낀 손으로 문고리를 잡고 열었다. 그리고 안으로 들어갔다.

　문 안쪽은 별천지였다. 커다란 거실, 커다란 TV, 번쩍이는 주방… 심지어 냄새조차도 달랐다. 달콤한 향냄새 같은 것이 은은하게 코로 흘러들어왔다. 아주 은은한 향기에 몸을 감싸는 느낌. 여긴 다른 세상이다. 나 같은 건 정상적인 방법으로는 결코 들어올 수 없는. 이 집에 들어왔다는 사실만으로도, 나는 인생에서 성공한 것만 같은 착각을 느꼈다. 그렇게 잠시 넋이 빠져 있다가, 정신을 차렸다. 오래 끌어서 좋을 것이 없다. 빠르게 일을 마쳐야 한다. 나는 값나갈만한 것을 찾아 여기저기 둘러보았다. 100인치는 되어 보일 법한 커다란 TV나 고급스러운 테이블 등 크고 비싸 보이는 것은 많이 널려 있었다. 하지만 너무 큰 건 들고 나갈 수도 없다. 들고 나간다 한들, 너무 눈에 띈다. 좀 더 작은 것, 예를 들어 현금이 있다면 좋겠지만… 현금을 숨긴다면 어디에 숨길까. 침실. 그렇다. 나는 침실로 들어가 침대 위아래를 뒤지고 협탁 서랍을 뺐다 넣었다 했다. 그러다가, 협탁 위의 작은 액자에 눈이 머물렀다. 사진… 어디선가 본 듯한 얼굴이다. 누구였더라? 아니, 그걸 생각할 때가 아니다. 나는 마저 침실을 뒤졌다. 허탕이었다. 역시 요즘 같은 시대에 현금을 집에 숨겨놓은 부자… 같은 건 없는지도 모른다.

침실은 일단 포기하자. 그럼 어디? 아까부터 좀 어지럽다. 너무 긴장한 건가? 현금, 현금이 없다면 보석… 보석? 아!

거실에 있던, 아까는 슥 지나쳤던 커다란 장식장이 떠올랐다. 나는 거실로 나가 장식장의 유리문을 확 열어젖혔다. 그리고, 실망했다. 거기에는 칼, 망치, 벽돌, 밧줄, 드라이버, 열쇠꾸러미… 온갖 잡동사니들만 들어 있었다. 가치 있는 것은 없다. 거실에 눈에 띄는 것이라고는 장식장뿐이다. 냄새… 머리가 띵하다. 아니, 정신 차리자. 그렇다면 어디? 화장실? 주방? 냄새가 진해지는 것 같다. 어지럽다. 어디, 주방, 주방, 커다란 냉장고…? 이상하다. 밖에 있던 냉장고 박스. 이렇게 커다란 냉장고가 있는데 냉장고를 또 산다고? 여러 사람이 사는 것 같지도 않은데… 나는 혼미한 정신으로 비틀거리며 냉장고를 향해 갔다. 그리고 냉장고를 열었다. 냉장고 안에는 수많은 명패가 전시되어… 정신이 흐려져간다… 눈이 감긴다. 냄새… 그 냄새는….

흐릿한 머릿속에서 한줄기 영상이 떠오른다. 내 어깨를 두드리던 남자.

"이거, 홀리신 것 같은데."

아까 본 그 사진. 그랬다. 그 남자야말로 이 집의 주인, 그 남자야말로 지갑의 주인… 삑, 철컹.

"…그래서."

남자의 목소리가 나를 회상에서 깨웠다.

"그래서 저는 현장을 갈구하게 되었습니다. 사건이 일어나는 현장 그 자체를 가지고 싶다, 그리고 그 현장에서 생생한 증거물을 획득하고 싶다고요."

뭔가를 말하고 싶지만 혀가 굳어 목소리가 나오지 않는다. 아직 약 기운이 충분히 가시지 않았다.

"수없이 갈구한 결과, 악당을, 사건 현장 자체를 내 집으로 불러오자는 생각을 하게 되었죠. 물론 안전하게, 실패해도 손해가 없는 방법으로요."

그랬다. 그래서 법원 엘리베이터에서, 내게 지갑을 건네주었다. 내가 선한 인물이라면 그 지갑을 민원실에 맡길 것이고, 엘리베이터 바로 앞에 민원실이 있으니 그 장면은 바로 확인할 수 있었을 것이다. 하지만 나는 그러지 않았다.

"당신이 법원을 나가는 걸 확인한 후, 나는 퀵서비스를 보냈습니다. 냉장고 박스를요. 그리고 그 안에 들어가 있던 건 냉장고가 아니라 나 자신이었죠."

그리고 그 박스는 문 앞까지 도착했다. 그 안에서 그는 기다렸다. 내가 오기를. 그리고 내가 문을 열고 들어서자, 밖에서 환기구 혹은 문틈을 통해 그 약… 그리고 내가 쓰러진 것을 확인한 후 집으로 뛰어 들어와 창문을 열고 환기를 시켰다.

"그리고 결과적으로 나는 안전하게 유실물 편취, 주거침입, 절도의 현장을 내 집에 불러들일 수 있었죠. 뭐 안전하다고는 해도 CCTV 때문에 한 가지 걱정이 있기는 했습니다만… 안 해도 될 걱정이었던 것 같네요."

남자는 모자를 꾹 눌러쓰며 말했다. 남자는 지금, 내가 입고 온 옷을 입고 있다. 모자, 선글라스, 장갑까지… 체형도, 얼굴도 알아볼 수 없는 안전한 복장.

"어쨌든 CCTV에 찍히는 건 곤란하니까요. 누군가가 이 빌라에 들어온 건 찍혔지만, 나간 건 찍히지 않았다… 이건 아무래도 위험하지 않습니까? 만약이라는 게 있으니까요. 반대로 들어온 적 없는 누군가가 나가는 게 찍혔다. 이것도 마찬가지죠."

그 말대로다. 저 남자가 빌라에 들어오는 건 찍히지 않았다. 박스 속에 있었으니까. 그러니 나가는 게 찍히면 의심스러울 것이다. 오전에 출근해서 돌아오지 않은 사람이, 오후에 또 밖으로 나간다… 반대로 내가 들어오는 것은 찍혔지만 나가는 게 찍히지 않는다면, 아아 그래서 박스를….

"저는 잠시 후에 이 차림으로 밖으로 나갈 겁니다. 그리고 옷을 갈아입고 들어올 예정입니다. 그러면 CCTV의 영상은 완전 무결해지겠죠. 들어온 사람이 나갔고, 나간 사람이 들어온다. 그냥 정상적인 풍경이니까요. 하지만 당신이 혹시라도 안전을 무시하고 얼굴과 체형을 다 드러낸 채 들어왔다면, 정말 곤란

했을 겁니다."

남자는 천천히 일어나 주방으로 향했다. 그는 뭔가를 찾고 있는 것 같았다.

남자의 어깨 뒤로, 냉장고가 보인다. 그 냉장고 속에 널려 있던 것들과 그 하나하나마다 달려 있던 명패들이 떠오른다. '훔치는 손' '침입하는 발' '훔쳐보는 눈'… 생생한 범죄의 도구, 생생한 증거물… 남자가 고기 칼을 들고 다가온다. 혀가 조금씩 풀리기 시작한다.

"…그에허…."

"뭐요?"

"그에… 그래서 박스를…."

남자는 예상 못한 마지막 말에 놀랐는지 잠시 멈춰 섰다가, 조용히 웃음을 띠며 대답했다.

"네, 그리고 그것도 그거지만, '나머지'를 옮길 박스도 필요하니까요."

겨드랑이 도둑

학교만큼 괴담이 잘 자라는 곳도 없는 것 같아요. 자란다는 말이 좀 이상하게 들리나요? 오컬트적인 의미로 말한 건 아니에요. 이야기가 번지고, 커지고, 변하고. 딱 그 정도의 의미였어요. 학교 중에서도 초등학교는 특히 더 그렇지 않아요? 말도 안 되는 학교 괴담이 많았잖아요. 콩콩콩 귀신이라든가, 밤마다 일어나는 동상 같은 이야기 들어보셨죠? 그런 이야기들 지금 들으면 웃길 뿐이잖아요? 하지만 그런 괴담들이 대를 이어 살아남아서 아직도 이야기되고 있잖아요. 학교라는 공간을 통해서요.

군이 학교에 관련된 괴담이 아니더라도, 초등학교 때 들었던 무서운 이야기 한두 개 정도는 기억하죠? 빨간 마스크 같은 거. 빨간 마스크 이야기가 처음 등장한 게 1980년대래요. 그 이야기가 사십 년이 지난 지금까지도 살아남아 여전히 떠돌고 있죠. 아이들이 어디서 그 이야기를 들었을까요? 학교밖에 없죠. 선생님들이 학교를 떠나고, 아이들이 졸업해 어른이 되어도 학교는 거기 남아서 아이들에게 무서운 이야기를 들려주는 거예요. 손자에게 옛날이야기를 들려주는 노인처럼. 아니지, 자상한 부모처럼 괴담을 키우고 돌본다고 해야 할까요.

물론 학교라는 존재 자체가 괴담을 낳는 것은 아니겠죠. 괴담을 낳는 것은 언제나 사람이에요. 학교에서 괴담이라는 게 어떻게, 왜 생겨날까요. 전 대충 세 가지 정도로 분류할 수 있다고 생각해요. 일본에서 수입된 빨간 마스크의 경우처럼, 누군가 밖에서 들은 그럴싸한 이야기를 학교로 들여오는 경우가 첫 번째, 전 이걸 외래종이라고 불러요. 어떤 오해나 착각, 착시 등의 경험을 누군가 남에게 이야기하고 그것이 여러 사람의 입을 거치는 동안 살이 붙고 변화해서 괴담으로 완성되는 경우가 두 번째, 전 이걸 진화종이라고 불러요. 그리고 세 번째는… 음, 아직 이름을 붙이지 않았어요. 그보다 뭔가 이 계열에 대해서는 말로 설명하기가 참 힘드네요.

제가 초등학교 때, 저희 학교에는 '겨드랑이 도둑'이라는 괴담이 있었어요.

초등학교 4,5학년 때쯤이었을 거예요. 그때쯤이면 아이들 키 차이도 심해지고 가슴이 볼록해지는 아이들도 생기기 시작하죠. 초경을 시작한 아이들도 있었고, 남자아이들은 변성기가 찾아오기도 해요. '어딘가 다른 아이'가 불쑥불쑥 생겨나는 거예요. 올챙이가 개구리가 되는 것처럼. 올챙이 키워본 적 있어요? 그맘때는 다들 그랬겠지만, 우리 반 교실에도 올챙이를 키우는 커다란 수조가 있었어요. 올챙이를 돌보는 건 제 담당이었어요. 좋아했죠. 올챙이들이 자라고, 변하는 과정을 지켜보는 것을. 어떤 녀석은 머리가 커지고, 어떤 녀석은 뒷다리가 생기고, 어떤 녀석은 다리 네 개가 생기고… 그러다가 첫 개구리가 나타났을 땐, 정말 감격했달까 신기했달까. 그런데 이 개구리가 말이죠, 올챙이들에게 잡아먹혔어요. 정말 깜짝 놀랐다니까요? 개구리가 올챙이를 잡아먹었다면 몰라도, 올챙이가 개구리를 잡아먹다뇨. 그건 한 번의 해프닝이 아니었어요. 그 후로도 개구리가 되는 족족 올챙이들에게 잡아먹히는 현상이 일어났죠. 지금 생각하면 그런 것 같아요. 개구리가 생긴 뒤에도 같은 사료만 주는 바람에 먹을 게 없어서 개구리가 약해졌고, 약해진 개구리를 올챙이들이 공격한 건 아닐까… 그래도 그때는 좀 충격이었죠.

어쨌든 개구리는 생기는 족족 틀림없이 잡아먹혔지만, 뒷다리가 생기거나 앞다리가 생겼다고 공격당하는 경우는 없었어요. 잘 생각해보니까, 뒷다리가 생기는 녀석은 여럿이 함께 등장하기도 했지만 개구리는 언제나 하나뿐이었거든요. 하나뿐인 녀석이 공격하기 쉽다… 아마 그런 것 아니었을까요? 사람도 다를 것 없죠. 지금도 어린아이들을 보면 올챙이 생각이 날 때가 있어요. 저 녀석은 뒷다리가 나왔네, 저 녀석은 곧 개구리가 되겠구나… 그런 식으로 떠올리게 되는 거죠.

딱 한 명, 있었어요. 여자아이였는데, 이름은 기억나지 않아요. 대충 S라고 부를까요? 가슴이 커진 것도 아니고 초경을 시작한 것도 아니지만, 겨드랑이털이 나기 시작한 아이가. 어느 날 체육시간에 옷을 갈아입다가 옆자리 아이에게 목격된 후로는, 같은 반 아이들에게 '겨털보'라고 놀림당하곤 했죠. 겨드랑이털이 털보처럼 수북하다며.

그런데 사실 초등학생 여자아이가 겨드랑이털이 나 봤자 얼마나 많이 났겠어요. 실제로는 겨드랑이를 들어야 겨우 보이는 정도였을 거예요. 하지만 아이들에겐 사실이 중요한 게 아니니까요.

몰려다니는 세 명 정도의 여자아이가 있었어요. A그룹이라고 해두죠. 이 A그룹 아이들은 S를 놀릴 핑계를 찾기 위해 정말 혼신의 힘을 다했어요. 그렇게밖에 표현할 수 없네요. S의 교복 겨드랑이 부분에서 땀자국—여름이었으니까요—을 찾아내서는, 겨드랑이털이 너무 많아서 땀도 많이 난다고 하질 않나, 어떤 날은 S에게 겨드랑이 냄새가 난다고 호들갑을 떨더니, 어디서 생리대를 가져와서는 겨드랑이 사이에 끼우라고 강요하지 않나, 말도 안 되는 짓들을 했죠. 다른 아이들요? 글쎄요 방관이라고 하기도 힘들고 그렇다고 적극협조했다고 하기도 힘들지만, 어쨌든 그 또래 아이들… 아니, 어른들도 그런가요? 사람은 집단 내에서 다수가 악이라고 말하는 존재에 대해 그렇지 않다고 말하는 것을 두려워하니까요.

'불편한 진실'이라는 용어가 있죠? 그래요, 우리 반에서는 S가 그냥 평범하게 성장 중인 소녀라는 사실이 바로 그 불편한 진실이었을 거예요.

물론 아무리 악의가 넘치는 아이들이라고 해도, 아는 단어도 적고 창의력의 한계도 있죠. A그룹의 레퍼토리가 뻔해지고 반복되다 보니, S에 대한 반 아이들의 괴롭힘도 금세 시들해졌어요. 그런데 그때쯤, 학교에 '겨드랑이 도둑'이라는 괴담이 돌기 시작했어요. 누구는 옆 학교에서 들었다고 하고, 누구는 9시 뉴스에서 봤다고 했죠. 대충 이런 이야기였어요. 어린 여자아이의 겨드랑이만 도려가는 도둑이 돌아다니는데, 희한하게 털이 난 겨드랑이만 가져간다. 여기까지가 공통적인 증언이고, 거기에 저마다 살을 붙여서 이야기하는 바람에 아주 다양한 범인상이 등장했죠. 겨드랑이 도둑은 사실 대머리라서, 아이들의 털 난 겨드랑이를 머리에 이식하려고 한다… 라거나, 털 난 겨드랑이 페티시—그런 말은 어디서 배워왔을까요?—라는 게 있어서 겨드랑이를 수집한다는 이야기, 심지어는 겨드랑이에 털이 있는 여자를 혐오해서 어린 여자아이들이 털이 자라지 못하게 하려고 도려내는 거라는 소문도 있었죠.

사실 다들 별로 진지하게 믿었던 것 같진 않아요. 애초에 아직 털이 나지 않은 아이들에게는 어쨌든 남의 일이었고. 그런데 어느 날, A그룹의 한 아이가 S에게 히죽거리며 이렇게 말한 거죠.

"겨드랑이는 괜찮아?"

아주 뜬금없는 말이지만, 무슨 의미인지 정도는 모두가 알아차릴 수 있었어요. 그리고 그날부터, 모두가 S에게 아침인사를 하기 시작했죠.

"겨드랑이는 괜찮아?"

하고. 매일, 보는 사람마다. 지금 생각해보면 정말 끔찍한 일인데, 그때는 몰랐어요.

A그룹의 아이들은 참 편해졌죠. 새로운 레퍼토리를 고민할 필요도 없고, 그저 매일 아침에 모두가 잊지 않도록, '겨드랑이는 괜찮아?' 하고 물어보면 되니까요. 그 애들요, 그 한마디를 하기 위해서 매일 아침 누구보다 일찍 등교했어요. 그리고 아무도 없는 교실에서 S를 기다렸죠. 네, 정말 부지런하죠. 끔찍할 정도로. 그 후로는 매일 똑같은 풍경을 보며 학교생활을 시작하게 되었어요. 세 사람이 돌아가며 '겨드랑이는 괜찮아?'라고 말하고 나면 S는 자리에 앉아 눈물을 뚝뚝 떨구기 시작했죠.

그 눈물이 바로 시작 신호였어요. S의 책상에 눈물이 떨어지면 다른 아이들도 한 명씩 다가가 '겨드랑이는 괜찮아?'라는 인사를 남겼어요. 괜찮지 않은 건 겨드랑이가 아니란 걸 모두가 뻔히 알면서. 괴이한 장면이었죠. 등교한 아이들이 그 말을 하기 위해 줄을 서고, 기다리고, 그 말을 하고 나서야 일과를 시작하는… 마치 배식이라도 받는 것 같은 장면이었으니까요. 점점 그 과정을 우리는 일상으로 느끼게 되었어요. 그 장면을 지나야만 안심할 수 있는 어떤 '문'과도 같았죠. 아 내가 내 자리에 있구나. 오늘도 평화롭구나. 좋은 일이 있었으면 좋겠다…. 그런 의식 같은.

하지만 어느 날 그 일상은 단숨에 깨졌어요. 그날 아침 등교했을 때, 구급차들이 바쁘게 교문을 나서고 있었어요. 교실에 들어가려는데 경찰들이 막아섰죠. 얼핏 어깨 너머로 보니 교실 바닥에 피가 흥건했어요. 듣자 하니 S가 새벽부터 학교에 나와 칼을 들고 기다렸다가, 일찍 등교한 A그룹 아이들을 차례차례 습격했다더라고요. 죽었냐고요? 아, 죽이진 않았어요. 세 아이의 양쪽 겨드랑이를 도려냈을 뿐, 그 외에는 아무것도 하지 않았던 모양이에요.

그땐 이미 겨울이라 S도 만 10세가 되었을 거예요. 소년원에 들어갈 법도 한 사건이었지만, 착란상태의 범행이란 점과 치료 필요성이 인정되어 치료감호소로 수용됐죠. 그럴 만도 한 게,

그 아이, 그날 자기 겨드랑이도 도려냈거든요. 그래요. 바꾸려고 한 거예요. 그 아이들과 자기 아이들의 겨드랑이를. 진짜 겨드랑이 도둑이 나타난 셈이죠.

사건이 일어난 이후로 경찰이 학교에 자주 왔다 갔어요. 그리고 경찰의 수사 내용이 학부모 사이로 퍼지고, 그 소문이 다시 아이들을 통해 학교에 퍼졌죠. 그렇게 알려진 것 중 하나가, '겨드랑이 도둑' 괴담은 이 사건이 일어나기 전까지 우리 학교 외의 어떤 지역에도 없었다는 사실이에요. 심지어는 그 괴담을 만들어서 퍼뜨린 게 A그룹 아이들이라는 이야기도 있었죠. S를 괴롭힐 소재를 만들기 위해서 그랬다는 거예요.

원조 겨드랑이 도둑 괴담은 진실이 그런 식으로 드러나며 힘을 잃었지만, S가 주인공이 된 새로운 겨드랑이 도둑 괴담은 그렇지 않았어요. 오히려 원조보다 훨씬 더 강한 힘을 발휘하며 다른 학교까지 퍼져나갔죠. 이번 겨드랑이 도둑은 진짜였으니까요. 그리고 우리 학교에는 새로운 괴담… 아니 괴담의 영역에 속하는지 불분명하지만, 겨드랑이에 대한 새로운 소문이 퍼지기 시작했어요. '겨드랑이가 바뀌었다'라는 소문이.

S와 A그룹 아이들, 총 네 명이 병원에 실려 갔을 때 겨드랑이 피부 봉합을 했는데, 이 겨드랑이가 바뀌었다는 거예요. 심지어 S가 일부러 '섞어서' 어느 게 누구 것인지 모르게 만들었다는 소문도 있었죠. 그럴싸한 이야기였어요. 섞일 수 있죠. 그

게, S의 겨드랑이는 사실 맨들맨들했고 나머지 아이들도 마찬가지였으니까요. S는 처음 놀림을 받던 날부터 계속 꾸준히 제모를 했어요. 반 아이들 모두 알고 있었죠. 분위기 깨는 눈치 없는 아이가 되기 싫어서 모르는 척했을 뿐이에요. 그 '불편한 진실'을.

그 소문이 퍼지고 나서 아이들은 A그룹을 더욱 피하게 되었어요. 어쩐지 더럽고 불길하게 느껴졌나 봐요. 누구 것인지 모를, '섞인' 겨드랑이라는 존재가. A그룹 아이들은 반 아이들과는 물론이고, 서로 간에도 이야기를 하지 않게 되었어요. 그래서였을까요, 그 아이들의 상태는 점점 불안정해져갔어요. 내 겨드랑이가 '누구 것인지 알 수 없다'라는 사실을 견뎌내지 못했죠. 그게, 몸이잖아요. 내 몸의 일부.

자, 그런데요. 올챙이는 '어느 날 아침에' 개구리가 되기 마련이에요. A그룹의 아이들도 한두 명씩 겨드랑이에 털이 나기 시작했던 모양이죠? 아주 자연스러운 현상이고 평범한 성장일 뿐이지만, 그 아이들에게는 그렇지 않았던 모양이에요. 어쩌면 그 털이, 자신이 달고 있는 겨드랑이가 S의 것이라는 증거라고 생각했을지도 모르죠. 그래요. 내가 괴롭혔고, 나에게 복수하려고 한 아이가, 칼을 들고 나에게 달려들어 겨드랑이를 뜯어냈던 아이가—설령 일부일지언정—내 몸에서 자라고 있다… 섬뜩한 일이었겠죠. 겨드랑이의 감각이 낯설게 느껴지고 그 낯선 겨드랑이와 매일 24시간을 함께하는 삶… 그러다 마침내, 그중 한 아이가 사고를 치고 말았어요. 자기 겨드랑이를 뜯어낸 거죠.

아니, 도려냈다고 해야 하나? 어쨌든 상당히 깊이, 근육이 다칠 정도로 패였던 모양이에요. S의 흔적이, 그 세포가 조금이라도 남을까 봐 그랬던 것 아닐까요? 그 후로는 딱히 특별한 일이 없었어요. 겨드랑이 괴담은 여전히 돌았지만, 누구도 A그룹에 관심을 기울이지 않았어요. 아니 사실은, 필사적으로 외면했죠. 그 아이들이 뭘 하고 있는지, 무슨 일이 있는지 알기를 거부하는 것 같았어요. 그리고 A그룹 아이들은 하루 종일 공포에 질려서, 겨드랑이를 꼭 조이고 있을 뿐이고….

저뿐이었어요. 그 아이들을 지켜보는 것은. 그야, 관찰하는 걸 좋아했으니까요.

사랑의 바바리-갓

요즘도 학교 미술실에는 석고상들이 진열되어 있나요? 어쩐지 그립네요.

지금은 무심하게 지나치지만, 중학교 때 미술실의 석고상이라는 건 좀 무서운 존재였어요. 다들 그랬을 걸요? 그렇잖아요. 동공도 없고, 게다가 벽에다 주루룩 진열해놓은 게 마치 사람 머리라도 베어서 올려놓은 것 같은 모양이니까. 지금 와서 생각해보면 다른 의미에서 미술실의 석고상은 좀 기묘하죠. 구성이요. 아뇨, 그게 아니라 일관성이 말이죠. 석고상 모델들을 좀 생각해보세요. 아그리파나 호메로스 같은, 그리스로마시대를 풍미했던 인물이 대부분이잖아요? 그런데 딱 하나 이질적인 존재가 있어요. 비너스요. 왜냐면 비너스는 인간이 아니라 신이니까요. 인간들 사이에 신 하나가 딱 껴 있는 거예요. 왜일까요?

사실 흔히 비너스상이라고 부르긴 하지만 그리스식으로 아프로디테라고 부르는 게 맞을 것 같기도 해요. 애초에 그 원본이 된 조각상이 그리스에서 만들어진 것이고, 발견된 곳도 아프로디테 신전 근처였다고 하니까요. 아프로디테 신전 근처에서 발견되었다는 걸로 보아 원래는 신전에 모셔진 신상이었겠죠? 그렇게 생각하면 학교마다 미술실에 신상을 모셔둔 꼴이 되겠네요. 엄밀히는 모조품이지만요. 다시 말해서, 학교마다 미술실이라는 이름의 신전이 하나씩 있는 셈이라는 거죠. 아프로디테라는 신이 모셔져 있고 그 신을 장군, 학자 등 역사적 인물들이 수행하는 형태의 신전 말이에요. 미의 여신을 숭배하는 곳이 미술실이라, 어쩐지 그렇게 생각하니 굉장히 어울린다는 느낌이에요.

아프로디테는 참 특이한 신이에요. 사랑의 여신, 미의 여신으로 자주 불리지만, 사실 잘 들여다보면 성욕의 상징, 매춘의 여신, 그리고 질투의 화신이자 바람둥이이기도 하죠.

어디선가 읽었는데, 아프로디테와 에로스를 사마귀의 암수로 비유하기도 하더라고요. 실제로 신화에서 아프로디테에게 사랑을 받든, 아프로디테의 질투를 사든, 아프로디테의 애정을 무시하든 별로 좋은 꼴을 보는 사람은 없었던 것 같아요. 아, 하나 예외가 있네요. 피그말리온 아시죠? 그 왜, 자기가 만든 조각상과 사랑에 빠졌다는 사람. 조각상과 사랑에 빠졌다는 건 표현이 잘못되었을지도 모르겠네요. 조각상 쪽은 딱히 그런 생각이 없었을 테니까요. 하여간 옛날 신화니까 그러려니 하고 넘어가는 거지, 지금으로 치면 피규어를 끌어안고 입 맞추고 매일 침대에서 같이 자고, 으으으… 뭐, 개인의 사생활이니 간섭할 문제는 아니지만 떠올려보면 아무래도 좀 싫죠. 하여간 피그말리온이 아프로디테에게 기도해서 아프로디테가 그 조각상을 사람으로 만들어 줬고, 두 사람은 행복하게 살았습니다, 로 끝나는 이야기인데요, 뭐 본인들이 행복했다면 해피엔딩은 해피엔딩이죠.

어쨌든 피그말리온의 그 애매한 해피엔딩을 빼고 생각하면 말이죠, 누가 아프로디테를 가까이해서 좋은 꼴을 봤다는 이야기는 들어본 적이 없는 것 같네요. 심지어 아프로디테의 남편인 헤파이스토스나 애인이었던 아레스, 헤르메스 같은 신들도 평생 서로를 질투해야 했으니 행복했다고는 말할 수 없죠. 그런데 그렇게 많은 연인을 만들고 심지어 인간까지 건드려댄 걸 보면, 정말 성욕의 신이라는 위치에 걸맞은 위엄이 아닐 수 없어요. 아, 그렇다고 아프로디테가 여성의 성욕만을 대표하는 건 아니죠. 아프로디테에게 남성형이 있다는 사실 알고 계신가요? 아프로디투스라고 하던가. 남성형이라고는 하지만 양성구유의 신이랍니다. 아프로디테의 얼굴에 수염을 달고 있는 형태로 표현되기도 하고, 아프로디테의 몸에 남성기가 달려 있는 형태로 표현되기도 해요. 남성기가 달린 아프로디투스 신상은 대부분 성기노출이 주요 콘텐츠더라고요. 제일 유명한 게 치맛자락을 들어 올려서 성기를 보여주는 포즈인데, 어휴 그게 바바리맨이지 뭐예요. 성기 노출의 신! 바바리맨의 수호신! 뭐 이런 생각밖에 안 들더라고요.

아, 아프로디투스 이야기를 하고 나니까 원래 무슨 이야기를 하려고 했는지 기억나네요. 중학교 이야기를 하고 있었죠? 우리 학교 미술실에도, 아프로디투스가 나타난 적이 있었어요.

중학교 때는 일주일에 한 번, 미술실에서 수업을 받았어요. 음. 미술을 가르치는 선생님은 남자였고요. 한 번이라고 하지만 3,4교시를 묶어서 두 시간짜리 수업이었는데요, 3교시에 수업을 받고 쉬는 시간에 우르르 빠져나갔다가 4교시에 다시 우르르 들어가곤 했죠. 아마도 그 중간 쉬는 시간에 일이 벌어졌을 거예요.

그날도 쉬는 시간에 나갔다 들어와서 4교시 미술 수업을 이어서 받기 시작했는데, 뭔가 분위기가 이상했어요. 미술실에 어딘가 다른 점이 있었죠. 한두 명씩 그 이상한 점을 알아채기 시작하면서, 아이들의 시선이 모두 한곳으로 모이게 되었어요.

알아채지 못한 건 앞에서 수업을 하는 미술 선생님뿐이었죠. 아이들이 시선이 모인 곳, 그곳은 바로 비너스 석고상이었어요. 정말 황당했죠. 글쎄, 인중에 콧수염이 나 있는 거예요.

아시죠? 아이들이 자주 하는 장난. 길에 붙은 포스터의 연예인에게 콧수염을 그려 넣거나 안대를 그려 넣거나 이빨이 빠진 것처럼 칠하거나 하는. 그 짧은 쉬는 시간 동안 누가 그런 장난을 쳐놓은 거죠. 비너스 석고상에다. 그 미술 선생님도 참 눈치가 없는 게, 전부 거기만 쳐다보고 있는데도 아무것도 모르고 수업만 하는 거예요. 콧수염을 단 비너스와 그 앞에서 태연하게 수업하는 미술 선생님이라는 조합, 그 풍경이 정말 너무 웃겼죠. 어… 사실 지금 돌이켜 보면 정말 소름이 돋는 장면이지만요. 어쨌든 다들 웃음을 참고 있는데, 결국 한 아이가 풉, 하고 웃음을 터뜨리고 말았어요. 원래 그런 거잖아요. 커다란 풍선도 바람구멍 하나로 빵! 미술실에 있던 아이들 전원이 웃음을 참지 못하고 터져버렸죠. 그제서야 선생님도 사태를 알아차렸나 봐요. 뭐야! 하고 고함을 한 번 지르더니, 아이들의 시선을 좇아 비너스 쪽으로 눈을 돌렸죠. 콧수염 난 비너스, 아니 아프로디투스의 얼굴을 유심히 들여다보는 선생님의 표정이 점점 변하기 시작했어요. 그리고 그 표정을 보면서 아이들의 웃음소리도 잦아들었죠. 큰일 났다. 그건 분명 분노, 굉장히 분노한 표정이었어요. 아마 예술에 대해 굉장히 진지한, 신앙에 가까운 태도를 가진 사람이었겠죠. 우리야 뭐, 사실 알 바인가요. 원해서도 아니고 그냥 갇혀서 수업을 받고 있을 뿐인데. 하지만 종교에 미친 사람에게 그런 다양성이니 생각의 차이니 같은 건 헛소리에 불과하죠. 그다음이 지옥이었어요.

보통은 그러잖아요? 예를 들어 모두 눈감고 범인은 조용히 손을 들라고 한다거나, 아니면 '누가 그랬어?' 하고 물어보기라도 하잖아요? 그 선생님은 범인을 찾을 생각이 전혀 없었어요. 우리 모두가 범인인 것이나 마찬가지였겠죠. 비너스에게 이런 짓을 한 놈, 이런 짓을 하는 걸 내버려 둔 놈 전부 벌을 받아야 한다. 그렇게 생각하셨나 봐요. 아니면 그냥 본보기를 제대로 보여줘야겠다. 그런 거였을 수도요. 종교로 빗대서 이야기하니까 그거 생각나네. 노아의 방주? 그리스신화에도 비슷한 거 있었죠? 물로 한번 세계를 멸망시켰다는 그런 얘기. 연대책임이니 전체기합이니 하는 것도 약간 그런 기분 아닐까요? 내가 너희를 심판하겠다. 왜냐면 난 너희들의 신이니까. 묻지도 따지지도 않고 멸망! 물벼락을 받아라! 그날 선생님은 아무것도 묻지 않았어요. 책상을 전부 벽으로 밀어서 치우게 하고는, 전원에게 엎드려뻗쳐를 시켰죠. 그리고 1번부터 40번까지, 차례로 앞으로 불러내서 몽둥이로 허벅지를 때렸어요. 인간의 다리라는 게 참 신기하죠? 저 정도면 다리가 부러질 것 같은데 싶어도 부러지진 않더라고요. 터져서 피가 나는 아이들은 있었지만요. 10대씩을 맞고 나면 다시 제자리로 돌아가서 엎드려뻗쳐. 그렇게 4교시를 전부 탕진했답니다. 종이 울리고 선생님이 나간 뒤, 우린 그대로 바닥에 누워버렸어요.

화를 내는 아이들도 있었고, 우는 아이들도 있었죠. 허벅지에 피딱지가 굳어서 바지가 들러붙는 바람에 그걸 뜯어내느라 울상인 아이도 있었고. 음 그건 저였던 것 같네요. 죽여 버리겠어, 같은 생각도 했었을 것 같아요. 뭐 그래도 하교할 때쯤 지나치다가 미술 선생님의 모습을 보고는 좀 안쓰럽다는 생각도 했어요. 비너스 석고상의 코밑을 뚫어지게 쳐다보며 열심히 닦고 있더라고요. 사실 그때는 정확한 의미를 몰랐지만, 그 선생님은 시간 강사였거든요. 시간 강사라는 게 그런 거잖아요. 돈 받을 때는 알바 대우, 책임져야 할 때는 선생님 대우. 아마 그 비너스 석고상 닦기는 무급 잔업이었겠죠. 어쨌건 그 일이 있고 난 후, 미술시간은 굉장히 근엄한 시간이 되었어요. 누구도 웃거나 하지 않았고, 누구도 졸지 않았어요. 물론 누구도 수업에 집중하지 않았죠. 그저 선생님이 화나지 않은 상태를 유지하는 데만 집중해야 했으니까요.

비너스에 수염을 그린 범인이 누군지는 결국 찾아내지 못했어요. 하지만 어차피 맞을 건 다 맞았고, 그 후로 범인도 더 이상 장난을 치지 않았으니 이젠 됐다…라고 생각했죠. 그런데 그게 착각이었던 거예요. 그날 이후로도, 비너스상에는 무슨 일이 일어나고 있었어요. 그 변화가 너무 천천히 일어나서 눈치채지 못했던 것뿐이죠. 어떤 변화냐고요? 콧수염이 자라고 있었어요. 매직으로 까맣게 칠한 그런 게 아니라, 석고상 자체가 콧수염 난 비너스의 형태로 변해가고 있었던 거예요. 콧수염 사건 이후 누구도 쉬는 시간에 밖으로 나가지 않았는데도, 아주 서서히 석고상은 변해가고 있었어요. 서서히, 서서히 비너스상은 아프로디투스가 되어갔죠. 결국 그 얼굴에 풍성하고 품격 있는 콧수염이 멋지게 자리 잡았지만, 그 모습은 전혀 웃기지 않았어요. 무서웠을 뿐이죠. 석고상의 얼굴이 변해가는 비현실적인 상황이 무서운 게 아니라, 선생님이 그 사실은 눈치챘을 때 어떤 일이 벌어질지가 무서웠던 거예요.

아무리 눈치 없는 선생님이라도 언젠간 저걸 보고 말 거예요. 우리가 하지 않았다고 말해봤자 소용없겠죠. 애초에 누가 했는지 묻지도 않을 테니까요. 결국 우리는 미술시간이 있는 날마다 선생님이 눈치채지 못하게 하려면 어떻게 해야 할지를 고민하게 되었죠. 얼마나 그 고민에 열중했던지, 어느새 선생님의 얼굴에도 콧수염이 자라기 시작했다는 사실조차 눈치채지 못할 정도였어요. 그러다 한 명이 반 아이들을 불러 모아 한 가지 제안을 했죠. 바꿔치기였어요. 선생님이 눈치채기 전에 우리끼리 돈을 모아서, 멀쩡한 비너스 석고상을 사서 바꿔치자고. 그 석고상의 가격이라는 게 생각만큼 비싸지 않더라고요? 전원이 용돈을 조금씩 모으면 해결할 수 있는 범위였어요. 그 생각에 모두가 동의했고, 우리는 돈을 모아 똑같은 비너스 석고상을 샀죠.

아무래도 복도에서 석고상을 들고 다니거나 하면 눈치 채이기도 쉽고, 그러다 미술 선생님을 마주치면 무슨 일을 당할지 모르니 바꿔치기는 밤중에 하기로 했어요. 학교로 숨어들 수 있는 이른바 개구멍을 알고 있는 아이가 있어서, 그 아이와 저, 그리고 또 한 명이 특공대로 선발됐어요.

잠입은 어렵지 않았어요. 하지만 밤의 학교는 역시 무섭더군요. 특히 그 동공 없는 석고상이 가득한 미술실을 그 시간에 들어간다는 게, 너무나 무섭게 느껴졌어요. 불빛이 새어나갈까 봐 손전등도 제대로 못 켜고 벽을 더듬거리며 들어갔으니 더더욱 그랬죠. 그래도 어떻게 미술실에 잠입하는 데까지는 성공했어요. 미술실 벽을 천천히 더듬으면서, 숨죽여 석고상이 진열된 곳까지 나아갔어요. 그런데 잡히지를 않는 거예요. 비너스 석고상이 있어야 할 그 자리엔 아무것도 잡히지 않았어요. 그 주변의 다른 석고상들은 그대로 있는데, 비너스만.

우리는 당황했지만 소리 내지 않고 조심스럽게 다시 후퇴했어요. 멀찌감치 밝은 곳으로 나가서 의논을 했죠.

"왜 없지? 자리가 바뀌었나?"

"미술 선생님이 알아버렸나? 그래서 콧수염을 깎으려고 가져갔거나…."

그때, 개구멍을 가르쳐준 아이가 이렇게 말했어요.

"들어가서 불을 켜보자."

"뭐? 그랬다가…."

"상관없어. 불을 켜고 석고상만 바꿔 치면 우리 일은 끝이야. 바로 도망치면 돼."

생각해보니 그 아이의 말이 그럴듯했어요. 딱 한순간 불을 켜고, 석고상을 찾아 바꾼 다음 도망친다. 우리는 서로에게 고개를 끄덕였어요. 그리고 천천히 미술실로 들어갔죠. 저는 스위치를 맡고, 다른 두 명은 뛸 준비를 했어요. 그게 뭐라고, 어찌나 두근거리던지. 마른 침을 연신 삼키며 떨리는 손으로 스위치를 켰죠. 미술실 안이 환해지는 순간, 석고상이 있는 곳을 빠르게 확인하고 뛰어가…야 했지만, 우리는 그대로 굳어버렸어요. 석고상을 발견하긴 했죠. 하지만 그건 바로 이해할 수 있는 광경이 아니었어요.

네. 그건 그야말로 바바리맨의 신이 역사했다고 해야 할까요, 아니면 피그말리온의 환생이라고 해야 할까요, 아니면 아프로디테의 저주라고 해야 할까요. 우리 눈앞에 펼쳐진 광경은 하반신을 벌거벗은 채 미술실 바닥에 드러누워 콧수염 난 비너스에게 정신 없이 입맞춤을 하고 있는 미술 선생님의 모습이었어요.

그날 이후 미술 선생님은 학교를 떠나게 되었어요. 심지어 경찰조사까지 받아야 했고, 학교에도 소문이 파다하게 나버렸죠. 그야, 우리에겐 그 선생님의 비밀을 지켜줄 의리가 없으니까요. 오히려 그 선생님이 확실히 떠나게 할 수 있다면 없는 사실도 지어서 고발할 수 있었을걸요? 나중에 들은 바로는, 비너스 석고상에 콧수염이 자라기 시작했던 건 미술 선생님의 소행이었나 봐요. 처음 누군가 콧수염을 매직으로 그렸던 날 이후, 매일 매일 잔업을 핑계로 밤의 학교에 남아 비너스 석고상에 조금씩 수염을 덧붙여 넣은 모양이에요. 그런 짓을 한 이유까지는 밝혀지지 않았어요.

말하기 좋아하는 아이들은 그 선생님이 사디스트라서 그런 거라고 떠들더군요. 공포에 질린 우리들의 표정이 보고 싶어서 자작극을 펼친 거라고. 하지만 전 아무래도 그건 아닐 거라고 생각해요. 왜냐면 그런 이유로는 그날 밤의 장면이 설명되지 않거든요. 그날 밤 저는 반라로 아프로디투스를 껴안고 뒹구는 미술 선생님의 얼굴을 보면서, 미술 선생님이 석고상의 매직 콧수염을 닦던 표정이 떠올랐어요. 아마도 선생님은 콧수염 난 석고상을 계속 쳐다보는 동안, 매료되어버렸던 것 아닐까요? 아프로디투스에게. 그리고 그 매료가 예술의 범위를 넘어, 사랑으로 발전했을지도 모르죠. 물론 그런 것을 사랑이라고 부르는 데는 거부감이 좀 들긴 해요. 바보 같은 생각이지만,

선생님이 결국 쫓겨나게 된 건 아프로디테와 엮였기 때문이 아닐까, 그런 생각이 드네요. 그날 이후로요? 선생님이 학교를 떠나면서, 아프로디투스도 학교에서 사라졌어요. 신전은 다시 아프로디테의 것이 되었죠. 그리고 아이들에게 미술실은 여러 가지 의미에서 꺼림칙한 공간이 되었어요.

결국 처음 콧수염을 그린 범인은 졸업하는 날까지 찾지 못했어요. 그 범인도, 그 장난의 결과가 이렇게 되리라고는 상상하지 못했겠죠. 아마.

생명의 유통기한

"덥네요."

그녀가 말문을 열었다. 우리는 마주 보고 벽에 등을 기댄 채 앉아 있다. 아니, 내 경우에는 거의 누워 있다고 하는 게 맞겠지만. 어두컴컴하다. 바닥에 놓인 그녀의 스마트폰, 거기서 나오는 빛만이 유일한 광원이다. 곁눈질로 액정의 와이파이 표시를 확인한다. 끊겨 있다. 정전된 지 스무 시간째. 통신망까지 꺼진 모양이다. 뭔가 말을 해보려 했지만, 입이 열리지 않는다. 윗입술이 너무 무겁게 느껴진다. 그녀가 다가와 내 상태를 살핀다.

"걱정 말아요. 전 의사니까."

내 이곳저곳을 살펴보고는 안심했는지, 다시 돌아가 벽에 기대어 앉는다.

"사람을 죽인 의사긴 하지만요."

그녀는 씁쓸한 웃음을 짓고 이야기를 이어갔다.

"십몇 년 전인가, 기억해요? 그때도 대규모 정전이 있었죠. 보통 병원에는 다 비상전력장치가 있다고 생각하기 쉽지만 꼭 그렇진 않거든요. 그래서 정전된 병원들도 있었어요. 우리도 그랬고. 병원… 특히 중환자실에 정전이 일어나면 어떻게 되는지 알아요? 일단 환자들이 패닉에 빠져요. 몸을 움직이지도 못하니 소리를 지르거나, 숨을 헐떡이거나, '뭐야, 뭐야' 하고 병원에 정전이 일어나는 상황은 상상해본 적이 없을 테니까요. 게다가 그들은 자신이 중환자라는 사실을 알고 있죠. 공포라는 건, 금방 번져요. 공진 같은 거죠. 사람들이 지르는 비명 같은 소리들이 공포를 더 전염시키니까요. 시간이 지나고 불이 켜졌을 때도, 공포는 바로 잦아들지 않죠. 그리고 겨우 진정되기 시작했을 때…."

그녀는 한숨을 푹 내쉬었다.

"움직이지 않는 사람이 한 명 있다는 걸 발견한 거예요. 아시나요? 인공호흡기도 결국 전기로 움직인다는 거."

그녀는 잠시 말을 멈추고 손가락으로 내 코트를 가리켰다.

"덥지 않아요? 그거. 움직이기 힘들면 벗겨드릴까요?"

나는 힘겹게 고개를 저었다. 확실히 덥다. 하지만 코트를 벗어도 될 만한 상황은 아니다.

"그러고 보니, 산소도, 전기도 없어지고 나서야 있었다는 걸 깨닫게 되네요. 이 엘리베이터도 원래는 시원했을 텐데. 그러고 보면 요즘은 전기가 산소보다 중요할지도 모르죠. 인공호흡기도 전기가 없으면 멈춰버리니… 정전이 일어나면 횟집의 생선들도 다 죽는다잖아요. 산소공급기가 멈춰서. 죽은 생선은 쓸 수가 없으니 다 버려질 테고. 금방 상하니까요. 그러고 보면 생명이라는 건 다른 입장에서 보면 상당히 뭐랄까, 효율적이고 고마운 존재네요. 그게 없으면 금방 상해버리지만, 그게 있으면 수명만큼 유통기한이 늘어나는 거니까요. 포식자의 입장에서 생명이라는 건 고성능 냉장고 같은 걸지도 몰라요. 심지어 전기가 없어도 작동을 멈추지 않는… 아, 횟집의 물고기는 빼고요."

말이 많은 여자다. 한마디도 대답하지 않는 사람을 상대로 잘도 떠든다. 그녀는 고개를 갸우뚱하며 중얼거렸다.

"이런 날씨면, 벌써 썩고 있으려나…."

그녀의 표정이 멍해진 것과 반대로, 내 쪽은 조금 멍하던 뇌에 기운이 돌아오기 시작했다. 엘리베이터에 갇히기 전, 그러니까 어제의 일을 떠올려본다. 나는 집에서 나오는 길이었다. 10층에서 엘리베이터를 타고 내려가던 중에, 8층에서 그녀를 처음 만났다. 가끔, 아주 가끔 엘리베이터에서 마주쳤던 얼굴. 하지만 이 맨션에 사는 것 같지는 않다. 지인이나 가족이 여기에 사는 건가? 거기까지 생각했을 때 엘리베이터가 멈췄다. 호출 버튼도 작동하지 않았다. 긴급 안전문자 때문에 대규모 정전이 일어났다는 사실을 알게 되었지만, 소방서나 경찰에 연락하지는 않았다. 정전이 풀리면 엘리베이터가 다시 움직일 거라고 믿었으니까. 하지만 정전은 생각보다 오래 갔고, 결국 지금 이 꼴이 되었다.

"이 맨션에, 좋아하는 사람이 살아요."

그녀는 혼잣말하듯이 계속 중얼거렸다.

"그 사람에겐 애인이 있지만요. 난 그냥, 섹스파트너 같은 거죠."

그랬나. 그래서 이 맨션을 가끔씩 들렀던 거구나. 그녀는 핸드백을 뒤적거리더니 주사기와 앰플을 꺼냈다.

"슬슬 약효가 떨어질 시간이네요."

그녀는 일어나 나에게 다가왔다. 그리고 주사기로 내게 약을 투여했다. 기운이 돌아오려던 몸이 다시 천근만근 무거워진다. 그녀는 내 상태를 살펴보고는 다시 돌아가 앉는다.

"뭐… 처음엔 그래도 좋다고 생각했어요. 사랑하니까. 내가 사랑하는 걸로 만족하면 된다고. 그런데 그게 아니더라고요. 그 사람에게 '진짜'가 있다고 생각하니 나 자신이 '가짜'처럼 느껴졌어요. 그를 만나면 만날수록 나 자신이 점점 가짜가 되는 기분, 내 존재가 닳고 있는 것 같은 기분. 진짜 관계가 아니기에 오히려 더, 더 사랑의 증거를 갖고 싶은, 더 확인하고 싶은 기분이 들었죠. 거기서 더 나아가, 진짜가 되지 못하더라도 진짜를 이기고 싶다, 결코 누구도 역전할 수 없는 승리를… 그런 열망에 사로잡혔어요. 그러다 한순간 퍽!"

그녀는 주먹을 들어 확 펼치며 뭔가가 터지는 듯한 시늉을 했다.

"퓨즈가 나갔죠. 이성이 정전되었다고나 할까요. 그런 생각이 들었어요. 동반자살을 해버릴까. 한번 그쪽으로 생각이 미치니까, 계속 그 생각만 나더라고요. 그래서 결국, 뭐라도 저질러버리지 않으면 그 생각에서 빠져나올 수 없는 지경이 되었죠."

그녀는 한숨을 푹 쉬더니, 자기 핸드백 쪽을 힐끔 보았다.

"저기, 근육이완제로도 사람을 죽일 수 있는 거 알아요?"

그 말을 듣자, 마비된 몸에 소름이 돋았다. 그녀는 그런 나를 쳐다보더니 빙긋 웃었다.

"걱정 말아요. 죽을 만큼 넣지는 않았으니까. 양은 잘 알아요. 말했잖아요. 저 의사라니까요? 뭐 하여간, 얼마나 넣어야 마비되는지, 얼마나 넣으면 확실하게 죽을지도 잘 알죠. 그래서 주사기와 앰플을 챙겨서 이 맨션에 왔던 거예요. 굉장히 두근두근 조마조마, 그런데 그 남자는 전혀 의심도 하지 않고 침대로 끌어들이더라고요. 왜 살인이나 엽기사건 같은 일이 일어

113

나면 꼭 그런 인터뷰 나오죠? '그런 사람인 줄 전혀 몰랐다….' 같은. 당연한 거예요. 그런 사람이라는 건 없으니까. 사람이 살인자가 되는 건, 살인을 하는 그 순간부터니까요. 바로 옆에 있는 사람도 모르는 거예요. 그 사람이 내년에, 내일, 혹은 1초 후 무슨 생각을 하게 될지는. 처음엔 그 남자에게 주사기를 꽂고, 사망을 확인한 다음 나도 옆에 누워 스스로에게 주사할 생각이었어요. 그러니까 지금 그 쪽에게 놓아준 주사는 원래는 제 몫이었죠. 그런데, 시체를 보고 나니 왠지 무섭더라고요. 죽는다는 게. 냄새를 풍기며 썩어간다는 게. 아니 그게요, 만약 혼자 죽을 생각이었으면 쉽게 실행했을 것 같거든요. 그런데 시체를 보니까, 내 미래의 모습 같은 걸 보니까 죽음에 대한 인상이 확 바뀌어버린 거예요. 정말 그 순간 간절하게, 살고 싶다는 생각이 왈칵 들었어요. 그래서 결국 그대로 나와 버렸죠. 하지만 그때 그렇게 급히 나오지 않았으면 엘리베이터에 갇히는 일도 없었을 텐데…."

이제야 알겠다. 정전이 되었을 때 저 여자가 119에 전화를 걸지 않은 이유를. 그녀는 막, 살인을 하고 현장을 빠져나가려는 참이었던 것이다. 나는 왜 이상하다고 생각하지 않았을까. 그녀는 다시 내 코트 쪽을 쳐다보며 물었다.

"정말 안 벗어도 되겠어요?"

나는 필사적으로 고개를 젓고 싶었지만 몸이 말을 듣지 않았다. 다행히도 그녀는 내 안색을 보고 알아차린 모양이다. 벗고 싶다. 이 긴 코트를, 하지만 여기서는 아니다.

"옷 벗기 싫어하는 바바리맨이라니, 웃기네요."

그 말대로다. 웃기는 일이다. 바바리맨 주제에 여자에게 잡혀서 꼼짝달싹 못 하는 상태가 되다니. 이 여자가 살인범이라는 걸 알았다면 어떻게든 구급차든 경찰이든 불렀을 텐데. 나는 내 코트 속 알몸에만 신경 쓰여서, 오히려 그녀가 구급차를 부를까 봐 안절부절 못 했다.

그러다 이 꼴이 나고 말았다. 아마도 갇힌 지 열 시간쯤 되었을 때였을 것이다. 그녀가 어둠 속에서, 주사기로 나를 찔렀다. 어째서, 왜?

"지금쯤 썩고 있겠죠? 그 사람. 생명이 없으니까."

생명… 뱃속에서 꼬르륵 소리가 난다. 그녀가 내 배 쪽을 힐끔 본다.

"생명이란 건 불편하기도 하네요. 배도 고프고, 배고프면 먹어야 하고, 먹고 나면 배설해야 하고…."

대신에, 오래 간다. 고기를 오래 보관할 수 있다.

"얼마나 길어질까요? 전기가 정말로 들어오기나 할까요? 바깥세상은 어떻게 되었을까요? 이 상황이 끝나기는 할까요?"

끝나지 않으면… 나는… 그녀가 내 눈을 본다. 내 생각을 읽었는지 눈이 동그래진다. 그리고 웃음을 터뜨린다.

"걱정 말아요. 설마하니 내가 여차하면 그쪽을 잡아먹을 거라고 생각하는 거예요? 와 인육이라니, 싫다."

그렇다면 왜 내게 주사를 놓았는가.

"뭐, 믿을 수 없다는 건 이해해요. 처음 만난 사람이니까. 저도 마찬가지예요. 그쪽을 어떻게 믿겠어요? 그쪽이야말로 여차하면 날 죽이고 잡아먹을지도 모르죠. 그게 아니더라도 무슨 나쁜 짓을 할지 몰라요. 심지어 바바리맨인데. 갇혀있는 시간이 길어지면 길어질수록… 그리고 더 어두워지면…."

그녀의 눈이 바닥의 스마트폰으로 향한다. 배터리가 이제 얼마 남지 않았다.

"나는 살고 싶으니까 당신을 구속해둔 것뿐이에요. 나쁜 짓을 하지 않도록. 움직일 수 없도록. 어지간하면, 내가 위험해지는 상황이 아니면 죽일 생각 같은 건 없어요. 사람을 잡아먹을 생각도 없고요."

죽일 생각은 없다. 조금 안심했다. 최소한, 살해당하지는 않는다. 근육이완제를 맞고, 마비될 뿐이다. 그렇게 생각하니 마음이 풀린다. 졸린다. 눈이 감긴다. 눈꺼풀 사이로 그녀가 앰플을 들고 흔드는 게 보인다. 조용한 혼잣말이 들린다.

"다 떨어지기 전에 전기가 돌아왔으면 좋겠는데…."

빨간 마스크 챌린지

선크림이 녹아내리는 냄새. 마치 집안이 온통 녹아내리는 듯 찐득한 냄새가 가득하다. 여덟 살 난 아들의 옆얼굴을, 그녀는 무심하게 바라본다. 시체처럼 허옇게 된 찐득한 얼굴을. 그 남자와 이혼하고, 아들과 둘만의 생활을 시작한 것은 사 년 전의 일이었다. 처음에는 힘들었다. 오 년의 경력 단절을 극복하고 어떻게든 돈을 벌어야 했으니까. 살아가기 위해서. 아이를 키우기 위해서. 그래도, 일에 치여 매일매일 바쁜 와중에도 아이에게 사랑을 쏟으려 노력했다. 처음에는.

올봄, 그녀가 다니던 화장품 회사가 '슈퍼 커버 선크림'이라는 신제품을 출시했다. 홍보부서를 맡고 있던 그녀는 전보다 배로 바빠졌다. 아니, 정확히는 그 선크림이 히트를 치면서 바빠졌다고 해야 할 것이다. 그녀는 홍보의 역량을 온전히 '바이럴 마케팅'에 쏟기로 했다. 온갖 유튜버들을 동원해 '사상 최강의 선크림'이라는 표현을 빠르게 대중의 뇌리에 심는 데 성공했다. 여름이 될 무렵, 마침 폭염과 유례없는 이상기후가 길게 계속되면서 이 홍보의 효과는 폭증했다.

선크림의 매출은 어느새 업계 최고, 아니 그 이상이 되었다. 사실은 모든 선크림의 수요 자체가 배로 뛰었기 때문이다.

여름은, 폭염은 사람들의 머리를 이상하게 만든다. 평소라면 믿지 않을 바보 같은 괴담이 SNS에서 퍼지고, 사람들이 그것을 철썩 같이 믿은 것도 그 때문일 것이다. 그것은 이른바 '가뭄 피부' 괴담이다. 직사광선을 계속 쬐면 얼굴이 타다 못해 가뭄이 든 땅처럼 갈라지게 된다는 괴담이 그럴싸한 합성사진과 함께 돌아다녔다. 예방 대책으로 선크림을 발라야 한다는 말을 덧붙여서. 이 괴담을 가장 진지하게 받아들인 것은 의외의 계층이었다. 초등학생 자녀를 둔 엄마들. 엄마들은 자녀의 얼굴이 갈라지기라도 할까 봐 아이들에게 꼭 선크림을 바르고 다녀야 한다고 무섭게 다그쳤다. 아이들을 겁주려고 엄마들이 해준 이야기는 아이들 사이를 오가면서 더 과장된 내용으로 변했다. 몇 반 아이가 얼굴이 갈라졌다더라 하는 얼토당토않은 증언과 함께. 그리고 그 결과, 초등학생이라는 거대한 집단이 선크림의 신규고객으로 편입되었다.

공장을 두 배로 증설하게 될 무렵에는 아이에게 거의 신경을 쓰지 못하게 되었다. 그래도 착한 아이라 다행이었다. 아이는 엄마의 바쁜 생활을 이해해 주었고, 아침엔 먼저 일어나 엄마를 깨우기도 했다. 학교에서 돌아오면 애견 삐삐를 산책시키고 집을 청소하는 등 안사람 역할을 톡톡히 했다. 아이는, 엄마가 바쁘니까 자기가 집을 지켜야 한다고 말했다. 그런 김에 엄마도 지켜야 한다고.

초등학생이라는 주요 타깃이 생긴 후로, '선크림 괴담'은 그녀의 회사에서 중요한 이슈가 되었다. 괴담이 어떤 식으로 퍼지고 어떻게 변해 가는지 모니터링을 전담하는 직원도 생겼다. 때때로 그녀와 그녀의 부서는 괴담의 변화에 개입했고, 그것이 변하는 방향을 '관리'했다. 그러던 어느 날, 어느 익명의 괴담 수집 게시판에 '변이'가 생겼다. 아니, '혼종'이라고 해야 할까.

그것은 이미 오래되어 누구나 아는 뻔한 괴담이었다. 빨간 마스크. 입 찢어진 여자가 빨간 마스크를 쓰고 하굣길의 아이들에게 '나 예뻐?'라고 물어본다는 그 괴담 말이다. 원래 이 괴담에는 여자로부터 살아서 도망치기 위한 주문이 포함되어 있었다. 도망치면서 '포마드, 포마드'라고 외치면 된다나. 그런데 그 이야기의 살기 위한 주문이, 어느새 포마드에서 선크림으로 바뀌어 있었다. 이해할만하다. 포마드라는 것 자체가 초등학생들에게 익숙하지 않은 용어인 데다가, 선크림은 이미 초등학생들에게 일상적인 것이 되었으니. 요컨대, 선크림이라는 말이 더 외우기 쉽기 때문이리라.

이런 괴담이 등장했다는 사실 자체가 슈퍼 커버 선크림의 성공을 증명하는 것이긴 했지만, 그녀는 이 방향의 진화가 별로 좋지 않다고 생각했다. 선크림이 '바르는 것'이 아니라 '빨간 마스크 퇴치 주문'으로 변했기 때문이다. 바르지 않고 말하는 건 매출에 도움이 되지 않는다. 바르는 방향으로 틀어야 한다. 그녀는 이 괴담에 '개입'하기로 했다. 문제의 익명 게시판에 그녀는 새로운 괴담을 작성해 올렸다.

빨간 마스크가 선크림이라는 말에 트라우마를 가지고 있는 것은 빨간 마스크의 입이 찢어진 이유가 선크림을 잘못 사용했기 때문이라서. 원래 선크림을 꼼꼼하게 바르는 그녀였지만, 점심 먹고 냅킨으로 입을 닦은 후, 그 부위에 선크림을 덧바르지 않았기 때문에 가뭄 피부 현상이 일어나면서 입만 찢어졌다고.

투박한 괴담이었지만, 여러 사람이 자발적으로 여기에 살을 붙이고 매끄럽게 다듬어 여기저기 옮겨주었다. 덕분에 효과는 매우 좋았다. 괴담은 다시 바람직한 방향으로 발전하고 있었다. 문제의 게시판은 빨간 마스크와 선크림 이야기를 양성하는 공간으로 변해갔다. 그녀는 그 게시판을 계속 주시했다. 그리고 어느 날, 새로운 아종이 등장했다.

빨간 마스크는 우리 곁에 있을 수도 있다. 외모에 분명한 특징이 있는데도 평소에 의심받지 않고 생활할 수 있는 것은 상처를 컨실러로 덮어 위장하기 때문.

괴담이라기보다 유머에 가까운 이야기였지만 그 이질감이 어쩐지 사람들의 흥미를 돋구었고 새로운 괴담은 소문내기 좋아하는 사람들의 손을 통해 여기저기로 퍼져나갔다. 심지어 여기서 파생되어 컨실러 유머가 유행하기 시작했다. 가장 흥했던 곳은 유튜브였다. 금이 간 유리창에 컨실러를 발라 복원하는 페이크 생활 팁 영상, 우그러진 차 문을 컨실러로 복원하는— 물론 합성으로 만든 편집 영상이다—영상에 이르기까지. 그녀는 고심했다. 방향을 되돌려야 한다. 뭘 해야 할까.

고민 끝에 그녀는 피부 미인으로 유명한 모델을 고용해 새로운 CM을 제작했다. '슈퍼 커버 선크림'이라는 제품명의 '슈퍼 커버'를 강조하는 CM을. 내용은 단순했다. 모델이 빨간 마스크를 쓰고 있다가 천천히 마스크를 벗고 '슈퍼 커버'라고 말하는 영상이다. 마스크를 벗는 장면에서는 그야말로 CG라고 해도 무방할 정도로 입가의 피부 보정에 한땀 한땀 공을 들였다. 이 CM은 이삼십 대 여성에게 강한 호응을 얻었고, 자발적으로 광고를 퍼 나르는 사람들도 많이 생겼다. 물론 가장 큰 요인은 그 모델의 미모와 온갖 공을 다 들인 보정이겠지만.

이삼십 대 여성에게는 선크림의 커버력을, 초등학생들에게는 빨간 마스크를 다시 한번 상기시킨 이 광고는, 메시지가 분명한 만큼 시청자들의 항의도 많이 받았다. 하지만 특별히 끔찍하거나 혐오스러운 장면을 보여준 것도 아니고, 모델이 그저 빨간 마스크를 썼을 뿐이라 특별히 문제될 건 없었다. 게다가, 최소한 유튜브와 틱톡에서는 최고의 화제가 되었다. 이 광고 이후 자신의 외모를 자랑하는 유튜버들 사이에서 '빨간 마스크 챌린지'라는 이름으로 그 CM을 흉내 내는 영상이 인기를 끌었기 때문이다. 물론 이것은 변종이지만, 그녀는 더 이상 신경 쓰지 않았다. 결국 이 챌린지가 부각시키는 건 선크림 CM이기 때문이다. 당연히 이 '빨간 마스크 챌린지'에도 변종이 생겼는데, 주로 개그, 엽기 콘텐츠를 만드는 유튜버들이 빨간 마스크를 쓰고 길거리에서 사람들의 반응을 찍는 콘텐츠였다.

좀 심한 경우에는 빨간 마스크를 쓰고 하굣길에서 초등학생들을 놀라게 하는 콘텐츠도 있었는데, 항상 등장하는 대사가 '선크림은 발랐니?'였다. 착한 아이에게만 선물을 주겠다고 으름장 놓는 산타마냥, 아이들이 선크림을 발랐는지 검사하는 빨간 마스크가 등장한 것이다. 이 역시도 그녀는 신경 쓰지 않았다. 아이들은 무서워서라도 선크림을 열심히 바를 것이다. 그리고 선크림 바르는 아이들이 늘어나는 상황 자체도, 다시 다른 콘텐츠가 되어 재생산될 것이다. 이런 게 '바이럴'이니까.

그녀가 이 일에 더 이상 신경 쓰지 않게 된 이유는 하나 더 있다. 연봉이 오르고 승진하면서, 다른 부서로 이동이 결정되었기 때문이다. 조금 더 자기 시간을 가질 수 있는 곳으로. 이제 아들과의 시간을, 그리고 애견 삐삐와의 시간도 더 보낼 수 있다. 얼굴은 물론이고 노출된 팔다리까지 다 허옇게 선크림을 바른 어린이들과, 빨간 마스크가 가득한 거리를 걸으며 그녀는 생각했다. 오늘은 오랜만에 요리를 해야겠다고.

장을 보고, 계산을 한다. 계산대 앞 진열대에는 선크림이 가득하다. 장바구니를 들고 거리를 걷는다. 현관문을 연다. 신발을 벗으며 집 안의 냄새를 맡는다. 찐득한 냄새, 화장품 냄새가 온 집안에 진동한다. 식탁에 장바구니를 올려놓는다. 삐삐가 다리에 매달리며 꼬리를 흔든다. 삐삐를 안아들고 불 켜진 침실로 들어간다. 아들이 창틀 위에 올라가 있다. 아들이 열심히 창문에 선크림을 바르고 있다. 시체처럼 허연 얼굴의 아들이 창문에 선크림을 여러 번, 여러 번 덧칠한다. 엄마를 지키려고. 무엇으로부터? 구석에 주저앉는다. 어쩐지 눈물이 난다. 삐삐가 얼굴을 핥는다. 볼을 비빈다. 삐삐의 얼굴이 끈적하다. 어쩐지 눈물이 난다.

알고 지내는 마을

또 그 꿈을 꾸었다.

정신없이 피곤하고 바쁘게 보낸 날에는 어김없이 그 꿈을 꾸고 만다. 거대한 지렁이인지 굼벵이인지가 천장의 선풍기 날개 위에서 날 내려다보는 꿈. 처음 꾸었을 때 그 꿈은 연기처럼 흐릿하고 모호했지만, 날이 갈수록 점점 커지고 점점 또렷해지고 있다. 그런 꿈을 꾸게 된 연유를 잘 모르겠다. 어쩌면, 아마도 이사 온 날의 인상이 아직도 남아있기 때문일 것이다.

이 집에 이사 온 것은 한 달 전이다. 처음 발을 들였을 때 본 광경은 정말 인상적이었다. 아무것도 없는 하얗고 커다란 거실. 가구라곤 하나도 없었고 새로 도배한 벽지는 새하얬다. 눈에 띄는 것이라고는 천장에 매달린 커다란 선풍기뿐이었다. 실링팬이라고 하던가. 지름이 거의 사람 키만 한, 커다랗고 단단해 보이는 그런 선풍기였다. 하얀 벽에 가구를 하나씩 채우고 청소를 시작했다. 환기를 위해 창문을 열었을 때는 소스라치게 놀랐다. 창틀 사이로 엄지손가락만 한 벌레들이 꾸물거리고 있었기 때문이다. 굼벵이였다. 건드리기도 싫은 그것들을 하나하나 치워내고 창틀을 닦았다. 어디서 나타난 걸까. 주변에 나무나 숲 같은 건 보이지 않는데. 1층이라서일까. 그렇게 이사 첫날의 기억은 커다란 선풍기와 굼벵이의 이미지로 점령당했다.

집은 꽤 살기 좋았다. 요즘 보기 드문 조용한 주택가. 십 분쯤 걸어 주택가를 빠져나오면 상가가 보인다. 너무 멀지도, 가깝지도 않은 적당한 거리에. 상가까지의 거리는 한적하고, 그 경계 안으로는 외부인도 잘 들어오지 않는다. 가끔 보이는 사람들이라곤 주택가 주민들뿐이다. 그렇다 보니 이 동네 사람들은 서로 다 알고 지내는 모양이다. 마주치면 서로 인사를 하고, 가볍게 이야기를 나눈다. 동네의 집들은 온통 하얀색이다. 대부분 지어진 지 그리 오래되지 않았으리라. 마치 놀이공원의 꿈의 나라처럼, 하얀 집 사이로 하얗게 뻗은 길을 걷는다.

그렇게 일주일을 살고 나니 어느새 동네 사람들의 얼굴을 거의 다 익혔다. 처음엔 어색하게 인사하던 사람들도 모두 내가 어느 집에 사는지 이제는 알고 있다. 그런데 뭐랄까, 그 어색함이 사라진 자리, 동네 사람들이 나를 보는 표정엔 묘한 감정이 깃들어 있는 것처럼 보였다. 그 감정은 아마도 호기심. 혹은 뭔가 물어보거나 말해주고 싶지만 참을 수밖에 없는 갑갑함. 내가 너무 동네 사람들과 동떨어진 인상이라서일까. 그즈음부터 굼벵이 꿈을 꾸기 시작했다. 꿈속에서, 나는 침대 위에 누워 천장을 올려다보고 있다. 천장에는 선풍기가 맹렬하게 돌아가고 있다. 그것이 차츰 느려진다. 선풍기가 느려질수록 선풍기 날개 위에 무엇이 있는지 보이기 시작했다. 그것은 굼벵이. 커다란 굼벵이다. 굼벵이는 날개 바깥쪽으로 꿈틀꿈틀 기어 나오며, 고개를 내밀어 나를 내려다본다. 그 머리가 점점 아래로, 아래로 내려와 내 얼굴과 가까워지다가… 꿈은 끝난다.

오늘도, 그 꿈을 꾸었다. 주말을 이렇게 시작하다니 별로 기분 좋은 하루는 아닐 것 같다. 시계를 보니 아침 8시. 몸도 정신도 찌뿌둥하다. 아침 바람이라도 쐬러 나가볼까 하고, 나는 입던 옷 그대로 바람막이 한 장만 걸친 채 문을 나섰다. 찬바람에 눈이 시려 끔뻑끔뻑하고 있을 때, 눈꺼풀 사이로 흐릿한 그림자가 보였다. 또다. 그 여자다. 검은 옷에 검은 모자를 눌러쓴 여자의 멀어져가는 등이 보였다. 등만 보아도 알겠다. 집 근처에 자주 나타나는 여자다. 얼굴은 몇 번 본 적 있다. 하얀 얼굴에 여우 같은 눈. 이 동네 사람은 아니다. 왠지 그런 것 같았다. 동네 사람들이 그녀에게 인사하지도, 말을 걸지도 않기 때문이다. 아니, 애써 모른 체하는 것처럼 보이기도 했다. 이유가 궁금했지만, 왠지 물어봐서는 안 될 거 같은 기분이 들었다.

"망령이구먼, 망령이야."

뒤에서 들리는 소리에 흠칫 놀라 돌아보니 할아버지 한 명이
서서 그녀를 바라보며 중얼거리고 있었다. 길 건너 2층집 할아
버지다. 어딘가 음침하고 기이한 분위기를 풍기는. 이 할아버
지도 이사 온 날의 이미지에 남아있다. 2층집에서 커튼으로 몸
을 가리고 한창 이사 중인 내 집 쪽을 훔쳐보던 것을 기억하고
있었다. 나는 할아버지에게 조심스럽게 물었다.

"저기… 망령이라뇨?"

할아버지는 그제야 내 존재를 깨달은 듯 게슴츠레한 눈으로
내 얼굴을 보더니, 내 집을 다시 한번 보고, 내 얼굴을 다시 보
았다. 한참을 그러더니, 갑자기 그 얼굴에 경악 혹은 공포 같
은 것이 떠올랐다. 할아버지는 손가락으로 나를 가리키고는
말했다.

"망령이구먼, 망령이야!"

"저, 할아버지…."

"썩 돌아가거라! 썩 돌아가! 히이익!"

할아버지는 그대로 뒤로 주저앉아 엉덩방아를 찧었다. 나는
놀라서 집으로 도망쳐 들어갔다. 숨을 몰아쉬고, 냉장고에서
물을 한 잔 꺼냈다. 물을 마시며 심호흡한다. 뭐람, 대체. 할아
버지가 아직 밖에 있는지 확인하려고 창가로 갔다. 밖에는 아

무도 없다. 하얀 거리. 문득 불길한 생각이 들었다. 어쩌면, 혹시? 나는 창문을 살살 열었다. 아이스크림의 포장을 벗기는 것처럼 조심스럽게. 창틀 사이를 확인하며 조심스럽게 열었다. 하얀 창틀 사이에 어쩌면, 어쩌면….

굼벵이는 없었다. 휴우, 하고 큰 숨을 내쉬었다. 왜 그런 생각을 했을까. 머리가 어질어질하다. 고개를 숙이고 이마를 문지르다가, 문득 시선을 느낀 것 같아 다시 고개를 들었다. 어디지? 어디? 고개를 쭉 빼고 창밖을 둘러본다. 찾았다. 조금 멀리서, 그 여자의 등이 다시 멀어져가고 있었다.

아침부터 진을 다 빼고 말았다. 산책은 포기했다. 적당히 밥을 먹고, 책을 읽다가… 문득 창밖에서 시선이 느껴지기도 하고, 집 앞에서 누군가가—동네 사람들—수군거리는 소리가 들려오기도 한다. 책이 눈에 들어오지 않는다. TV를 켰다. 소리를 크게 틀고, 멍하니 화면을 바라본다. 그렇게 하루를 보냈다.

아침의 소동 때문인지 일찌감치 피곤해졌다. 황금 같은 토요일 저녁을 엉망으로 보냈다. 조금 일찍 잠자리에 누워 잠을 청했다. 스르르 눈이 감겼다. 오늘 밤은 어쩐지, 그 꿈을 다시 꿀 것만 같다….

예감은 어김없이 들어맞았다. 어느 때보다 선명하고 천천히. 그 꿈은 어둠 속을 비집고 다가왔다. 나는 꿈속에서 눈을 뜬 채 천장을 올려다보고 있었다. 선풍기가 맹렬하게 돌아간다. 이다음에 어찌 될지는 이미 알고 있다. 빠르게 돌던 선풍기의 날개가 점차 천천히, 천천히… 그리고 선풍기 날개 안쪽에서 뭔가가 꾸물텅꾸물텅 기어 나오기 시작한다. 굼벵이 같은 그것은 바깥쪽으로 나오면서 점점 부풀어 오른다. 꿀렁, 하고 몸속의 액체가 이동하는 듯한 느낌, 그런 느낌으로 기어 나오다가 아래를 내려다본다. 선풍기가 급기야 멈춘다. 그것의 머리가 점점 아래로 내려온다. 점점 늘어난다. 마치 점액질의 액체… 아니, 묽은 젤리 같은 것이 아래로 늘어나며 떨어지는 것 같은 움직임으로… 마치 화면이 클로즈업하는 것처럼, 점점 부풀면서 길어지고 있다. 내 얼굴 위로 내려온다. 내 눈을 바라보며 눈을 마주치고… 어라? 눈? 왜 그런 생각을… 그것의 얼굴이 코앞에서 멈췄다. 그것은 얼굴이… 그것은 사람의 얼굴을 하고… 그 얼굴, 그 눈이 나를 보고 있다. 그 하얀 얼굴 위의 여우 같은 눈이 내 눈과 마주친다. 그 여자를 닮았다.

그 순간 나는 소스라치게 놀라 깨어났다. 등에 식은땀이 흐른다. 꿈에서 깨어났지만 머릿속에는 그 얼굴이, 그 잔상이 또렷이 남아있다. 사람의 얼굴을 한 굼벵이… 아니, 굼벵이라기보단 거대한 뱀, 혹은 지렁이 같은… 모르겠다. 어떤 인상. 그것뿐이다. 하지만 그 꿈속에서 나는 어떤 논리적 감정을 느꼈다. 그 감정은 내 안에서 솟은 것이 아니다. 그 감정을 나는 어떤 감촉처럼 느꼈다. 마치 누군가의 꿈을 대신 꾸고 있는 것 같은, 아니 누군가의, 아니아니, 무언가의 기억을… 순간, 시선을 느꼈다. 후다닥 창가로 달려가 창문을 열었다. 굼벵이… 아니, 그 눈이 나를 보고 있었다.

아직 새벽 5시. 여우 같은 두 눈이 창문으로 나를 들여다보고 있었다. 나와 눈이 마주치자 그녀는 뒤로 돌아 멀어져갔다. 나는 겉옷을 챙길 생각도 하지 못하고 후다닥 달려나갔다. 여자의 걸음은 빠르지 않았다. 아직 멀지 않다. 나는 죽을힘을 다해 달려가, 그녀의 팔을 잡았다. 그녀가 돌아보았다. 나는 숨을 헉헉 몰아쉬다가, 뭔가 말을 하려고 입을 열었다. 무슨 말을 해야 하지? 뭐라고 하면 되는 거지? 뭘 말하려고 했더라? 애초에 난 왜 이 여자에게 뛰어온 걸까? 밤의 칠흑 속에서 그녀의 하얀 얼굴만이 빛나고 있었다. 여우 같은 눈이 조용히 나를 지켜본다. 그 눈빛에 압도되어 말을 더듬으며 이상한 제안을 했다.

"저, 저기, 괜찮으시면… 들어와서 차라도….”

왜 그런 말을 했는지 모르겠다. 왜 그 여자는 순순히 제안을 받아들였는지 모르겠다. 아직 해도 뜨기 전인 이른 시각에, 나는 내 집에 첫 손님을 맞아들였다. 그녀를 테이블에 앉히고, 커피를 내렸다. 커피 향을 맡으니 마음이 좀 진정되는 느낌이었다. 커피 두 잔을 들고 테이블로 돌아오니, 그녀는 천장을 올려다보고 있었다. 천장에 멈춰있는 선풍기. 이 집에 오고 나서 한 번도 튼 적이 없는 그 선풍기. 나는 커피를 내려놓고 의자에 앉았다.

"저…."

그녀는 마치 꿈에서 깬 듯, 깜짝 놀라 나를 바라보았다. 깊이, 아주 깊이 빨려 들어갈 것 같은, 아주 검은 눈동자. 나는 조심스럽게 말했다.

"우리 집… 자주 보고 계셨죠?"

그녀는 다시 천장을 올려다보더니, 조용히 고개를 끄덕였다.

"오늘도…."

고개를 끄덕인다.

"어째서…."

"동생이 살았어요. 여기."

예상외의 대답에 나는 깜짝 놀랐다. 아니, 그보다도 생전 처음 들어본 또박또박한 목소리. 마치 TTS의 음성 같은 불쾌할 정도로 딱 떨어지는 어조에 소름이 돋았다. 그녀의 눈은 똑바로 나를 바라보고 있었다. 동생이 살았었다. 그래서? 그다음은?

"동생분은 제가 오기 전에 이사를 가신 건가요?"

"죽었어요."

그녀는 예의 그 불쾌한, TTS 같은 어조로 또박또박 설명하기 시작했다. 그녀에게는 한 살 터울의 남동생이 있었다. 그녀와 닮은. 어릴 때는 사이가 좋았다. 하지만 동생은 커갈수록 무슨 생각을 하는지 알 수 없게 되었다. 결국 떨어져 살게 되면서,

연락도 하지 않게 되었다. 그러다가, 어느 날 동생이 죽었다.

"목을 매달았다고 하더군요."

그녀는 천장을 올려다보았다. 또다. 선풍기를 올려다보고 있다. 어쩐지 이다음에 그녀가 무슨 말을 할지 알 것만 같았다. 소름이 확 끼친다.

"…저기서요."

그녀의 동생은 이 집에서 아주 긴 밧줄로 목을 매달았다. 밧줄을 브래킷에 묶고, 날개 사이로 늘어뜨린 후 끝을 고리로 만들어 목에 걸었다. 그리고 선풍기를 틀었다. 선풍기 날개가 한 방향으로 돌면서 브래킷에 밧줄이 조금씩 감겼다. 팽이처럼. 줄이 위로 당겨지면서 점점 동생의 몸도 위로 딸려 올라갔다. 끼릭… 드르륵… 위로, 위로, 천장까지.

"그리고 마침내, 머리가 선풍기 날개 위로 올라갔죠."

머리가 낀 상태에서도 선풍기는 계속 돌았다. 머리가 목에 걸린 채 빙글빙글 허공에서 도는 사이에, 목뼈가 부러졌다. 조금씩, 몸이 브래킷에 감기듯이 딸려 올라갔다. 선풍기 날개가 고속으로 회전하며 어깨를 부러뜨렸다. 허리가 날개와 날개 사이에 끼었다. 척추가 부러졌다. 몸이 흐느적흐느적 날리며 선풍기 날개와 부딪혔다. 선풍기 날개가 하나하나 휘고 부러지면서 조금씩 느려졌다. 연처럼 흐느적거리는 몸이 선풍기보다 빠르게 돌면서 브래킷의 밧줄이 풀렸다. 풀린 밧줄은 점점 시체

132

를 휘감았다. 선풍기가 완전히 멈추었을 때, 천장에는 반파된 선풍기와 밧줄로 온몸이 칭칭 감기고 이리저리 구부러져 굼벵이 같은 모양으로 매달린 동생의 시체가 남았다.

"물론 직접 본 건 아니지만요."

"그러면….”

"들었어요. 나중에, 이웃에게서."

그녀의 눈길이 가는 곳을 보고 알아차렸다. 2층집 노인. 그녀는 나중에 이 동네에 와서 2층집 노인에게 동생의 죽음에 대해 들었으리라. 하지만, 그렇게 만난 적이 있다면 어째서 망령이라고…? 그녀는 말을 계속했다.

"사진을 찍어 두었으면 좋았을 텐데, 이제 제게 남은 동생의 사진은 이것뿐이랍니다."

그녀는 사진을 하나 보여주었다. 그것은 내가 꿈속에서 본 그것과 정확히 일치했다. 사람의 얼굴을 한. 눈앞의 여자와 놀랄 만큼 닮은 굼벵이….

"죽고 나니 그리워지더군요. 그래서 안 된다는 걸 알면서도 자꾸만 여기로 오게 되었어요. 다시 만날 수 있을 것만 같아서."

그녀는 또박또박 말하고는, 커피잔을 내려놓았다.

"잘 마셨어요."

인사를 하고 떠나는 그녀를 나는 멍하니 바라만 보았다. 보통은 배웅이라도 할 텐데. 멍한 기분과는 반대로, 머릿속은 왠지 점점 안개가 걷혀가는 느낌이었다. 내가 꾼 꿈, 그것은 어쩌면 이 집의 기억… 천천히 일어나 창가로 간다. 창문을 열고 떠나는 그녀의 뒷모습을 바라본다. 그리고 고개를 들어….

2층집. 커튼이 반쯤 열려 있다. 그 뒤에 작은 그림자가… 고개를 내밀어 보려고 창틀을 잡았을 때, 손가락 끝에 뭔가가 닿는다. 끈적하고 단단한, 하지만 속은 몰캉한 듯한 그 느낌. 꾸물텅. 순간 여러 가지 생각이 머리를 스치고 지나갔다. 나는 손에 잡힌 그것을 창밖으로 내던져 버리고, 서둘러 창문을 닫았다. 그리고 벽에 기대어 무너지듯 주저앉았다. 온몸에 소름이 돋았다. 너무 자세하다. 그녀는 너무 자세하게 알고 있다. 2층집 할아버지에게 이야기를 들은 것치고는. 2층집 할아버지? 그는 어떻게 그렇게 자세하게 알고 있지? 경찰이 말해줬을 리는 없다. 가족에게도 하지 않은 이야기를… 어쩐지 시선이 느껴져 창문 너머를 힐끔 올려다보았다. 커튼이 닫혔다. 역시 보고 있었구나. 그날도 그 할아버지는 보고 있었다. 밧줄에 매달려 굼벵이가 되어가는 그 남자를. 죽어가는 남자를 똑똑히 보았다. 아아, 그래서, 얼굴이 닮은 누나를 보고 망령이라고… 망령이라고 생각해서 자백한 건가? 하지만 그녀는… 어라?

'다시 만날 수 있을 것만 같아서.'

다시 만나? 무엇을? 죽은 동생을? 유령을? 아니면, 누군가가 선풍기에 매달린 그 모습 자체를? 몸이 부르르 떨렸다. 아까 본 사진의 모습이 선명하게 떠올랐다. 그 사진에는 꿈과는 다른 박력이 있었다. 이리저리 비틀려 묶인 몸, 죽어가는 얼굴, 그리고 하얀… 잠깐, 죽어가는… 이라고? 사진… 사진? 그 사진은 누가, 언제 찍은 거지? 설마 2층집 할아버지… 아니, 아니다! 위쪽에서 설사 방 안을 다 볼 수 있다고 하더라도, 천장을 볼 수 있을 리는 없다! 그 사진을 찍으려면 최소한… 나는 창문 쪽으로 고개를 휙 돌렸다. 밤의 창가엔 아무것도 보이지 않는다. 하지만 내겐 마치, 그녀가 창밖에서 들여다보는 것처럼 느껴졌다.

"거기서 처음부터… 보고 있었다고?"

창틀의 굼벵이. 그건 어디서 왔을까? 누군가 인위적으로 가져다 놓았나? 누가? 그녀가? 아니면 2층집 할아버지가? 아니면 날 호기심에 차서 바라보던 동네 사람들? 온 사방에서 공포가 몰려와 나를 짓누른다. 그것은 바로 위에도, 바로 위의 천장에서도… 나는 선풍기를 올려다보며 혐오감을 삼켰다. 드라이버를 집었다. 의자를 가져온다. 의자를 딛고 일어선다. 선풍기의 날개를 잡고 브래킷에 드라이버를 박아 넣는다.

그때 우웅, 하고 선풍기가 돌기 시작했다. 드라이버를 켠 손이 딸려 들어간다.

그들은 때때로 돌아온다

"오셨네요."

설거지를 하던 점원이 창가 쪽 테이블로 힐끗 눈길을 보냈다. 점원이 눈으로 가리킨 곳에는 단아한 느낌의 노부인이 앉아 있었다. 어림잡아 80세 정도의 나이. 스마트폰을 보지도, 책을 펴지도 않고 꼿꼿이 앉아 음식을 기다린다. 그 모양새가 너무나 자연스럽다. 여기가 돈가스집이라는 사실만 생각하지 않는다면 말이다. 시계를 본다. 9시 반. 슬슬 마감할 시간이다. 나는 오븐에서 고깃덩이를 꺼내며 점원에게 말했다.

"그것만 끝내고 퇴근해. 마무리는 내가 할게."

"넵."

고깃덩이에 반죽을 묻혀, 달군 튀김기에 넣고 꺼낸다. 접시에 담고, 밥을 뜨고, 빵 한 조각과 샐러드를 올려놓고 소스를 뿌려 내간다. 노부인의 앞에 접시를 내려놓고 눈인사를 한다. 그리고 가게 문 쪽으로 걸어가, 'Open' 간판을 'Close'로 뒤집는다. 유리창 사이로 야경이 눈에 들어온다. 까만 하늘에 높이 솟은 건물, 창가마다 하나씩 꺼지는 불빛들. 11시가 되면 건물 전체가 마감하기 때문에 대체로 지금 이 시간쯤부터 정리들을 시작한다.

내가 이곳에 가게를 차린 건 오 년 전이었다. 서울 한복판에 세워진 커다란 빌딩이었지만, 임대비는 저렴한 편이었기 때문에 어찌어찌 들어올 수 있었다. 물론 내가 가게를 차리기 삼 년 전, 그러니까 팔 년 전만 해도 임대비가 어마어마했다고 한다. 이 지역의 새로운 랜드마크를 표방하며 시장까지 나서서 야심 차게 건설한 고급 빌딩. 어마어마한 돈이 투자되었고, 건설에 사 년이 걸렸다고 한다. 하지만 정작 생각만큼 입주자가 많이 모이지 않았고, 빈 상가가 가득한 유령빌딩이 되어버렸다. 결국 건물은 본전도 못 찾은 채 경매로 넘어갔고 그 후에 임대비가 안정되었다. 그때 나는 이 빌딩에 돈가스집을 차렸다.

조리실로 돌아가 바 건너편을 바라본다. 노부인은 돈가스를 입에 넣을 만큼만 잘라 포크로 입에 넣는다. 미리 전부 잘라 두지도, 너무 크게 자르지도 않는다. 군더더기 없는 동작. 허리는 먹을 때도 꼿꼿하다. 정확한 동작은 물론이고 한 술 한 술, 떠 먹는 시간마저 일정하다. 시계를 흘깃 보았다. 앞으로 4분 정도다. 점원이 가게를 나서는 것을 확인하고, 나는 찬장에서 커피와 드리퍼를 꺼내 커피를 내리기 시작했다. 따뜻한 김과 함께 쌉쌀한 산미가 코로 들어온다. 커피잔 두 개를 꺼내 데우고, 커피를 나누어 담는다. 쟁반에 담은 커피 두 잔을 들고 노부인에게 걸어간다. 쟁반을 내려놓고, 커피를 테이블에 두고, 빈 접시들을 쟁반에 담는다. 쟁반은 옆 테이블로 대충 치워두고 노부인의 맞은편에 앉는다.

"식사는 괜찮으셨습니까?"

"네, 아주 맛있었어요. 아주… 부드럽네요. 육즙이 잘 살아 있어서 더 씹기 좋아요. 아무래도 이 나이가 되면 이가 약해져서, 노인 입으로 씹기 힘들면 어쩌나 걱정했는데."

"아직 정정하신데요."

"뭘요. 솜씨가 좋으신 거죠. 이 가게 돈가스 정도면 노인들에게도 충분히 권할 수 있겠어요."

"돈가스는 자주 드시나요?"

"아뇨, 오랜만이에요. 사실 원래 그리 좋아하지도 않지만…."

그녀는 말을 고르는 듯하더니.

"그래도 오늘은 돈가스를 먹을 계획이었으니까…."

"용케 오셨네요. 이 상가에 돈가스를 파는 집이라곤 여기뿐인데."

"그렇더라고요."

그녀는 쓴웃음을 짓고는 말을 이었다.

"실은… 아들이 여기에 돈가스집을 차렸다고 들어서 찾아와 본 거였어요."

"…오래 못 보신 아드님인가 보네요."

"네, 오래 못 봤죠."

시계를 흘끗 보았다. 10시다. 한 30분 정도는 더 앉아 있어도 될 것 같다.

"차 시간이 11시 반이시죠?"

"아, 네. 어떻게…."

"저도 여기서 꽤 오래 장사했으니까요. 손님들 차 시간 정도는 외우고 있죠."

손님들의 행색을 보면 안다. 열차를 타고 왔는지, 시내에서 왔는지 정도는. 커피를 한 모금 마시고, 다시 말한다.

"날도 추운데, 여기 닫을 때까지 한 30분 남았으니까 앉아 계시다 가세요. 저도 말벗이 좀 있었으면 하던 차라."

"그거 참 감사한 말이네요."

그녀는 품위 있게 살짝 고개를 숙였다.

"아드님은 돈가스집을 최근에 차리신 건가요?"

"아뇨, 좀 되었어요. 그런데 아들이 못 오게 해서 그동안 은…."

"아드님은 어째서 그러셨을까요?"

"사이가… 그리 좋진 않거든요."

"어쩌다가…."

"글쎄요… 그냥 어릴 때부터, 조금씩 조금씩 비틀어지던 것이… 세월이 흐르고 뒤돌아보니, 이젠 너무 많이 멀어져 버렸달까요."

말을 멈추고, 그녀는 찬찬히 내 얼굴을 뜯어보았다.

"그러고 보니, 실례가 될지 모르겠지만 제 아들과 닮으셨어요. 나이도 비슷해 보이고."

"늦게 낳은 아드님인가 보네요."

그녀는 부끄러운 듯한 얼굴로 작게 고개를 끄덕였다.

"자식을 가지려고 노력했는데 잘 안되다가 마흔쯤에야…."

"귀하게 얻은 자식이군요."

"그랬죠. 그래서일까요. 아이에게 너무 간섭했던 것 같아요."

"부모 자식은 어디나 그렇습니다. 저희 부모님도 그렇거든요. 여전히."

그녀는 살짝 웃었다. 그 웃음에는 흐릿한 그늘이 있었다.

"…요 정도만 틀어져도."

그녀는 젓가락 한 짝을 살짝 벌어지게 놓았다. 가지런하지 않고, 가위처럼 살짝 비틀리게.

"점점 길어질수록, 시간이 지날수록, 한도 없이 멀어지죠."

그녀는 아들이 돈가스 요리사로 살아가는 것을 반대했다고 한다. 그것은 굉장히 오래된, 아주 긴 어긋남이었다. 아들이 일곱 살이 되었을 즈음부터 시작된, 아주 사소한 어긋남.

그녀가 아들을 처음 경양식집으로 데려간 것은 아들이 초등학교에 들어간 해였다. 아들은 돈가스를 처음 먹고는, 그야말로 감동을 했다고 한다. 정말 맛있는 것을 처음 먹었을 때, 사람이 생각하게 되는 건 둘 중 하나다. 또 먹고 싶다. 아니면 이런 건 어떻게 만드는 걸까. 아들은 후자였다. 일곱 살의 어린 나이에, 요리에 관심을 가지기 시작했다.

"요즘 사람들에게는 우스울 뿐이지만, 그땐 다들 그렇게 믿었죠. 사내아이는 사내답게 키워야 한다. 요리 같은 걸 배우게 해서는 안 된다… 그런 말 들어본 적 있나요? 남자가 부엌에 들어가면 꼬추 떨어진다고."

나는 웃으며 고개를 끄덕거렸다. 그녀는 부엌에 기웃거리는 아들을 매번 그 말로 쫓아냈다.

하지만 놀이하고 싶은 아이의 마음은 무엇으로도 막을 수 없는 법이다. 아들에게는 요리가 그 놀이였다. 신비한 어른의 놀이. 아들은 엄마가 집에 없을 때마다 부엌을 들락거렸다. 냉장고의 식재료를 티 안 나게 조금씩 쪼개어, 자르거나 볶거나 해보고, 실패하거나 성공했다. 엄마는 꽤 오랫동안 몰랐던 모양이다. 아들이 흔적을 깨끗이 치웠기 때문이다. 먹을 수 있는 게 나오든, 먹을 수 없는 게 나오든, 깔끔하게 먹어 치웠다.

"고등학교에 들어갔을 때, 몰래 아르바이트를 시작했어요. 돈가스집에서. 돈가스 튀기는 걸 훔쳐보려는 목적도 있었던 모양이지만, 돈을 모아서 요리학원에 들어가는 게 제일 큰 목적이었나 보더군요."

사실을 알게 되었을 때 엄마는 대노해서 아들을 꾸짖었다. 숨겨둔 요리도구니 책 같은 것도 모두 빼앗아서, 버렸다.

"공부를 잘했거든요. 그래서… 다른 데 눈을 돌리게 하면 안 된다고 생각했죠."

엄마가 원하는 결과는 나오지 않았다. 그때부터 아들은 집에서 말을 잘 안 하기 시작했다. 행동은 더 조심스러워졌고, 집에 귀가하면 방에 틀어박혀 나오지 않았다. 화장실에 갈 때조차도, 거실에 누가 있는지 확인하고 방에서 나왔다고 한다. 아들이 뭘 하는지도 모르고, 아들과 마주치기도 힘든 엄마로서는, 점점 간섭하기가 힘들어졌다. 그리고 두 사람은 점점 멀어졌다.

"그땐 몰랐어요. 뭐라고 하던 자식은 자기 갈 길을 가는 법이죠. 그 아이가 돈가스 요리사가 되는 것은 아마 일곱 살 때 이미 정해진 일이었을 거예요. 아들의 인생을 바로잡는다고 생각했지만, 실은 제가 아들의 인생에서 점점 등을 돌리고, 멀어지고 있었던 거죠."

그랬다.

"이 나이가 되어서야 그걸 깨달았어요. 아들이 만든 요리를 먹어보고 싶다. 이거야말로 가장 자연스러운 감정이라는 걸."

그랬다. 이미 다 알고 있는 이야기다. 나는 커피잔을 들고 자리에서 일어나며 말했다.

"아직 시간이 조금 있는데, 주방을 구경해보지 않으시겠습니까?"

그녀의 눈이 동그래졌다.

"돈가스를 어떻게 만드는지, 궁금하지 않으세요?"

의미를 이해하고, 그녀는 잔잔하게 웃으며 나를 따라 일어섰다. 주방으로 들어가, 오븐에서 고깃덩이를 꺼낸다. 그리고 얇게 자른다.

겉은 갈색에 가깝고 속은 옅은 핑크색으로 익은 고기. 그녀가 묻는다.

"생고기를 튀기는 게 아닌가요?"

"원래는 그렇죠. 하지만 저희는 먼저 익힙니다. 낮은 온도로 천천히."

"왜….."

"낮은 온도로 오래 익히면 단백질이 부드러워지거든요. 모든 부위가 그런 건 아니지만요."

"아아… 그래서 부드러웠던 거군요."

부드럽고 육즙이 살아있다. 그녀가 처음 이야기했던 그 평가는 흔한 칭찬처럼 들리지만, 조리과정을 생각하면 실은 아주 정확한 표현이었다. 나는 작은 보울에 고기조각을 올려놓고, 보온통을 꺼내 안을 보여주었다.

"다음은 이겁니다."

"이게 뭔가요?"

"돼지 껍데기를 오래 삶아서 나온 물입니다. 젤라틴이 많이 들어있죠. 이게 굳으면 젤리가 돼요."

"어머."

"샤오룽바오 드셔보셨나요?"

"네, 한두 번 정도."

"그 샤오룽바오의 육즙이라는 것도 이게 정체입니다. 이걸 굳혀서 작게 자른 다음에, 고기소와 섞어서 만두피 안에 넣는 거예요. 찌고 나면 안의 젤라틴이 녹아서 액체가 됩니다."

"신기하네요. 이걸 돈가스에도 쓰는 건가요?"

"보통은 아니죠."

그렇게 말하고, 나는 보울에 적당히 육즙을 부었다. 겉을 적실 정도로만. 그리고 냉장고에 넣는다.

"겉을 살짝 코팅하고 차갑게 식히면 겉면만 젤리처럼 됩니다. 이걸 계란물을 묻히고 빵가루로 덮은 다음 빠르게 튀기는 거죠."

그녀는 골똘히 뭔가 생각하는 것 같더니 갑자기 깔깔 웃기
시작했다.

"아, 깜빡 속은 기분이네요. 틀림없이 생고기를 잘라서 튀겼
다고 생각했는데, 익힌 고기에다 육즙 따로라니, 내가 뭘 먹은
건지도 모른 셈이네요."

"그렇죠. 저렇게 빵가루로 덮여 있으면 속은 모르는 거니까
요. 겉만 보고 알고 있다고 생각하지만, 실제로는 모르는 겁니
다."

그녀가 웃음을 뚝 그쳤다. 말을 곱씹는 듯, 아니면 곰곰이 생
각하는 듯했다. 문득 고개를 들어 창밖을 본다.

"참 화려하네요. 옛날엔 이런 동네가 아니었는데."

"뭔가가 사라진 곳에는, 뭔가가 생기기 마련이니까요."

"뭔가가 생겨났다는 건, 뭔가가 사라졌다는 뜻이기도 하고
요."

쓸쓸한 표정. 어쩌면 마음 깊은 곳에서는, 그녀도 알고 있는
지도 모른다. 나는 가슴속에 솟아오르는 그리움을 억누르며 대
화를 이어나갔다.

"실은 이 돈가스 조리법 말인데요, 반쯤은 학창시절에 아르
바이트하던 돈가스집에서 배운 겁니다. 그 가게도 이 동네에
있었는데 지금은 없어졌어요. 대신에 제가 여기에 가게를 차렸

고, 더 부드럽게 만드는 방법을 연구했죠. 그 사장님 입버릇이, 이가 아주 약한 노인도 잘 씹을 수 있는 돈가스를 개발하고 싶다는 거였거든요. 사실 그 가게의 풍토를 이어받은 거나 마찬가지죠."

그녀는 웃으며 대답했다.

"사라진 대신, 생겨났군요."

"네."

"어머, 어느새 시간이 이렇게."

"이제 들어가셔야 할 시간이군요."

"네, 그렇게 됐네요. 이제 그만 실례할게요."

그녀는 인사를 꾸벅하고는, 문을 향해 천천히 걸어갔다. 참예의 바른 사람이다.

"저, 사모님."

"네?"

그녀가 뒤돌아본다.

"그… 아드님의 돈가스는 아마, 제 것과 별로 다르지 않을 겁니다."

눈이 동그래진다.

"아드님이 가게에 못 오게 한 건, 아직 완성되지 않았기 때문일 거라고 생각해요."

놀란 눈이 사르르 녹고, 입가에 미소가 번진다. 고개를 살짝 끄덕인다.

"그래요. 기다려야겠네요."

문이 닫히고, 단아한 발소리가 메아리처럼 멀어진다. 나는 창가로 다가가, 밖을 내다보았다. 커다란 빌딩. 뭔가가 생겨났다는 것은, 뭔가가 사라졌다는 뜻이기도 하다. 십이 년 전, 여기엔 허름한 상가가 있었다. 허름한 상가지만 유명한 가게가 많았기에 매일 손님이 몰렸다. 손님이 몰릴수록 땅값은 올랐다. 그리고 어느 날, 재개발 계획이 발표되었다. 상가에 입주한 상인들은 몇 푼의 보상금을 받고 쫓겨나야만 했다.

물론 받아들이지 않은 사람들도 있었다. 말로 잘 설명할 순 없지만, 법적으로 뭐가 어떻게 되는 건지는 모르겠지만, 부당하다고 느낀 사람들이 있었다. 그들은 건물 옥상에 진을 치고 농성을 하며, 끝까지 버티겠다고 다짐했다. 그들은 말 그대로 끝까지 버텼다.

특공대가 진입하던 날 그 건물에는 불이 났다. 그 화재 속에서 다섯 명이 죽었다. 그렇게 내가 학창시절 사랑했던 돈가스집은 사라졌다. 그 잿더미 위에 이 건물이 올랐다. 아마 그 돈가스집 주인은 지금의 나와 비슷한 나이였던 것 같다.

창밖을 내려다본다. 그녀가 건물을 나가 걸어가는 것이 보인다.

서른 살이 되어가던 즈음. 이 꺼림칙한 빌딩에 돈가스집을 차린 것은 오기였다. 사라진 것을 되찾아온다는 기분도 들었다. 그리고 개업한 지 얼마 되지 않아, 그녀가 찾아오기 시작했다. 일주일에 한 번, 정확한 시간, 정확한 발걸음으로. 그녀는 매주 아들의 돈가스집을 찾으러 이 빌딩에 와서, 같은 시간에 나의 가게로 들어와 돈가스를 시킨다. 나는 그때마다 그녀에게 아들의 돈가스를 대접하고, 점원을 내보내고, 커피를 내리고, 이야기를 나누었다. 매주 똑같은 이야기를. 그녀는 아마 기억하지 못할 것이다. 그녀는 아마 다음 주에도 오게 될 것이다. 아들이 직접 만든 돈가스를 먹지 못했으니까. 아들이 죽던 날 그녀의 시계는 멈추었다. 멈춘 시계 속에서 그녀의 일주일은 영원히 반복된다.

깨물어주고 싶어

방울 소리가 딸랑, 하고 울렸다. 여행자 차림의 손님이 문을 열고 들어온다. 갈색빛이 도는 숏컷 헤어에, 흰색 반소매 티셔츠와 청바지, 컨버스화를 신고 커다란 배낭을 멘 젊은 여성이다. 한 손에는 낡은 여권 크기의 수첩을 들고 있다. 목재 각인판, 금장상패, 목재조각 등 벽에 전시된 물품들을 눈으로 훑으며 들어오다가, 도장들이 진열된 쇼케이스 앞에 와서 멈춘다.

"안녕하세요. 여기 도장 가게 맞나요?"

"네, 도장 가게입니다."

여자는 쇼케이스 안쪽의 도장들을 둘러보다가 갑자기 생각난 듯 말한다.

"좀 둘러봐도 되죠?"

"네, 편하게 보시죠."

여행지의 가게들은 손님에게 너그럽다. 손님들의 지갑이 너그러운 것처럼. 여자는 벽에 걸린 전시용 대형 도장을 바라본다. 도장에는 글씨 대신, 바다와 절벽 그림이 새겨져 있다. 이 가게에서 문을 나서는 순간 볼 수 있는 풍경이다.

"수제 도장만 만드나요?"

"아뇨, 컴퓨터 각인도 합니다."

"뭐든 할 수 있나요?"

"도장이라면요. 뭐든."

다른 집에서 할 수 있는 것이라면 뭐든, 이라고 덧붙이려다 말을 삼켰다. 여행지의 손님은 너그러운 만큼 짓궂다. 무슨 말도 안 되는 요구를 할지 모른다. 여자의 얼굴에 장난꾸러기 같은 미소가 번진다. 보조개가 깊게 파인다.

"복제도 할 수 있나요? 모조품 같은 거."

"원본 도장이 있다면, 할 수 있지요."

"인감도장 같은 것도요?"

위조 인감도장이라….

"할 수 있습니다."

"똑같이 만들 수 있어요?"

"인감증명서만 있다면 얼마든지요."

인감위조야 말로 가장 간단하다. 인감이 진품인지 아닌지 판정하는 것은 인감증명서에 찍힌 자국뿐이니까. 요즘은 대부분 컴퓨터로 만든 도장을 쓰니 더 그렇다. 인감증명서를 스캔해서 똑같은 크기, 똑같은 모양으로 각인하면 된다. 디테일한 부분까지 손으로 보정하기만 하면 99퍼센트 같은 걸 만들 수 있다. 여자는 히죽 웃었다.

"그럼 인감 위조도 해주시나요?"

"위조는 안 해드립니다. 복제는 해드리지만."

귀찮은 손님일 것 같다. 그런 생각이 들었다. 적당히 농담으로 받아쳐 주는 게 낫다. 여자는 갑자기 가방을 뒤적이더니, 작은 원통 하나를 꺼내서 내민다.

"이런 건요?"

안경을 슬쩍 밀어올리고 여자가 내민 것을 받아들었다. 하얀 원통에 빨간 뚜껑이 씌워져 있다. 플라스틱의 감촉. 장난감 만년 스탬프다. 목에 거는 끈까지 달려 있다. 뚜껑을 열어보니, 고무로 된 작은 곰돌이 얼굴 모양 각인이 있다. 얼마나 오래되었을까. 십 년? 이십 년? 흰 종이에 눌러보았다. 찍히지 않는다. 잉크가 떨어진 모양이다. 인주를 살짝 묻혀 종이에 다시 찍었다. 빨간 곰돌이의 형상이 피처럼 번져 아주 무시무시한 형상의 곰이 되었다. 이런 건 영화에서나 본 적이 있는 것 같다. 아무래도 각인 된 부분에 힘이 없다 보니 도장을 찍을 때 눌리면서 벽이 누워버리는 모양이다. 원래는 이런 끔찍한 모양의 도장이 아니었을 것이다.

"지금 상태와 똑같이 만들어달라는 건 아니겠죠?"

여자는 고개를 저었다.

"도장 자국의 원래 모양이 어땠는지 알 수 있다면 만들 수도 있겠습니다만…."

여자는 곰곰이 생각하더니, 손에 소중하게 들고 있던 수첩을 내밀었다. 수첩을 받아 펼쳐보니 손으로 만든 스탬프 북이었다. 그것도 꽤나 낡은. 여기저기 여행을 다닌 듯, 페이지마다 도장이 두 개씩 찍혀 있다. 하나는 평범한 원형 도장이, 하나는 피로 물든 듯한 곰돌이 얼굴 모양이. 마지막 한 페이지만 빼고는, 전부 두 개씩이다. 마지막 한 페이지에만 도장 자국이 하나도 없다. 그 페이지에는 바다와 절벽의 사진이 붙어 있었다. 그래, 이 가게를 나서면 바로 볼 수 있는 풍경이. 나는 고개를 가로저으며 수첩을 덮고 돌려주었다.

"이걸로는 안 되겠는데요. 이미 많이 훼손된 상태에서 찍은 거라…."

여자는 인상을 찌푸리더니, 스마트폰을 만지기 시작했다.

"이런 건, 괜찮을까요?"

여자가 보여준 건 사진이었다. 나비 모양 핀을 꽂은 어린아이의 사진. 뺨에 곰돌이 스탬프가 찍혀 있다. 나는 사진을 한 번, 여자를 한 번 번갈아 보았다. 어딘가 닮은 것도 같다. 보조개까지도.

"…목도장이라도 괜찮으시겠습니까?"

고무도장으로 만들지 못할 건 없지만, 세밀하게 작업하려면 아무래도 목도장이 손에 맞다. 여자는 기쁜 듯 고개를 끄덕였다. 나는 여자에게 사진을 보내 달라고 말한 후, 아까 도장을 찍었던 종이 위에 사진의 곰돌이를 모사하기 시작했다.

"…여러 번 작업해야 하니 시간이 좀 걸릴 겁니다."

그렇게 말하고, 눈짓으로 의자를 가리켰다. 여자는 얌전히 의자에 앉았다. 간단하게 모사한 그림을 스캔하고, 포토샵으로 사진과 레이어를 겹쳐 이리저리 왜곡해서 비교해본다. 샘플 확인을 위한 각인을 걸어두고, 커피를 내와 여자에게 내민다.

"장기 여행 중이신가요?"

"네, 그러네요. 벌써 한 달은 된 것 같아요."

수첩의 곰돌이 스탬프 자국은 대부분 최근에 찍은 것들이었으리라. 한 달 동안의 유랑이라. 꽤 괜찮은 팔자다.

"혹시 직업이 여행 관련 일이신가요? 유튜버?"

"아, 아뇨, 어린이… 아, 이젠 아니지 참."

여자의 표정이 쓸쓸해졌다. 사연이 있는 모양이다. 나는 여자에게 만년 스탬프를 돌려주며 화제를 바꿨다.

"소중한 물건인가 보죠?"

화제를 잘못 고른 건 아닐까 잠시 고민했지만, 여자의 표정을 보고 그렇지 않다는 걸 알았다.

"유품이에요. 엄마의. 아니지, 어렸을 때 엄마가 사준 스탬프. 그런 거예요. 항상 목에 걸고 다녔죠. 엄마가 볼에 찍어주곤 했어요."

그런가, 아까의 사진은 어릴 적 사진이었나. 어딘가 닮았다 했다. 머리 스타일만 빼면. 사진 속 아이는 지금보다 더 짧은 머리였다.

"옛날이나 지금이나 아이들은 포도송이 그려진 종이에 스티커 붙이거나 하잖아요? 그런 비슷한 물건이었어요. 뭔가 칭찬받을만한 일을 했다 싶으면, 엄마한테 달려가 자랑하고, 그러면 엄마가 곰돌이 스탬프를 뺨에 찍어줬죠."

"실례지만 어머님은…."

"제가 열 살 때 돌아가셨어요. 마지막으로 내 뺨에 스탬프를 찍어주고."

"…그 후로 계속 간직하신 거군요."

"간직…이라고 해야 할까요. 계속 사용했어요."

엄마의 스탬프는 여자에게 특별한 물건이었다. 여자는 커가면서도 그 스탬프를 애용했다. 학교에서 상을 받거나, 기념할만한 일이 생겼을 때는 그 증거들에 스탬프를 찍었다. 엄마를 대신해서.

"어른이 되어서 보육 교사가 되었어요. 스탬프를 받을 나이가 아니라 스탬프를 찍어줄 나이가 되었다는 걸 알았죠."

여자는 말을 잘 듣는 아이들의 뺨에 곰돌이 스탬프를 찍어 주었다. 아이들은 그것을 좋아했다. 그 기뻐하는 표정에서 어린 날의 자신을 발견했다. 낮잠 시간에 뺨에 곰돌이 모양을 찍은 채 나란히 잠든 아이들을 보는 것은 즐거웠다. 무엇보다, 귀여웠다.

"아이들이란, 귀엽죠. 곰돌이 스탬프를 찍으면 더 귀여워져요. 그 포동포동하고 깨끗한, 우유냄새 날 것 같은 얼굴이라니, 깨물어주고 싶을 정도죠."

동의한다. 아까 그 사진을 보고서도 그런 생각을 했다. 그 무해함을 넘어서 무방비할 정도의 볼짝. 깨물어주고 싶다는 생각이 절로 들 수밖에 없다. 물론 그렇다고 실제로 깨물지야 않겠지만.

하지만 아무래도 그녀는 깨물어버렸던 모양이다.

"…그래서 그만두게 되었어요."

나는 자리로 돌아와 도장을 수가공하기 시작했다. 살짝 긁어내고, 털고, 모양을 맞추어보고. 그리고.

"한번 찍어보시겠습니까?"

여자는 내 앞으로 와서, 빈 종이에 도장을 찍는다. 선명한, 귀여운 얼굴의 곰돌이가 찍힌다. 옆에 찍힌 피칠갑의 무시무시한 곰돌이와는 사뭇 다르다. 여자는 기쁜 표정을 지었다. 그리고 도장을 내게 내밀더니, 수첩을 편다.

"찍어주세요."

마지막 페이지, 아무 도장도 찍혀 있지 않은 곳. 나는 거기에 귀여운 곰돌이 도장을 찍는다. 여자는 수첩을 덮고, 가방에 넣는다. 휴, 하고 큰 숨을 쉰다.

"혹시 그 수첩은…."

"엄마 거예요. 여행을 좋아했거든요. 마지막 페이지에는 스탬프를 찍지 못했죠."

알 것 같다. 엄마가 여행하던 곳, 그리고 엄마가 여행하려던 곳을 돌며 그녀는 스탬프를 찍고 있다. 그것은 죽은 엄마와 살아있는 딸 간의 대화. 혹은 의식 같은 것이리라.

스탬프 투어라기보다는, 버킷리스트 같다. 죽기 전에 해봐야 할 것들, 죽기 전에 가봐야 할 곳들. 그 모든 것을 이루었으니, 이제 그녀는 어디로 갈 것인가. 값을 치르고 문을 나서는 그녀에게서 눈을 떼고, 스마트폰으로 전송된 사진을 본다. 뺨에 아주 약간 번진 곰돌이가 찍힌, 짧은 머리의 여자아이. 그래, 뭔가 그런 이야기를 들어본 적이 있다. 아주 짧은 머리의 여자아이… 스탬프… 맞다. 그런 이야기였다. 한 달 전쯤이었나, 먼 곳에서 여자아이가 시체로 발견되었다는 이야기를 들었다. 온몸에 시뻘건 얼굴의 곰 모양 도장과 여기저기 사람 이빨로 깨물린 자국이 남아 있었다고. 아주 짧은 머리의, 보조개가 매력적인 아이였다고 한다.

따뜻한 홍차를 타놓고 기다릴게

1. 발단: 그녀는 기분이 좋지 않다.

샤워기에서 물이 떨어진다. 젖은 머리카락을 타고 물방울이 굴러 내려가, 둥근 어깨에서 미끄러진다. 따뜻한 물줄기가 어루만지듯 몸의 곡선을 타고 내려간다. 그것은 둥근 젖가슴 위에서 둘로 갈라져, 가슴의 외곽을 감싸며 부드럽게 떨어진다. 짓궂은 손가락처럼 허리의 곡선을 훑고는 얕은 숲을 적시고, 둔부에서 종아리까지의 구비진 살결을 끈질기게 탐하며 아래로 떨어진다.

똑, 똑. 후두둑, 후두둑.

물방울은 바닥을 때리고 다시 튀어오른다. 발바닥에 물기가 점점 더 많이 느껴진다. 발밑에 자박하게 고인 물이 발바닥 근처를 살랑이며 간질인다. 배수구로 물이 빠지는 속도가 느리기 그지없다. 이대로 계속 샤워를 하고 있으면, 점점 물이 차올라 결국 머리까지 잠기는 것이 아닐까… 그런 생각. 어떻게 될까? 선 채로 점점 물이 위로 차올라 잠기게 될까? 아니면 어느 순간에 발이 물에 떠서, 수면 위로 넘어지게 될까? 아니면 배수구에서 역류한 머리카락들이 발을 휘감아, 사르륵사르륵 몸을 거꾸로 더듬어 올라오면서….

흠칫.

뭔가가 발가락을 간질였다. 물을 끄고, 발치를 내려다본다. 머리카락 몇 가닥이 배수구에서 튀어나와 해초처럼 흔들린다. 아무래도 내일은 배수구를 한 번 뚫어야 할 모양이다. 그 전에 미용실에 가서 머리나 해야지.

2. 전개: 언제나 돈이 문제다.

젖은 머리를 수건으로 닦는다. 어쩐지 따끔따끔하다. 아니, 머리가 아니라 손인가. 손가락을 들여다본다. 살짝 베인 자국. 언제 다쳤지? 모르겠다. 발치에 물이 찰랑인다. 어느새 발등까지 올라왔다. 이제 아예 안 빠지는 건가? 주저앉아서 배수구를 열어본다. 풍성한 흑발이 솟아오른다. 꼬챙이로 꾹꾹 눌러 틈을 만든다. 작은 틈으로 물이 빠지기 시작한다. 됐다. 다시 배수구 뚜껑을 닫고, 욕실 서랍을 연다. 그리고 락스 통을 꺼내 흔들어본다. 비었다. 내일은 주문해야 한다. 화장실에서 나와 부엌으로 간다. 홍차를 끓인다. 오늘은 완전히 지쳤다. 미용실에서 떠드는 사람이 싫다. 난 머리를 만지러 가는 거지 당신과 대화하러 가는 게 아니라고. 손가락이 따끔거린다. 밴드가 없나? 언제나 돈, 그놈의 돈이 문제다. 오늘은 수면제를 먹고 자야겠다.

3. 위기: 자른 머리는 자라나기 마련이다.

일하고 있는데 남편에게서 전화가 왔다. 욕실 배수구가 막혔다고 난리다. 안다. 알아. 니가 좀 뚫어 놓지. 뭐 하나 직접 할 줄을 모른다. 일단 락스를 준비하고, 내일이면 락스가 올 테니까 오늘까지만 좀 참아보라고 남편에게 말했다. 모든 게 엉망이다. 새로 한 머리도 마음에 들지 않는다. 머리끝이 자꾸만 살을 찌른다. 목이 따끔거린다. 모든 게 짜증 난다. 무엇보다 남편이 짜증 난다. 남편의 얼굴도 보고 싶지 않다. 내가 뭣 때문에 일부러 미용실에 돈을 내고 다니는데. 따끔거린다. 이 따끔거리는 머리도 남편 때문이라고 생각하니 더 울화가 치민다.

4. 절정: 이제 슬슬 위험하다.

오늘은 오전만 일하고 쉬었다. 아무도 없는 집에 일찍 들어오는 것도 나쁘지 않다. 겨우겨우 샤워를 마쳤다. 배수구의 머리카락은 어제보다 훨씬 많아졌다. 몸을 닦고 밖으로 나왔다. 홍차를 끓인다. 따끈한 김이 올라온다. 따뜻한 홍차에 수면제를 넣었다. 오늘은 푹 잘 수 있을 것 같다.

5. 결말

"역시 이 정도로는 죽어주지 않는구나."

남자는 욕실 바닥에 쓰러져 있는 여자를 물끄러미 내려다보았다. 호흡이 불편해 보이긴 하지만, 딱 그 정도뿐. 쌔근쌔근 자고 있다. 이대로 목을 조를 수도 있겠지만, 어디까지나 사고사여야 한다. 지난 일주일간의 노력이 아깝다는 느낌도 없지는 않지만….

잘 생각해보면 별로 노력이랄 것도 없었다. 그저 미리 락스통을 비워놓고, 그날부터 매일 미용실에서 퇴근할 때마다 버려진 머리카락을 한 움큼씩 집어와 배수구에 적당히 집어넣었다. 날짜를 맞춰 미리 오후 휴가를 내놓고, 아내에게 전화해서 락스 주문을 독촉하고, 오늘 아내가 락스 청소를 하도록 유도했다. 그리고 아내가 퇴근하기 직전에 홍차에 수면제를 타고, 락스 청소를 시작하려는 그녀에게 수면제를 탄 홍차를 먹였다.

어차피 아내는 퇴근하면 곧바로 샤워를 해야 하는 성격이라서 우선 배수구를 뚫지 않고는 못 배겼을 것이다. 그렇게 수면제를 먹은 상태로 아내는 락스를 들고 화장실로 들어갔다. 안에서 아내가 쓰러진 것을 확인하고 남자는 밖에서 문을 닫았다. 그게 전부다.

언제나 돈, 돈이 문제다. 돈이 있으면 미용실에서 일하며 푼돈을 받고 살 이유가 없다. 시끄럽게 떠드는 손님의 더러운 머리를 만질 필요도 없다. 하지만 보험금을 타내려면 사고사여야 한다. 남자는 혀를 쯧쯧 차며 머리를 긁었다. 손가락이 따끔거린다.

✈

인식 너머의 살인자

　같은 길이와 같은 깊이로 그어진 여러 개의 자상, 꼼꼼하다 싶을 정도로 난자된 몸, 파란색으로 칠해진 시체의 얼굴. 평범한 인체의 골격이 용납하지 않는 형태로 휘어지고 꺾인 몸, 그 몸에 서명처럼 새겨진 세 글자. 'SEA'. 사후 이틀이 된 시체에는 이미 구더기가 잔뜩 껴 있었다. 그 참혹한 시신을 본 지도 일주일 가까이 되어가지만, 아직도 그 형상이 선명하게 떠오른다.

　어느새 해가 지기 시작한다. 대낮의 태양 빛이 흔적처럼 깔릴 무렵에, 나는 휴게소에 도착했다. 휴게소라고 해봐야 아주 조그만, 상점 대여섯 개가 모여 있는 그런 곳이다. 아직 그리 늦은 시간은 아니다. 문을 닫기엔 이르다. 하지만 불이 켜진 곳은 거의 없다. 차 문을 잠그고 나와서 상가 안으로 들어선다. 작은 분식집, 테이크아웃 커피가게, 편의점을 지나서… 다들 일찍 영업을 끝낸 모양이다. 복도 끝까지 걷고 나니, 도착했다. 정말로 있다. 이런 곳에. 나는 화방의 문을 열고 안으로 들어갔다.

딸랑, 하고 방울이 울린다. 화방 안쪽, 암막이 드리워진 별실에서 한 남자가 느릿느릿 걸어 나온다. 짧은 머리에 다부진 얼굴. 턱수염을 멋스럽게 길렀다. 40대 후반 아니면 50대 초반 정도 되었을까. 갈색 셔츠 위에 걸친 두꺼운 앞치마와 양팔의 갈색 토시가, 미술 전문가라는 정체성을 웅변하고 있다. 뭔가 그림 관련 작업이라도 하고 있었던 모양인지, 빨간색과 노란색의 물감이 앞치마와 토시 여기저기에 묻어 있다. 남자가 여유로운 목소리로 인사한다.

"어서 오세요."

"예, 안녕하세요. 저, 손님은 아니고요."

나는 외투에서 주섬주섬 경찰수첩을 꺼내 보여주었다. 남자는 주머니에서 돋보기안경을 꺼내 쓰고 들여다보았다. 보석 감정이라도 하는 것처럼. 수첩이 진짜인지 확인하려는 걸까?

"경찰이시군요. 어쩐 일로…."

"아, 대단한 일은 아닙니다. 가까운 도로에서 좀 사건이 있어서요, 관련해서 주변을 조사 중이었습니다. 주유소 직원이 여기에 휴게소가 있다고 알려주더군요. 그, 물방울 모양… 실제론 기름방울을 표현한 거겠지만 하여간 그런 얼굴의 귀여운 마스코트가 있는 주유소 있지 않습니까? 저쪽에요. 뭐 어쨌든, 그래서 탐문차 들렀을 뿐입니다."

"참고 조사…같은 건가요."

"예, 뭐, 그런 겁니다. 그래서 좀 이야기를 나누어도 괜찮겠습니까?"

남자는 잔잔하게 웃으며 대답했다.

"예, 저도 마침 가게 닫을 때까지 쉬려던 참이라… 어지간해선 평일엔 손님이 없거든요. 일단 앉으시죠."

남자는 긴 테이블을 가리키며 말했다. 창가 쪽에는 여덟 개의 나무 의자와 그 의자에 둘러앉아 함께 쓸 수 있는 긴 테이블이 마련되어 있었다. 나는 테이블 쪽으로 걸어가 한쪽 끝자리에 앉았다. 벽면에 작은 팸플릿 하나가 붙어 있다. 유화 클래스… 흠. 아까 주유소에서도 저 팸플릿을 보았다. 요즘 많이 보이는 우리 동네 클래스 뭐 그런 것인가 보다. 한쪽에는 박스가 쌓여 있다. 유화 물감이라고 써져 있다. 박스의 색 띠로 보아 아무래도 파란색 물감 박스인 모양이다. 남자가 따뜻한 물을 담은 종이컵을 들고 와 내 앞에 내려놓았다.

"밖은 춥죠?"

아마도 양손을 문대는 내 모습을 보고 있었던 모양이다.

"아, 예, 그렇더군요."

그렇게 대충 말하고는 얼른 종이컵을 들어 홀짝거렸다. 뜨거운 물이 식도를 타고 내려간다. 남자가 차분하게 말을 걸어왔다.

"사건이라 하시면⋯."

"예, 살인사건⋯ 연쇄살인사건입니다."

종이컵을 집으려던 남자의 손이 멈칫했다. 남자가 물끄러미 나를 바라본다. 잔잔한 표정이지만, 그 안에 담긴 것은 호기심이다. 이 남자도 여간 별종이 아니다. 나는 모른 체하고 말을 계속했다.

"아실지도 모르겠습니다만, 지난해부터 이쪽 고속도로 반경 10km 이내에서 살인사건이 주기적으로 일어나고 있습니다. 뭐 뉴스에 다 나온 이야기이니 비밀도 아니지요. 피해자는 현재까지 다섯 명, 모두 여성이고, 사체 훼손이 있었습니다. 범인은 남성으로 추정되고요."

사건의 피해자는 모두 빈 자동차와 함께 발견되었다. 차는 물론 피해자의 소유로 등록된 것들이었다.

남자는 이야기를 듣고 잠시 생각하더니 눈을 내리깔았다. 그러고는 조심스럽게 질문을 던졌다.

"성폭행과 관련된 살인⋯인가요?"

"자세한 건 말씀드리기 힘듭니다만 강간의 흔적 같은 건 없었습니다. 다만⋯ 피해자의 얼굴에 그림을 그려놓았더군요."

"그림 말입니까?"

"예, 페이스페인팅이라고 해야 할까요. 유화 물감으로 바다를 그렸더군요."

처음에는 파란색 물감이 거칠게 묻어 있을 뿐이었다. 하지만 첫 번째 피해자에서 두 번째 피해자로, 세 번째 피해자로 이어지면서 점점 그림이 완성되어 갔다. 다섯 번째 피해자에 이르러서는 'SEA'라는 글자를 칼로 신체에 새겨놓기까지 했다. 물감이 묻어 있었던 것은 얼굴만이 아니었다. 자동차의 핸들도 파란색으로 꼼꼼하게 칠해져 있었다. 나는 쌓여 있는 물감 박스를 힐끗 바라보았다.

"실례지만 저 박스들은…."

"아, 전부 빈 박스입니다. 파란색 물감이 유독 많이 나가서요."

남자는 그렇게 말하고는 조용히 종이컵을 입에 가져갔다. 그러고는 말을 이었다.

"그래서, 물어보시려는 것이…."

"아 예, 혹시, 범인이 이 화방에서 물감을 사가지 않았을까 하는 생각이 들어서요."

남자는 고개를 기울여 잠시 생각하는 것 같더니.

"모르겠네요. 그렇게 말씀하셔도… 누가 뭘 사갔는지까지는 솔직히 전혀 기억하지 못합니다. 출입 명단 같은 걸 기록해 둔 것도 아니고요. 어제오늘 일이 아니고서야…."

"CCTV 같은 건 없습니까?"

"예, 보시다시피 이런 작은 상가라."

하긴 그렇다. 영업하는 집이 하나라도 있다는 게 신기할 정도다.

"화방을 매일 열어놓긴 해도, 사실 일부러 찾아오는 손님은 거의 없습니다. 어쩌다 휴게소에 들렀다가 화방이 있는 걸 보고 신기해서 둘러보는 손님이 있는 정도죠. 평일이라면 한두 명 정도일까요? 뭔가 사가는 일도 있긴 하지만, 대량으로 사가는 손님은 좀처럼…."

그렇긴 하다. 휴게소의 상점에는 뜨내기들이 주로 오기 마련이다. 얼굴을 기억할 만한 단골 따위 있을 리가 없다. 하지만 그렇기에 더욱, 자주 오는 사람이 있다면 이상하게 여기고 기억할 확률이 높다. 자주 오는 손님… 나는 팸플릿을 가리켰다.

"저 유화 클래스라는 것은 언제부터 하셨습니까?"

"1년이 조금 넘었습니다. 사실… 이 화방 자체가 약간 학원 같은 느낌이지요."

"그렇군요. 몇 명이나 참가하나요?"

"열 명이 등록되어 있지만 실제로 오는 건 예닐곱 정도입니다. 그중에서도 꾸준히 개근하는 사람은 다섯 명 정도죠."

나는 곰곰이 여기에 오기까지의 일을 회상했다. 주유소에서 그 팸플릿을 보았을 때부터. 머릿속으로 장면들을 잘 정리하고, 이야기를 꺼냈다.

"실은 사건이 일어났던 현장들을 다시 조사하느라 이 근방을 꽤나 돌았습니다만, 아무래도 고속도로라 왔다 갔다 하려면 길을 꽤 빙 둘러야 해서 말이죠."

그러다가 주유소를 발견했다. 고속도로의 주유소답지 않게 직원이 한 명뿐인 주유소였다. 셀프 주유소도 아니다. 일단은 주유기 앞에 차를 세웠다. 직원이 자리라도 비웠으면 어쩌나 했는데, 다행히 사무실 쪽에서 헐레벌떡 누군가 뛰어왔다. 약간 어려 보이는, 20대 초반 정도의 남자. 여러모로 또릿또릿하지는 않아 보였다. 제대로 눈도 마주치지 않고 꾸벅 인사를 하는가 하면, 주유하기 전에 새 목장갑을 꺼내려고 비닐을 뜯는데도 한참이 걸렸다. 가만 보니 바지 앞섶이 두둑하다. 사무실 안에서 혼자 뭘 하고 있었던 걸까. 주유하고, 카드를 돌려받다가 문득 생각이 나서 물었다.

"혹시 이 근방에 주유소가 또 있나요?"

내 질문에 그의 눈이 동그래졌다. 놀란 것처럼. 그러더니 어처구니없는 대답, 아니지, 질문을 했다.

"왜요?"

악의가 있는 것 같지는 않았다. 다만 놀랐을 뿐. 무엇에 놀랐는지는 모르겠지만… 그냥 궁금해서 물어봤을 뿐이라고 얼버무렸더니, 잠시만 기다려달라며 스마트폰을 꺼낸다. 그리고 뭔가 검색하기 시작했다. 설마 지도 검색인가. 스마트폰은 나도 쓸 줄 안다. 과잉 친절이다. 쓴웃음을 지으며 고개를 돌리는데, 포스터 하나가 보였다. 유화 클래스… 순간, 어떤 가능성이 뇌리를 스쳐 지나갔다.

"그래서 물어보니, 근처 휴게소에 화방이 있다고 하더군요."

남자는 쓸쓸하게 웃었다.

"예, 그 주유소 직원이 누구인지 알 것 같네요."

"이 화방에 다니는 사람인가요?"

"클래스에 꾸준히 참석하는 다섯 명 중 한 명입니다. 손이 느린 게 좀 흠이지만… 그림도 좋아하고 성실하죠. 사실 가르치는 입장에서는 재능이 뛰어난 사람보다 그런 사람이 더 신경 쓰이기 마련입니다."

그렇군. 거꾸로 말하면 재능은 없다는 뜻이다.

"실은 여기에 찾아온 게 탐문 때문만은 아니긴 합니다. 개인적으로 호기심이 생기더군요. 휴게소에 화방이라니, 잘은 모르지만 흔치 않은 일 같아서요."

남자는 머리를 긁적이며 대답했다.

"예, 그게… 흔치 않긴 하죠. 실은 작업실을 겸해서, 학원 비슷한 것을 만들 생각이었습니다. 임대료 문제로요. 여긴 휴게소라고 해도 임대료가 싼 편입니다. 방문객이 많지 않거든요. 비어 있는 가게도 많고… 하지만 아예 방문객이 없는 것도 아니고, 뒤쪽으로 나가면 1인 가구가 밀집한 곳도 있어서 클래스도 모집하기 편하고요."

"뒤쪽…이라 하시면?"

남자는 창문 쪽을 가리켰다.

"이 뒤쪽의 공터가 보이십니까? 이 길로 쭉 나가면 고속도로 바깥, 그러니까 시가지로 통하거든요. 차로는 드나들 수 없지만 사람은 드나들 수 있는 길입니다."

그렇군. 물론 고속도로 한가운데의 주유소에 근무하는 청년에겐 상관없는 일이겠지만. 나는 화제를 다시 잡아 돌렸다.

"그 클래스…라는 곳에선 뭘 합니까?"

"그림을 그립니다. 유화 그리는 법을 배우고, 도구 다루는 법이나… 가끔은 전시회도 하고요. 전시회라고 해 봤자 화방의 진열장을 좀 밀어놓고 이젤로 수강생들의 그림을 전시하는 정도입니다. 오는 사람들도 대부분 수강생의 지인이나 가족 정도고요."

"수강생들에게는 화구를 싸게 판다거나 합니까?"

"예, 50퍼센트 정도로…."

"혹시 수강생들의 그림을 볼 수 있을까요?"

남자는 살짝 놀란 표정을 짓더니 잠시 후 고개를 끄덕이며 안쪽 방을 가리켰다.

"예, 그러면 저쪽으로…."

우리는 안쪽 방에 들어섰다. 캄캄하다. 남자가 불을 켰다. 불을 켰다고는 해도, 아주 약한 빛의 전등이다. 일부러 암실처럼 만들어 둔 것일까? 유화에는 문외한이니 추리해봤자 소용없는 일이다. 안에는 여러 가지 그림이 이젤 위에 놓여 있었다. 처음 예상대로 작업실 겸 창고 역할의 방인 모양이다.

"이쪽 그림들이…."

"예, 수강생들의 그림입니다. 전시회가 얼마 남지 않아서, 여기 보관해 두고 있죠."

나는 여러 개의 그림을 둘러보는 척하다가, 하나의 이젤 앞에 멈춰 섰다. 홈런이다. 혹시나 했는데 이렇게 바로 들어맞을 줄이야. 잘 그렸다고는 할 수 없는 그런 그림이었다. 다른 수강생들과 비교해도 그렇다. 하지만 파란색의 물, 헤엄치는 물고기. 똑같다. 마지막 피해자의 얼굴에 그려진 그림과. 그리고….

"…이 그림만 아스테이지가 붙어 있군요."

"예."

캔버스는 투명한 아스테이지 필름으로 포장되어 있었다. 그 필름의 상단은 검은 테이프로 마감되어 있었다.

"이 비닐은 수강생이 직접 붙인 건가요?"

"예, 어지간히 소중했나 봅니다. 첫 완성작이라는 게 뭐 그렇죠."

"이 그림을 그린 사람이 혹시 주유소의 그…."

남자는 어리둥절한 표정으로 나를 보았다.

"예, 그 친구가 그린 그림이 맞습니다."

나는 그림을 찬찬히 바라보았다. 그림 아래에는 제목이 붙어 있었다. '인식의 바깥'이라는 묘하게 철학적인 제목이. 하지만 유치한 그림이다. 파란 바다, 물고기 하나 없는 그 파란 물이 바다라는 걸 알 수 있게 하는 풍경이라고는, 바닥에서 솟아나온 해초들뿐이다. 그나마도 살아있다는 느낌이 안 들 정도로 딱딱하다. 인식의 바깥… 격에 맞지 않게 거창한 이름이다. 순수하게 그림만 가지고 따졌을 때는.

"이 그림은 언제부터 여기 있었나요?"

"글쎄요, 작업은 클래스 시작할 때부터 계속했으니 그때부터 여기에 보관했습니다만… 완성본 상태를 물어보시는 거라면 아마도 일주일 전쯤일 겁니다. 마무리 단계에서는 다들 집에 가져가서 작업하거든요."

일주일 전이라면, 다섯 번째 피해자의 사망 추정 시간 하루전이다. 우연은 아니겠지….

"일주일 전쯤이라, 기억이 약간 애매하신가 보네요."

"예, 그러니까 그게 실은, 원래는 열흘 전 클래스 때 모두가 제출하는 게 약속이었는데, 이 친구만 완성이 좀 늦어져서 제때 가져오질 않았어요. 그래서 결국 이틀인가 사흘 후에 따로 찾아와서 제출했습니다."

나는 고개를 끄덕였다.

"그 후로 클래스는 없었고요?"

"예, 지난 주말은 명절이 껴 있어서 클래스는 열지 않았습니다."

"화방은 열었고요?"

"열었죠. 유동 인구가 많은 명절 휴일이니까요."

"그래서, 손님이 많이 왔나요?"

남자는 쓴웃음을 지으며 고개를 저었다. 그야 그렇겠지. 나는 다시 그림으로 고개를 돌렸다.

이젤의 하단, 아크릴판에 유화 물감으로 칠한 작품명이 보인다. 흰색 바탕에 검은 글씨인데, 한 번 덧칠한 흔적이 보인다.

"이건 제목을 한 번 고쳐 쓴 건가요?"

"아, 예. 실은 작품명이 바뀌었거든요."

"바뀌어요?"

"예, 그 친구가 이틀 전쯤에 갑자기 전화하더니 더 좋은 제목이 생각났다고 하더군요. 그래서 덧칠하고 다시 써두었습니다."

"전화로 말이죠."

"예, 어차피 작품명을 직접 쓰는 건 전부 제가 하거든요. 그래도 나름 전시회이니 어느 정도 통일성은 필요하니까… 뭘로 고쳐야 하는지 알기만 하면 고치는 건 어렵지 않죠."

그런가?

"원래 제목은 뭐였습니까?"

"'SEA'였습니다. 바다."

SEA. 머릿속으로 단어를 되뇌는데, 남자가 말을 덧붙였다.

"뭐, 또 바뀔지도 모르지만요."

"예?"

"사실 'SEA'라는 제목도 작품을 제출할 때 바로 정한 게 아니고, 다음 날 아침에야 전화로 이야기해 주었거든요. 아무래도 첫 작품이다 보니, 계속 고민이 되나 봅니다. 어떤 제목이 제일 좋을지… 사실 그림이 완성된 이상 저는 작품명은 그렇게 중요한 게 아니라고 생각하는 쪽이지만, 그 기분은 이해하고도 남죠."

첫 작품. 바뀐 작품명. SEA. 머릿속에 그 시체의 모습이 떠오른다. SEA… 나는 작업실에서 걸어 나와, 테이블 앞으로 걸어갔다. 창문밖에 갈대밭이 펼쳐져 있다. 어쩐지 그 풍경이, 나무 창틀에 둘러싸인 유화 캔버스처럼 보였다. 풍경을 덮은 유리, 그림을 감싼 비닐, SEA, 바다. 어쩌면… 아니지, 지금 단계에선 섣부른 짐작이다. 나는 머리를 흔들어 잡념을 떨치고, 의자에 앉았다. 잠시 후 남자가 따라 나와 맞은 편에 앉았다.

"어떻게, 도움이 좀 되셨는지…."

"많은 도움이 되었습니다."

"저 혹시, 그 시체에 그려진 바다 그림이라는 게…."

나는 고개를 끄덕였다. 남자는 한숨을 쉬었다.

"그렇군요."

한마디를 내뱉고 입을 다물었다. 나는 창가로 시선을 돌리며 입을 열었다.

"처음엔 그런 생각을 했죠. 시체의 얼굴에 왜 유화를 그렸을까. 비뚤어진 예술적 욕망에서 나온 어떤 전시욕일까? 아니면, 뭔가를 암시하고 싶었던 걸까? 하지만 그렇게 생각하기에는 시체 훼손 상태로 보아 목적이 너무 뚜렷했죠. 범인의 목적은 분명 성적인 것이었습니다."

"하지만 강간 살해는 아니라고 아까…."

"아마도 범인은 성불구자가 아닐까 싶습니다. 성행위를 할 수 없다는 사실 자체가 심리를 압박해서 성도착증에 이르는 경우가 적지 않죠."

남자가 움찔 몸을 떨었다. 그러고는 불쾌감이 어린 눈으로 되물었다.

"그런가요?"

"예, 그래서, 그림을 그린 이유도 여성의 얼굴에 물감을 바르는 것으로 흥분하는 체질이라서가 아닐까, 하는 해석도 가능합니다만, 혹시 모르니까요. 다른 목적이 있을 가능성도 생각해 보았죠."

"다른 목적이라…."

"예를 들면, 뭔가를 숨기기 위해 그림을 그렸을 수도 있죠."

"덧칠 말입니까? 하지만 얼굴에 유화 물감을 발라봤자 벗겨 내면 그만이고, 경찰이 조사하면 맨얼굴의 상태도 확인할 수 있는 거 아닙니까? 그 과학수사라거나…."

"그야 그렇습니다만… 실은 주유소에 들렀을 때, 다른 생각 이 떠올랐습니다."

영감이 떠오른 건 그곳이 셀프 주유소가 아니라 직원이 있 는 주유소였기 때문이다. 주유소에 도착해 운전석 창문을 여는 순간부터였다. 열린 창문 사이로 석유 냄새가 확 끼쳤다. 곧이 어 직원이 달려와 새 장갑을 뜯는 것을 보고 의문이 떠올랐다. 손님이 내가 처음이 아닐 텐데 왜 새 장갑을? 창문 너머로 손을 내밀어 카드를 내밀고, 그 직원이 카드를 받는 순간… 어떤 이 미지가 떠올랐다.

"이 사건에서 가장 의문이었던 점은 차였습니다. 피해자는 모두 차를 가진 여성. 그리고 자기 차와 함께 발견되었죠. 게다 가 피해자들 모두 이 고속도로를 지나야 할 이유가 있었어요. 즉, 이 고속도로까지는 스스로 운전해서 진입했다는 이야기입 니다. 그런데 고속도로를 차로 달리는 피해자를 어떻게 살해했 는가. 이게 문제였죠. 두 가지 가능성을 생각해보았습니다. 하 나는 피해자가 스스로 사건 현장에 오게 만든 다음, 차에서 내린 피해자를 범인이 살해했다. 또 하나는 피해자가 중간에 차를 멈추게 해서 살해한 후 범인이 차를 몰고 사건 현장으로 이동했다. 둘 다 차를 멈추게 한다는 점에서는 같습니다만, 처음에는 동승자가 있고 그 동승자가 범인일지도 모른다고 생각했죠. 하지만 아무 접점이 없는 두 번째, 세 번째 피해자가 나오면서 동승자 범행의 가능성은 한없이 멀어졌습니다. 각각의 사건에서 공통점이라고는 그 고속도로라는 장소뿐이었죠. 그래서 혹시 히치하이킹을 가장한 범죄였을까 하는 생각도 했지만, 그렇게 생각하기엔 몇 가지 의문점이 있었죠. 첫째로 히치하이킹이라는 게 정말 그렇게 잘 되는 것일까요? 인적이 드문 고속도로에서 모르는 남성을 흔쾌히 태워줄 여성 운전자가 얼마나 될까요? 둘째로, 분명 이 사건은 성도착증에 의한 범죄인 만큼, 범인은 피해자를 고르지 않았을까요? 자신의 취향, 자신의 욕망에 들어맞는 사람… 그런데요, 고속도로에서 달리는 차를 보고 운전자의 성별과 생김새 등을 빠르게 파악하고 히치하이킹을 시도할 수 있을까요? 그건 좀 무리죠. 분명히 범인에게는 피해자의 얼굴을 가까이서 관찰할 기회가 있었고, 피해자가 경계하지 않게 만들 수단이 있었다. 그렇게 생각할 수밖에 없습니다."

남자는 뭔가를 깨달은 듯 어깨를 움츠리며 신음을 흘렸다.

"그래서 그게…."

"주유소는 분명 낯선 남성에 대한 경계가 풀어지는 곳이죠. 심지어 차창을 열고 상대와 손을 접촉하는 것이 당연하게 느껴지는 공간입니다. 그래서 그런 생각을 했습니다. 만약 범인이 주유소 직원이라면, 주유소에 들르는 손님 중에서 피해자를 고를 수 있지 않았을까. 차창을 열고 카드를 건네주는 손님을 빠르게 제압해서, 혹은 마취제 따위를 써서 혼절시키고, 그 차를 몰아 한적한 장소로 가서 범행을 시도했다… 현재 상황에서는 가장 들어맞는 가설이죠. 그래서 그 직원에게 물어봤던 겁니다. 근처에 또 다른 주유소가 있냐고. 하지만 그 말에 그는 당황해서 왜냐고 되물었습니다. 어째서일까요? 그야 애초에 주유소에서 기름을 넣으면서 근처 주유소가 또 있는지 물어볼 이유는 없으니까요. 심지어 그 질문을 한 사람이 경찰이라면, 근처 주유소들을 수사하고 있다는 의미일지도 모르죠. 만약 이 사람이 범인이라면, 이 상황에서는 수사망이 주유소로 좁혀지고 있다고 느끼지 않을까, 그래서 당황한 것이 아닐까… 물론 이 단계에서는 가능성에 불과합니다. 그래도 그렇게 생각하니 상당히 많은 문제가 해결되더군요. 왜 새 장갑을 뜯었는가? 그건 어쩌면, 방금까지 끼고 있던 장갑이 사건과 관련되어 있기 때문이 아닐까? 내가 경찰이라서? 시체에 유화 물감을 칠한 이유도 짐작할 수 있었습니다. 주유소 직원이 기름을 주유하다가 손님과 몸싸움을 벌입니다. 당연히 피해자의 몸, 마취제 같은 걸 강제로 흡입시켰다면 특히 얼굴에 석유 냄새가 밸 가능성이 높겠죠. 범인이 운전하느라 잡았던 핸들도 마찬가지입니다. 아무래도 냄새가 밸지도 몰라요. 실제로 뱄느냐 아니냐는 중요하지 않습니다. 범인이 '그럴지도 몰라'라고 생각하게 될 거라는 사실이 중요하죠. 만약 석유 냄새가 뱄고, 경찰이 그 석유 냄새에 신경 쓰기 시작한다면 주유소라는 해답에 금방 도달할지도 모릅니다. 그런데."

나는 잠시 말을 멈추고 작업실 쪽을 바라보았다. 코끝에 아직도 유화 물감의 냄새가 풍긴다. 아니, 착각인가.

"…유화 물감이라는 것은 기름 냄새가 나더군요. 그 직원은 유화 클래스를 다니고 있었으니 그 냄새가 유사하다는 것을 알고 있었겠죠. 그래서 유화 물감을 발라 기름 냄새의 흔적을 덮어버린 겁니다."

남자가 멍한 표정으로 나를 바라보았다.

"그 말씀은 설마…."

"예, 기름 냄새가 나는 진짜 이유를 숨기려고 한 것이죠. 설사 냄새가 남아 있더라도, 그것이 유화 물감 때문인 것처럼 보이게 해서요. 하지만 그것으로는 부족했던 겁니다. 아예 그림이나 상징을 그려버리면, 그걸 본 사람은 '어째서 유화 물감일까?' 가 아니라 '어째서 이런 그림을 그렸을까?'에 집중하게 되겠죠. 보는 이의 시선을 유화 물감이라는 '성분'에서 완전히 떼어내, '표현'이라는 비본질적인 것에 집중시킬 수 있는 겁니다. 아, 물 한 잔 더 부탁드려도 되겠습니까?"

남자는 조용히 일어나 정수기를 향해 걸어갔다. 걸음걸이에 흔들림은 없다. 특별히 당황하거나 놀라는 것 같지는 않았다. 오히려 후련해 보였다. 수수께끼가 풀려서 다행이라고 여기는 것 같았다. 그런 종류의 관계였던 건가. 남자가 돌아오자 나는 말을 계속했다.

"그러면 문제는 어떤 그림을 그릴 것인가… 인데요, 사람의 심리라는 게 그렇습니다. 어떻게 사람을 속이려 해도 그 말과 행동에는 개성이 스민단 말이죠. 그래서 그는 진짜 진상과 아예 반대되는 것을 그리기로 했습니다. 주유소와 반대되는 상징, 기름과 반대되는 것. 바로 물을 말이죠. 그런데 보통은 '물'이라고 하면 물방울을 그립니다만, 그래서는 안 되겠죠. 그 주유소의 마스코트 얼굴이 물방울 모양 아닙니까? 주유소라는 이미지를 피하려고 물을 선택했는데 역효과가 되지 않겠습니까? 그래서 바다로 표현한 것이겠죠. 바다라는 걸 못 알아볼까 봐 거기에 'SEA'라는 서명까지 남기면서 완벽하게 본질을 흐리는 데 성공합니다."

남자는 내 앞에 물컵을 내려놓으며 감탄하듯이 주억거렸다.

"그래요, 그렇게 된 것이로군요…."

자신의 수강생이 연쇄살인범이라는 이야기를 하고 있는데

도 참으로 평온하달까, 심심한 반응이다. 이 남자도 여간내기가 아니다. 나는 외투를 벗으며 말을 계속했다.

"그렇게 생각해주길 바랐던 거 아닙니까?"

"예?"

나는 되묻는 그의 눈을 지긋이 바라보며 물었다.

"선생님, 유화라는 것이 저 같은 초보자도 그리기 쉬운가요? 예를 들어 하루에 하나씩 그릴 수 있을까요?"

"예? 아, 아니요, 그림에 따라 다르지만 그렇게까지는…."

"그럼 아주 작은 캔버스라면 어떻습니까? 예를 들어 저 종이만 한 크기라면요."

나는 포스터를 가리키며 물었다. 남자의 눈이 내 손가락을 따라간다. 잠시 생각하더니, 고개를 좌우로 흔든다.

"칠하기만 하는 거라면 상관없겠지만, 제대로 된 그림을 그리려면 며칠은 걸릴 겁니다. 유화 물감이라는 게 그리 빨리 마르지 않기 때문에 말이죠. 프로라면 다른 방법도 있겠습니다만, 초보자라면 마르길 기다렸다가 다른 색을 칠하고, 그렇게 하는 게 좀 더 안정적이거든요."

나는 만족스럽게 고개를 끄덕이고는 가슴께에서 총을 꺼내 테이블에 올려두었다. 남자의 시선이 총구를 따라간다.

"TV에서 보니까 밥 로스 같은 사람은 한 시간 안에 산이나 바다 같은 것들도 그리고는 하던데요."

"그야 프로니까…."

남자가 말하다가 멈칫한다. 무슨 이야기인지 그제야 이해한 것 같다. 손이 살짝 떨린다. 나는 그런 그의 변화를 모르는 체하며 이야기를 계속해 나갔다.

"…그렇군요. 프로가 아니라면… 그러면 손이 느린 사람이라면 특히 더 오래 걸리겠죠?"

"예… 그게…."

남자의 목소리가 떨린다. 손이 느린 사람. 주유소 직원의 어눌한 동작이 머릿속에 떠오른다. 이 남자도 분명히 그렇게 말했다. 그림을 좋아하지만 손이 느리다고.

"캔버스가 아닌 울퉁불퉁한 곳. 예를 들어 사람 얼굴에 그림을 그린다면 훨씬 더 오래 걸리겠네요?"

남자는 더 이상 대답하지 않는다. 총을 보고 있을 뿐.

"전시회에 낼 그림을 남보다 이틀 늦게 제출했다는 이야기를 듣고 그 생각이 떠오르더군요. 만약 그 남자가 범인이라면, 시체 얼굴에 그림을 그리는데 얼마나 투자했을까, 하고. 일주일? 한 달? 그런데요, 그 시체가 발견된 건 사후 이틀이 지났을 때였습니다. 도저히 그 남자가 그 시간 안에 유화를 완성했을 것 같지 않더군요. 게다가 문제는, 똑같았단 말이죠. 너무. 자기가 그린 그림이라고 해도, 똑같이 모사하는 건 초보자에게는 쉽지 않은 일일 것 같은데, 전문가의 견해는 어떻습니까?"

남자는 여전히 말이 없었다.

"그래서 아무래도 그 남자는 범인이 아니지 않을까… 그런 생각이 든단 말이죠."

남자가 오랜만에 입을 열었다.

"하지만 주유소에 관해 물었을 때 놀랐다던가, 새 장갑 이야기는…."

"뭐, 냉정히 생각해보면 뭘 묻든 긴장하거나 놀랐을 것 같습니다. 제가 타고 간 건 경찰차였으니까요. 경찰이 이상한 걸 물어보면 보통 당연히 그렇지 않습니까? 새 장갑을 뜯은 것도, 쓰고 있던 장갑이 더러워져서라는 단순한 이유일 수도 있겠죠. 예를 들어 사무실에서 유화를 그리느라 더러워졌다던가… 그러고 보니 뭘 그리고 있었는지 모르겠지만 바지 앞섬이 빳빳하더군요. 그림을 그리면서 흥분하는 스타일인 걸까요?"

나는 남자의 눈을 들여다보며 말했다.

"적어도 제가 본 바로는 성불구자는 아닐 것 같았습니다만…."

남자가 눈을 피한다.

"하던 이야기로 돌아가서, 그렇다면 범인은 누구인가. 빠른 시간 내에 모사를 할 수 있는 사람, 그리고 그 그림의 완성본을 한 번이라도 본 적이 있는 사람. 그 남자가 완성된 그림을 제출한 건 평일이었다고 했죠? 그 후로 클래스는 열린 적이 없으니

다른 수강생들이 봤을 리도 없고요. 선생님뿐입니다. 저 그림의 완성본을 한 번이라도 본 적 있는 사람은."

나는 슬쩍 권총을 매만진다. 남자의 눈이 다시 총으로 향한다.

"사실 진상은 단순할지도 모릅니다. 고속도로를 차로 이동하던 사람이 차에서 내리는 가장 확실한 공간. 그건 휴게소죠. 휴게소 안쪽 깊숙한 공간, 화방이 있는 걸 발견하고 신기해서 들어와 보는 손님들, 그래요. 계획적으로 오는 손님은 거의 없다고 했죠? 그렇다면 여기 오는 손님의 대부분은, 이 화방에 들어올 것이라는 사실을 누구에게도 말하지 않았겠군요."

"…"

"그렇다면 이런 상상이 적절하지 않습니까? 어떤 남자가, 혼자서 화방에 들어온 손님을 혼절시켜 안쪽의 작업실로 데려갔다. 그리고 손님을 자기 취향대로 찌르고 구부리며 변태적인 욕망을 채웠다. 하고 싶은 대로 마음껏 한 다음, 볼일이 끝난 시체는 그대로 저녁때까지 작업실에 방치해 두면 되겠죠. 손님이 많지도 않거니와 작업실에 멋대로 들어가는 손님은 더더욱 없을 테니까요. 그리고 그 시체의 주머니에서 차 키를 꺼내고, 휴게소에 아무도 없는 시간대에 시체를 태운 차를 몰고 나갔다… 그런데 어이쿠, 유화 물감 냄새가 나는 겁니다. 그도 그럴 수밖에요. 유화 작업을 하는 작업실에 오래 방치되어 있었으니. 어쩌면 물감이 묻었을지도 모르죠. 이를 어쩌지 하다가,

좋은 생각이 났습니다. 그림을 그려서 물감이 아니라 그림 자체에 집중하게 만들자. 그런데 그림에 자기 스타일이 묻어나오면 어쩌나… 그러다 눈에 뜨인 겁니다. 어떤 수강생이 그린 조악한 그림이. 그래서 그는 작업실에서 그 그림을 보면서 모사했습니다. 그림이 완성되기 전까지는 이 그림이 대체 무슨 그림인지 이해할 수 없었지만 형태만은 완벽하게 모사할 수 있었죠. 프로니까요. 하지만 이 남자는 완성본의 모사에서 한 가지 실수를 합니다. 뻔히 눈에 보이는 것을 보지 못함으로써 전혀 다른 그림을 그린 겁니다. 그래요. 작가 본인이라면 결코 범하지 않을 실수를."

남자가 고개를 번쩍 들었다. 나는 손을 권총 위에 얹어놓고, 힐끔 작업실 쪽을 쳐다보았다.

"선생님, 그 'SEA'라는 작품명, 제대로 확인한 것 맞습니까?"

"…예?"

"작품명은 말로 듣고 옮겨적은 것이라고 했죠? 철자를 정확히 확인하셨습니까? 'SEA'인지 아니면 다른 글자인지."

"아뇨, 바다는 당연히 'SEA'…."

"하지만 그는 단순히 '씨'라고 말했을 뿐이죠?"

"예, 그, 그렇습니다… 영어로 씨라고…."

"혹시, 사실은 보다라는 의미의 'SEE'가 아니었을까요?"

"…예?"

나는 창문 쪽으로 눈을 돌렸다. 창문에 비친 풍경. 풍경을 담은 창 유리. 아스테이지… 눈에 뻔히 보이지만 놓치고 마는 것들….

"제목을 고민한 이유는 아마…."

남자가 침을 삼킨다. 나는 목을 가다듬고 다시 말했다.

"제목을 고민하고, 다시 바꾼 이유는 멋진 제목을 짓고 싶어서가 아닐지도 모릅니다. 단지… 너무 쉬워서, 혹은 너무 어려워서일지도 모르죠. 보는 사람이 눈치채주길 바랐거나, 아니면 눈치채지 못하길 바랐거나… 어떤 심경의 변화 때문일 수도 있고요."

아니면, 돌연 부끄러워졌거나, 혹은 너무 유치하다는 생각이 들어서… 프로가 되었든 아마추어가 되었든 뭔가 작품을 만들고 사람들 앞에 내놓는 사람의 심정은 으레 그런 것이리라. 작품의 속내를 알아차려 주길 바라는 마음과 알아차리지 못하기를 바라는 마음이 모순되게 섞인 그런 마음. 나는 한숨을 내쉬고는, 그 손이 느린 아마추어 화가를 대신해 눈앞의 남자에게 질문을 던졌다.

"인식의 바깥에 뭐가 있을까요?"

남자의 눈이 흔들린다. 인식의 바깥, 이해의 바깥. 남자는 그 주유소 직원을 아무래도 상당히 무시했던 것이 틀림없다. 그래서, 눈에 보이는 것을 보지 못했다. 지금도, 분명히 이해하지 못하고 있다. 이 남자의 사고는 재능 없는 남자에 대한 편견의 캔버스에서 벗어나지 못한다. 더 기다려도, 아마 답을 말하진 못할 것이다.

"…그 그림에 아스테이지 필름과 검은 테이프를 씌운 것은 소중한 그림을 잘 보관하기 위해서가 아니었을 겁니다. 사각형의 투명한 상자와 윗부분의 검은 틀을 그림 외부에 씌우고 싶었기 때문이겠죠."

남자는 뭔가 깨달은 듯 경직되었다.

"'SEE', 그리고 인식의 바깥… 인식의 바깥을 보라… 눈으로 보면서 인식하지 못하는 것. 인식의 바깥에 있는 것. 그쪽이 오히려 주인공이었던 겁니다. 예, 그건 바다가 아니라, 어항이었던 겁니다."

SEE, 그리고 인식. 남자는 충격받은 것처럼 중얼거렸다. 나는 총을 집어 다시 총집에 집어넣고 말했다.

"그걸 이해했다면, 그 작품에 'SEA' 같은 엉터리 제목을 적어넣진 않았을 겁니다."

GAME OVER

  어서 오십쇼. 어디까지 가십니까? 판교요? 예. 판교 가겠습니다. 아, 잠시만요. 핸드폰에 알림이 떠서. 하하. 출발하겠습니다. 그런데 손님, 혹시 IT 쪽 일하십니까? 아, 게임 회사요. 재밌는 일 하시네 하하. 많이 버시겠어요. 왜 요즘 게임들 그렇잖습니까. 제대로 게임하려면 돈 많이 써야 하잖아요. 열두 시간씩 밥도 안 먹고 게임하는 사람도 많고. 아아 편견이라고요? 어이쿠 실례했습니다. 실은 제 아들놈이 그렇거든요 하하하. '소드나이트메어'라는 게임인데, 아십니까? 그 왜, 게임 관리하는 직원이 아이템을 만들어 뒤로 팔아서 돈을 긁어모은 사건으로 유명한… 아, 역시 아시는군요. 그런데 그 사건이 아니라도. 정말 돈이 전부인 게임이죠. 아예, 아예, 그렇군요. 그런 좋은 점들도 있군요 하하하. 어이쿠 길이 좀 많이 막히는가 보네요. 여긴 항상 이렇다니까. 조금 돌아서 가겠습니다. 하여간 이 녀석이, 밥 먹고 자고 게임만… 아, 아뇨, 직장은 있습니다. 나름. 밥 먹고 자고 회사에 있는 시간만 빼면 그 게임만 들여다보고 있었죠. 아마 회사에서도 몰래 게임하고 있었을 겁니다. 다 큰 놈이 방에서 맨날 그러고 있는 걸 보는 게 얼마나 꼴 보기 싫던지. 밖에 나가서 사람도 사귀고 연애도 한창 할 나이에 게임중독에 빠져선… 아예, 아예, 게임중독 같은 건 없다고요. 네네 저도 그렇게 생각합니다. 물론 그런 아무 재미도 없는… 음, 아니죠. 은근한 매력이 있는 그런 게임에 빠지는 건 아무래도 그런 거라고 생각합니다. 현실이 그런 게임보다도 재미없어서… 아니지, 게임이 현실보다 재미있어서겠죠. 그렇다고는 해도, 평생 그렇게 살아갈 수는 없는 거 아닙니까. 뭐 마주 앉아 이야기를 한다고 될 일도 아니고, 그런 거 있잖습니까? 아버지들은 자기가 아들을 어떻게 할 수 있다고 믿는 경향이 있어요. 자기가 올바른 길로 이끌 수 있고, 대화를 하면 된다… 같은, 그런 게 어디 있습니까? 그런 면에서 저는 현실적인 아버지란 말이죠. 예, 예. 아이쿠 감사합니다. 그래서 좀 현실적으로 생각을 했죠. 게임이 현실보다 재미있어서 게임에 빠져드는 거라면, 현실이 게임보다 재미있으면 된다… 네? 에이, 아니죠. 현실을 재미있게 만들 방법이 어디 있습니까? 현실은 재미가 없죠 원래. 게임을 재미없게 만들면 된다. 이 말입니다. 그래서 좀 그 게임을 조사해봤죠. 조사해보니 정말 웃기는… 아니 유니크한 게임이더군요. 가장 특이한 건 PK 티켓이라는 물건이었습니다. 이 티켓을 가지고 있는 플레이어는 다른 플레이어 캐릭터를 어디서나 공격할 수 있더군요. 공격당한 캐릭터나 내 캐릭터 둘 중 하나가 죽으면 이 티켓도 한 장 사라지는데, 죽으면 부활을 해야 하지 않습니까? 그런데 부활을 하려면 부활석이라는 걸 또 써야 하죠. 이 부활석이라는 게 상점에서 사면 십 골드인데, 죽은 시점에서 부활석이 없으면 백 골드를 부활석 대신 써야 부활할 수 있단 말입니다. 그러니 또 부활석이라는 걸 살아있을 때 쟁여놓고 다녀야 하는데 이러면 가방이 모자라죠. 던전 같은 데서 아이템을 모으다가 가방이 꼭 차면 처분할 만한 게 부활석밖에 없는데, 이 부활석은 상점에 되파는 것도 안 되고 그냥 버리는 것만 되더군요. 그래서 가방 넓히는 데 또 돈이 들고. 아, 네. 네. 알죠. 그럼요. 다 현금이 아니고 게임머니라는 거. 네 그럼요. 뭐 게임머니를 현금으로들 거래하긴 하지만요. 하여간 이 개떡같… 아니, 묘한 매력이 있는 게임의 시스템 덕분에 묘안이 떠올랐죠.

돈을 꽤 썼습니다. 계정을 하나 샀거든요. 중국 쪽에서 만든 것 같은 무지막지하게 센 계정이었는데, 뭐 전투력이 어마어마하더군요. 아 예, 예. 그렇죠. 뭐 무기도 엄청나게 좋고, 흡혈검

이던가? 상대에게 피해를 입히는 만큼 내 체력이 복구되는 그런 거더라고요? 게임머니도 많이 들어 있었고요. 이 나이에 게임을 시작할 줄이야. 하여간 그 게임머니로 PK 티켓을 왕창 샀습니다. 아들이 어떤 아이디를 주로 쓰는지 대충 알고 있었기 때문에, 찾는 건 쉬웠어요. 아이디를 찾아서 관심등록이라는 걸 해두었죠. 이 관심등록이라는 시스템이 재밌더군요. 등록만 해두면 상대가 어디에 있는지 알 수 있고, 상대가 접속할 때마다 알림이 뜨거든요. 심지어는 휴대폰 알림 서비스까지 있어서, 게임 중이 아니라도 상대가 접속했는지 아닌지 알 수 있죠. 자, 이런 겁니다. 게임에 접속할 때마다 죽어버리면, 게임이 재미없어지지 않을까? 그래서 전 아들이 게임에 접속했다는 알림이 뜰 때마다, 아들의 캐릭터를 찾아가 죽였습니다. 물론 부활할 땐 랜덤한 먼 곳에서 부활하지만, 그러면 거길 또 찾아가서 죽이는 거죠. 뭐 게임 회사에서도 그런 상황을 예상하진 못했을 겁니다. 스토킹 PK라니. 그런데 이 부활 시스템도 참 재밌더군요. 연달아 죽으면, 죽을 때마다 부활에 걸리는 시간이 늘어나는 거예요. 그래서 한 열 번 정도 죽고 나면 부활까지 걸리는 시간이 두세 시간까지 늘어납니다. 그다음엔 리셋. 그러니 어느 정도 죽이고 나면, 아들놈도 게임을 할 수 없게 되는 겁니다. 처음 그 짓을 시작했던 날, 참 오랜만에 제 방보다 먼저 아들 방의 불이 꺼지는 걸 볼 수 있었죠. 물론 아들이 잠자리에 들 때까지 고함이니 욕설이 방에서 계속 들려오긴 했지만요. 예? 아, 아들놈은 도통 방에서 나오지 않았기 때문에 설마 아버지가 상대일 거라고는 생각 못 했을 겁니다. 그런데 참, 아버지가 아들의 아바타를 칼로 찌른다… 계속 죽인다…. 이게 참 괴상한 일이긴 합니다만, 그래도 뭔가, 교감하고 있다는 느낌이더군요. 아들이 죽을 때마다 채팅창에 욕설을 쓰는데, 그런 생각이 들더군요. 이게 얼마만의 대화인가… 물론 대화라긴 좀 이상하긴 하죠. 아버지한테 지 할머니 욕을 하는 아들이라니. 그래도 그게 참, 왠지 찡했습니다. 그러다 보니 이 일에 재미를 느끼게 됐죠.

아 예, 아 은신 아이템이요? 네, 네. 그걸 쓰면 추적을 피할 수 있다고요? 네, 네. 알죠. 그 비싼 옷. 아들도 결국 그걸 쓰긴 했습니다만, 위치파악은 안 되어도 알림은 오니까 별 상관없었습니다. 예. 그게 실은, 처음 아들이 그 아이템을 썼을 때는 저도 꼼짝없이 손 놓고 있을 수밖에 없었지만…. 다음날부터는 상관없었습니다. 아들이 출근한 사이에 몰래 아들 방에다가 카메라를 달아뒀거든요. 뭐, 꺼림칙하긴 했죠. 본의 아니게 아들이 자위하는 모습이라도 보게 되면 어쩌나, 하는 생각도 했고요. 하지만 뭐, 알림이 올 때만 보면 되니까요. 카메라가 정확히 컴퓨터 모니터를 잡도록 설치해두었기 때문에, 아들이 접속하면 캐릭터가 어디 있는지 바로 알 수 있었습니다. 그리고 이게 참 재밌더군요. 몰랐는데, 자기 캐릭터가 죽고 부활을 기다리는 상태가 되면 '10초 후 어디어디로 부활합니다'라는 안내 문구가 뜨더라고요. 덕분에 오히려 전보다 나았어요. 아들 캐릭터가 죽으면 그 안내 문구를 확인하고 바로 그쪽으로 뛰어가면 되었거든요. 경우에 따라서는 먼저 가서 기다리고 있다가 부활한 아들 캐릭터를 바로 죽이는 것도 가능했습니다. 사실 참 안될 말이긴 합니다만, 짜릿하더군요. 부활하자마자 벤다는 게요. 힘의 차이를 확실히 느끼게 해준달까, 아들이 절망을 느낄 걸 생각하니 왠지 아버지의 위엄 같은 것이 되살아나는 것 같기도 하고요. 나중엔 채팅으로 애원을 하더군요. 대체 왜 이러는 거냐. 이러지 않으면 안 되겠냐. 그날 밤엔 방에서 엉엉 우는 것 같더군요. 참내, 그 정도로 슬프면 게임을 그만두면 될 일인데. 아, 더우신가요? 땀을 많이 흘리시네요. 에어컨을 틀어드리겠습니다. 길이요? 아뇨 아뇨, 이쪽 길이 맞습니다. 제가 택시기사를 몇 년째 하고 있는데요, 좀 믿어보세요.

그런데요, 그러던 어느 날 이변이 일어난 겁니다. 여느 때처럼 알림을 받고, 게임에 접속해 아들을 찾아갔죠. 그런데요, 단칼에 죽어버린 겁니다. 제가요. 있을 수 없는 일이죠. 능력치 차이가 엄청난데, 아무리 좋은 무기로 크리티컬을 뽑은들 이길 수 있을 리가 없을 텐데 말이죠. 그런데 그게 되더란 말입니다. 처음엔 어안이 벙벙했습니다만, 어쨌든 한 가지는 알 수 있었죠. 아들이 새로운 무기를 장만했고 그 무기 덕분에 나를 이길 수 있었다는 걸요. 나중에야 알게 된 건데, 그 무기가요, GM이라고 하나요? 하여간 게임회사 직원이 만들어서 뒤로 판, 그런 물건이더군요. 말도 안 되게 강한… 아 이런, 추우신가요? 에어컨을 꺼야겠네요. 그나저나 손님, 운전에 방해되니 숨 좀 조용히 쉬어주시겠습니까? 짜증나네요. 뭐 그래서 그 후부터는 입장이 역전되었죠. 싸우면 죽고, 죽고, 죽다가 결국 컴퓨터를 끄게 되는 날들. 심지어는 아들 쪽이 절 먼저 찾아오기 시작했어요. 계속 당하니 짜증이 나더군요. 아버지의 위엄이 추락한 것 같았고요. 베는 건 아들 쪽이 아니라 내 쪽이어야 하는데요. 저 무기만 없으면, 다시 원래 관계로 돌아갈 수 있는데… 그러던 어느 날, 묘안이 생각났죠. 아주 간단한 문제였어요 사실. 처음부터 그 생각을 하면 되는 거였는데. 이런 겁니다. 아들이 회사에 간 사이, 저는 아들의 컴퓨터로 게임에 접속했죠. 그리고 문제의 무기부터 시작해서 아들의 캐릭터가 가지고 있는 아이템, 입고 있는 옷, 뭐 하나 남김없이 전부 다 상점에 팔아버렸습니다. 그러고 나서, 그렇게 번 돈을 몽땅 써서 부활석을 샀죠. 가방 크기도 늘렸고요. 장관이더군요. 부활석 3천 개가 가방에 꽉 차 있는 모습은. 아들이 그 게임 속에서 해온 일들, 쌓아온 것들 모두가 부활석으로 바뀌어 버린 거죠. 하하하, 그 부활석이라는 게, 아까도 말씀드렸잖습니까? 팔 수도 없고 버리는 것

밖에 안 된다고. 그날 저녁, 저는 알몸으로 도망치는 아들의 캐릭터를 쫓아다니며 찌르고, 찌르고, 찔렀습니다.

아들은… 뭐 더 이상 뭘 하진 않았습니다. 죽어버렸거든요 그날 밤. 침대에서 목을 매달았더군요. 게임중독 회사원 비관자살… 어쩌고 하면서 작년 말에 기사도 났었죠. 현실과 게임을 구분 못 해서… 어쩌고 하는 분석들도 나왔습니다만, 그게… 숨 좀 안 들리게 쉬라고 이 새끼야! 어이쿠 죄송합니다. 제가 그만 흥분을… 어디까지 얘기했었죠? 좀 짜증나네요. 아네, 기사. 뭐 그런 분석은 엉터리입니다. 전 알거든요. 아버지니까. 그리고 게임 친구이기도 하니까요. 그 녀석은 게임 속에서 죽는 게 무서워서, 현실에서 죽어버린 겁니다. 그게 낫다고 생각한 거죠. 어찌 보면 제 바람이 이뤄졌다고도 할 수 있겠죠. 게임보다 현실 쪽이 재밌어야 한다는 바람이요. 게임 속 죽음보다 현실 속 죽음이 낫다고 생각한 그 마지막 순간에요.

반대로 저는 게임 속으로 빠져들었습니다. 거기선 아들을 만나고, 교감할 수 있으니까요. 아들의 컴퓨터는 그 후로 계속 켜두었습니다. 아들이 부활하면 찾아가서 찌르고, 찌르고, 찌르기를 반복했죠. 그리고 밤이 깊어서야 잠이 들고, 아침이 되면 아들은 다시 부활해 있었죠. 그런데 뭐, 아무리 부활석을 쟁여놓았다고 해도 무한은 아니니까요. 부활석 3천 개 쓰는 건 생각보다 금방이더군요. 어저께가 마지막이었습니다. 어제 마지막으로 부활한 아들을 마지막으로 찌르고, 술을 좀 많이 마셨죠. 아직도 입에서 술 냄새가 나는 것 같네요. 괜찮으십니까 손님? 왜 질질 짜고 계십니까? 정말 짜증나네요.

그 후로 장롱은 열리지 않았다

오늘은 남편이 출장을 떠나요. 일주일 정도 집에 혼자 있게 되겠죠. 주차장까지 나가 떠나는 남편을 배웅하고, 계단을 걸어 올라서 집으로 돌아왔어요. 엘리베이터가 있긴 하지만, 혼자 타는 건 질색이에요. 탈 때도, 내릴 때도. 특히 내릴 때 혼자인 건 정말 싫죠. 띵, 하는 소리가 나면 긴장해서 흠칫하게 돼요. 엘리베이터 문이 스르륵 열리면서 바깥 빛이 들어오기 시작할 때, 그 뒤엔 뭐가 있을까. 그런 생각 안 해봤어요? 엘리베이터 문 너머에 뭐가 있을지는 정말 모르는 거잖아요. 그리고 정면을 제외하면 삼면이 벽. 도망갈 곳도, 외면할 곳도 없어요. 혼자서 엘리베이터를 타는 사람을 보면 그런 생각이 든다니까요? '괜찮겠어요? 정말?' 생각해보세요. 엘리베이터 문이 반쯤 열렸을 때, 그 틈으로 쑥 들어오는 피투성이 얼굴. 멈춘 엘리베

이터 문을 강제로 열려고 비집고 들어오는 두 손. 끼기긱 그르
륵그극 하고.

계단을 다 올라와 현관문을 열고, 거실에 들어왔어요. 거실
에는 행거가 놓여 있었죠. 이제 아침에 옷장에서 빼놓은 옷들
을 정리해 행거에 걸어야 해요. 일부러 그러는 이유가 있어요.
남편이 항상 이야기했거든요. '혼자 있을 때는 옷장 문을 열지
마'라고 남편은 알거든요. 다 이유가 있어요.

어렸을 때 장롱 안에 숨어본 적 있나요? 어렸을 땐, 장롱 안
에 몸을 우겨넣고 있는 걸 좋아했어요. 어둡고, 포근하고. 뭔가
가 감싸 안아주는 기분이어서였을까. 지금도 그 기분이 뭐였는
지는 어렴풋이 알 것 같아요. 이젠 절대 안 할 거지만. 요즘은
붙박이장도 많이 쓰지만, 그때는 이케아니 뭐니 없었잖아요.
안방에 덩그러니, 커다란 옷장 하나가 있었죠. 그리고 그 위에
는 바구니 같은 걸 천장과의 틈새에 끼워놓았어요. 바구니 안
에는 장난감이니 잡동사니 같은 게 들어가 있고. 뭐 엄청 크진
않았어요. 겨우겨우 몸을 구겨서 들어갈 정도. 한 살 더 많은
언니가 있었는데, 언니는 못 들어갔거든요. 그 나이에 한 살 차
이라는 게 꽤 큰 차이긴 하지만요. 그날도 혼자 장롱 안에 들어
가 문을 닫고 있었죠. 벽에 기대어 이불을 끌어안고 앉아 있다
가 새록새록 잠이 들었는데,

쿵- 하고, 잠깐 무슨 일이 일어난 건지 이해하지 못했어요.

몸이 앞으로 쓰러졌죠. 아. 옷장이 넘어졌구나. 그다음으로 이해한 건, 내 눈앞의 풍경이었어요. 옷장은 살짝 바닥에 떠 있었어요. 앞으로 넘어지면서 문이 조금 열려서, 그 'V'자 형태로 살짝 열린 문을 바닥이 지탱하는 모양새… 아니, 이건 불확실한 표현이네요. 문을 지탱하고 있던 건 바닥이 아니에요. 언니의 목이었죠. 내 눈앞에는 언니의 얼굴이 있었어요. 한쪽 문에 목이 짓눌린 채, 또 한쪽 문에 머리카락을 깔린 채. 전 일어나 보려고 했지만, 일어나려고 바닥을… 아니 문을 두 손으로 밀어내면, 오히려 그 문이 언니의 목을 더욱 짓눌렀죠. 언니의 벌어진 입에서 바람 빠지는 소리가 났어요. 끼익 쉬이익- 끼익 끼릭 쉬이익- 언니의 손은, 보이진 않지만 바닥을 긁고 있었던 모양이에요. 그극그르륵, 하는 소리가 계속 났죠. 집엔 우리 둘밖에 없었어요. 장롱 안에서 '도와주세요'라고 소리쳐봤자 밖에까지 들릴 리는 없죠. 그래도 저는 소리쳤어요. 언니의 얼굴을 마주본 채로.

"도와주세요!"

"키이익- 쉬이익."

"도와주세요!"

"키익-키익-쉬익."

"도와주세요!"

"쉬이익- 쉬익 쉭…."

그렇게 대화하듯이 거의 한 시간 정도 지나서야, 언니도, 나도 더 이상 말을 안 하게 되었죠. 언니의 경우엔, 안 한 게 아니라 못 하게 된 것 같지만요. 그날 이후로 장롱에는 들어가지 않았어요. 아예 장롱문을 열지도 않았죠. 장롱을 보면, 환청이 들릴 지경이었거든요. 그르륵그륵. 쉬이익쉬익. 그 왜, 가끔 나무문을 열 때, 그극, 하는 소리가 나잖아요? 그러면 그날이 생각나요. 피시식, 하고 바람 빠지는 소리를 들으면, 언니의 숨소리가 생각나요. 아마도 언니는 그날 장난감을 꺼내려고 장롱 손잡이를 밟고 기어 올라갔다가, 그만 장롱이 무너져서 깔렸던 모양이에요.

나이가 들고, 가구도 붙박이로 바뀌고, 시간이 지나면서 조금씩 괜찮아졌어요. 그렇긴 해도 엘리베이터만은 혼자 타기 싫더라고요. 엘리베이터 안에 있다가 문이 열리기 시작하면, 몸이 앞으로 쏠릴 것 같은 기분. 그리고 그 문틈으로 얼굴이… 그런 상상을 하게 되는 찰나의 시간이 너무 싫어요.

문제는 결혼하고 나서 생겼죠. 남편은 내가 그렇다는 걸 알아요. 문제는 시어머니죠. 시어머니가 결혼 선물이랍시고 보내준 게 지금 우리 집에 있는 장롱이에요. 처음엔 끔찍한 기분이었죠. 장롱 앞에 서 있으면, 곧 그 장롱이 기울어져 날 덮칠 것 같은 기분. 그리고 스르르 열리는 문틈 사이로 아이가, 옛날의 나와 같은 아이가….

그때부터였어요. 환청이 들리기 시작한 건. 꼭 혼자 있을 때만 그 소리가 들렸죠. 쉬이익쉬이익, 하고 숨소리 같은 것이. 장롱을 등지고 있으면, 장롱문이 열리고 어린아이가 나를 내다보고 있을 것 같았어요. 그런데 어쩔 수 없잖아요? 시어머니가 준 선물을 버릴 수도 없고. 견디는 수밖에요.

남편은 제가 그런 걸 아니까요. 장롱 정리는 남편이 도맡아 했어요. 그리고 혼자 있을 때는 장롱문을 열지 말라고 따뜻하게 이야기해줬죠. 하지만 소리는 점점 잘 들리게 되었어요. 여기저기 물어서 용하다는 무당을 찾아다니기도 했죠. 하지만 그들이 내놓은 해결책은 전부 시답잖은 것들뿐이었어요. 제가 무당을 찾아다닌다는 건 온 동네에 이미 소문이 난 일이에요. 남편도 제가 그렇다는 건 알고 있었어요. 심지어는 시어머니에게 한소리 듣기까지 했죠. 그래도 전 아랑곳하지 않았어요. 이웃들에게도 이야기가 다 퍼졌어요. 장롱 공포증이라더라. 문을 못 연다더라. 무당을 찾아다닌다더라. 상관없어요. 뭐라고 떠들든. 오히려 바라던 바예요. 온 동네에 소문내라지.

남편에게는 말하지 않았지만, 얼마 전에 찾아간 무당에게서 그 저주를 없앨 좋은 해결책을 받아왔어요. 필요한 물건들도 사놓았죠. 남편의 출장이 이 타이밍이라 다행이에요. 마침, 소리가 들리네요. 그르륵… 쉬익… 침대 밑에서 물건들을 가져와야겠어요.

장롱에 손을 댔어요. 꺼림칙하지만 금방이니까. 손을 벽과
의 틈새로 밀어 넣고, 조금씩 조금씩. 그렇게 밀면서 움직여 공
간을 만들었죠. 그다음에는, 튼튼한 끈으로 문고리를 묶고, 장
롱을 둘둘 감기 시작했어요. 불을 붙여둔 초를 들고 와서 문틈,
위쪽과 양쪽의 변, 하여간 뭐든 틈이 있을 법한 곳들을 전부 정
성스럽게 촛농으로 막았죠. 그리고 촛농 위를 다시 테이프로
고정했어요. 쉬이익쉬이익, 하는 소리가 더 크게 들려요. 장롱
이 흔들리는 것 같은 착각… 아니, 진짜겠죠. 하지만 겁먹지 않
고 커다란 비닐을 가져와 장롱을 다시 둘둘 말았어요. 그리고
테이프로 봉했죠. 그리고 그 위에는 다시, 부적을. 부적 수십
개를 붙였어요. 하나를 붙일 때마다, 마치 장롱이 비명을 지르
는 듯한… 몸부림치는 듯한… 모두 붙이고 나니, 그 사나운 기
운도 잠들었어요. 어느새 온몸에 땀이 배었죠. 샤워를 해야겠
어요.

따뜻한 물을 틀고, 머리에 맞으니 이런저런 잡념이 떠올라
요. 사람들이 저 꼴을 보면 뭐라고 할까요? 시어머니가 저 꼴을
보면, 뭐라고 할까요? 드디어 미쳤다고 하겠죠. 좋아요. 그런
건. 무당이 하란다고 시키는 대로 하느냐고. 좋아요. 그런 건.
장롱이 무서워서, 머리가 맞이 가서, 무당이 시키는 대로 미친
짓을 했다. 그것뿐. 그것뿐이니까. 모두가 그렇게 생각해 줄 테
니까요.

생각해야 할 건 앞으로예요. 지금쯤이면 숨소리가 멎었겠죠. 이제 와서 남편 없이 혼자 살아갈 수 있을까요? 물론 준비는 다 해두었지만, 조금 겁이 나긴 하네요. 하지만 어쩔 수 없어요. 아내에게 그런 거짓말을 하는 남편과 함께 살아가는 것은 질색이니까. 대체 언제부터였을까요? 남편이 옷장 속에 숨어 저를 훔쳐보기 시작한 건. 정말 끔찍해요.

담쟁이는 오른다

동네에 폐건물이 하나 있는데, 원래는 아마 신문보급소였을 거예요. 지금은 방치된 건물이라 담쟁이로 완전히 덮였죠. 담쟁이 아시죠? 왜, 그런 시도 있었잖아요. '여럿이 손을 잡고 올라간다'라고 진짜 자세히 보면 딱 그런 모양이에요. 담쟁이끼리 손잡고 영차영차 올라가는 느낌. 그 담쟁이 건물 앞에 전봇대가 하나 있었는데, 그 전봇대 앞에는 항상 이것저것 쌓여 있었죠. 주로 폐지랑 고철. 아마 자기 집 앞에 쓰레기 쌓이는 게 싫은 사람들이 거기다 내놓는 것 같더라고요. 뭐, 안 쓰는 건물이니까요. 폐지랑 고철이라곤 해도 종류는 다양하니 뭐가 모이는지는 매일 다르죠. 그런데 딱 하나, 항상 그 자리에 있는 물건이 있었어요. 종이박스인데, 매직으로 커다랗고 삐뚤빼뚤하게 '가져가지 마세요'라고 쓰여 있었어요. 안에 든 건 수건더미.

늘 줄었다가 늘었다가 했죠. 그 수건더미가 뭔지 동네 사람들은 대충 눈치채고 있었어요.

인간은 생태계 최상위 포식자라고 하잖아요. 최상위가 있으면 최하위도 있겠죠. 뭐가 있을까요. 식물? 아니면 공원에서 비둘기가 쪼아 먹는 빵쪼가리? 뭐 빵쪼가리가 생물은 아니지만요. 그런데 모든 인간이 최상위 포식자라고 할 수 있을까요? 어떤 사람은 스카이라운지에서 식사를 하고, 어떤 사람은 편의점 쓰레기통을 뒤져서 식사를 하는데 말이죠. 후자의 경우는 비둘기랑 신세가 다를 게 없잖아요? 물론 인간끼리 서로 잡아 먹는 건 아니지만, 뭐랄까 인간계의 최하위? 그런 느낌이에요.

생태계처럼 엄청난 규모는 아니지만, 동네도 하나의 세계라고 생각해요. 물론 가끔 멀리 외식도 하러 가고, 놀러도 가고 하지만, 어쨌든 '그 동네 사람들'이란 게 있잖아요. 그리고 동네마다 질서라는 게 있고. 그리고 계급도 있죠. 우리 동네의 최하위 인간은 아마 폐지 줍는 노인들일 거예요. 주택가다 보니 집집마다 폐지니 고철 캔이니 쓸 만한 게 꽤 많이 나오거든요. 그래서 건물마다 돌면서 폐지와 캔 따위를 수거해 가는 노인들이 있어요. 많지는 않고 한 대여섯 명? 전에 어디서 보니까 폐지 줍다가 싸움도 많이 난다고 하던데. 서로 영역다툼 같은 것도 있긴 하나 봐요. 사실 한 건물 폐지라고 해봤자 얼마나 나오겠어요. 요즘 폐지 1kg에 50원 수준이라던데. 100kg를 모아

봤자 밥 한 그릇도 못 먹잖아요? 그래도 반 그릇은 되니까. 그 반 그릇에 목숨 거는 거죠. 그런데 우리 동네에는 그런 영역다툼 같은 게 없었어요. 지금 생각해보면 아마 폐지 줍는 노인들끼리 어떤 신사협정 같은 걸 맺은 게 아닐까 싶은데. 느슨한 질서 같은 게 있었거든요.

일단 도는 시간이 서로 달랐어요. 새벽, 정오, 저녁에 딱딱 정해진 분들이 돌았고, 시간이 겹치는 분들도 있었지만 그 경우엔 수집대상을 나누더라고요. 한 명은 고철, 한 명은 폐지 이런 식으로. 그렇다 보니 동네가 소란스러울 일도 없고, 얼굴도 다 익숙했죠. 그러니 그런 분들이 돌아다녀도 그냥 풍경 같은 느낌이랄까. 익숙한 얼굴이 보이면 '아 벌써 시간이 그렇게 되었나'라거나, '아침이 시작됐구나' 같은 생각을 하죠. 그분들이 자연스럽게 풍경에 녹아든 건 아마 그 수건의 영향도 있었을 거예요. 하얀 수건을 목에 걸치고 다녔거든요. 다들. 그게 꼭 유니폼처럼 보였죠. 그래서 하얀 수건을 목에 건 사람이 우리 집 쓰레기장을 뒤지고 있어도, 별로 낯설거나 수상하게 생각하지 않게 되더군요.

아, 다 똑같은 수건이었어요. 사실 목에 걸치고 다니니까 수건이구나 할뿐이지, 원래 용도는 행주 아니었을까 싶더라고요. 되게 얇아서 반투명하게 보일 정도였으니까요. 아마도 어디서 누가 무더기로 구해서 나눠 가진 거 아닐까. 쓰고 나선 한곳에 잘 모아놓고, 많이 쌓이면 누군가 가져가 한꺼번에 빨아오는 그런 방식. 물론 그렇게 운영된다고 들은 건 아니에요. 그냥 동네 사람들이 그 수건더미가 있는 박스를 보고 그렇게 상상했을 뿐이죠. 실제로 폐지 줍는 분들이 그 지점을 지나가다가 목에 두른 수건을 박스에 넣는 장면이 여러 번 목격되기도 했고요. 뭐랄까, 본부 같은 느낌이죠. 거기는. 수건더미도 그렇지만 폐지와 고철이 가장 많이 모인 곳이 거기거든요. 그런데 거기는 잘 안 가져가더라고요. 안 가져간다기보단 못 가져가는 느낌이에요. 그 왜, 꼭 있잖아요. 불량배들. 꼭 그 근처에 모여서 담배를 피우거나 술을 마시거나 하는. 거기 그들이 모여 있으면 잘 못 다가가더라고요. 한 번은 할머니 한 분이 별생각 없이 거기서 캔을 박스에 담다가, 배를 걷어차였대요. 아마 그 후로는 불량배들이 있는 동안에는 다들 근처에 다가가지 않았던 모양이에요. 그런 애들이 밤낮이 어디 있어요. 꼭 밤에 모여서 새벽까지 뻗대잖아요. 그러니 밤에 폐지 줍는 분들에게는 보통 속상한 일이 아니었겠죠. 걔들이 사라질 때까지 멀찌감치서 기다렸다가 사라지고 나면 폐지를 주우러 가는데, 그 전에 쓰레기수거차가 먼저 지나갈 때가 많거든요. 그러면 허탕을 치는 거예요. 불량배요? 걔들도 사람 봐가면서 때려요. 하여간 그것들은 거기가 지네집 안방이라도 되는 것마냥, 수건 넣어놓은 박스에 술병이니, 젓가락이니, 담배꽁초 같은 걸 버리기도 하고. 천적이죠. 그야말로.

천적이라고 하면 또 한 명 있었어요. 우리 옆집에 살던 아저씨인데, 진짜 성격 못됐거든요. 자기 집에서 나온 쓰레기를 노인들이 가져가 파는 게 못마땅했던 모양이에요. 어느 날 고물 트럭 하나를 사더니, 하여간 문도 잘 안 닫히는 고물이었죠. 자기 건물에서 나오는 박스며 고철들을 거기다 싣더라고요. 수시로. 폐지 줍는 노인들이 아무리 자주 다녀봤자 그 집에 사는 사람만 하겠어요? 그렇게 계속 모으다가 꽉 차면 가지고 나가서 파는 거죠. 한 건물에서 나오는 양이 얼마나 되겠어요. 한 일주일 모아서 팔아봤자, 3천 원에서 4천 원 정도 나오는 거죠. 아무리 고물 트럭이라도 트럭값이 4천 원은 아닐 테니, 그건 부업도 아니고 그냥 심술이죠. 심술. 그렇게 트럭에 박스랑 캔을 쌓아놓고 있으니까, 가끔 그걸 꺼내려는 분들이 있었나 봐요. 그럴 때면 그 아저씨가 뛰쳐나와서 난리를 부렸죠. 뭐 확실히 폐지를 꺼내가는 게 아니라 차를 기웃거리거나 만지기만 해도 난리를 쳤어요. '도둑놈! 도둑년!' 하고 동네 다 들리게. 밤에도 가끔 시끄럽게 굴더라니까요. 한 번은 할아버지 한 명 멱살을 잡고 끌고 가려고 하는 걸 본 적 있어요. 경찰서에 가자고 소리치면서. 그래도 폐지 줍는 분들은 그 차 곁을 지날 때마다 한 번씩 기웃거리더라고요. 아저씨가 뛰쳐나오면 줄행랑이었지만. 웃기는 게, 그 차 한 번 움직이면 4천 원 정도 번다고 했잖아요. 그런데 고물 트럭이라 워낙 연비가 안 좋은 모양이에요. 움직일 때마다 꼭 주유소에 들러서 기름을 넣더라고요. 기름값이 얼마가 나올까요? 정말 어이가 없죠.

그런데 하도 동네가 시끄러워지니까, 슬슬 폐지 줍는 분들을 성가시게 생각하는 사람들도 생겼죠. 동네 어지럽힌다고. 불량배나 고물 트럭 아저씨를 탓하는 사람은 없었어요. 그 사람들이 나쁘다고 생각하는 사람은 있을지 몰라도 굳이 말을 꺼내진 않았죠. 누가 폐지를 줍고 있으면 괜히 옆에서 다 들리게 '으휴' 하고 한숨 쉬거나 괜히 말 걸어서 '폐지 가져가시는 건 좋은데 조용히 가져가세요' 같은 말을 하거나. 폐지를 내놓을 때마다 일부러 물을 들고 나와서 붓는 사람도 있었어요. 몰랐는데 젖은 폐지는 가격이 반으로 떨어진다더라고요? 그래도 달라진 건 다른 사람들뿐이에요. 폐지 줍던 분들은 여전히 묵묵히 수건을 목에 걸고 자기 시간에 나와 폐지와 고철을 수집하고, 수건을 박스에 쌓아놓고, 다음 날도 그러기를 반복할 뿐이었죠. 트럭 아저씨도 여전했고, 불량배들도 여전히 거기에 모였고요.

음, 불량배들은 결국엔 사라졌어요. 뭐 자연스럽게 사라진 건 아니고, 사고가 좀 있었어요. 한 명이 병원에 실려 갔거든요. 가스 폭발 화재가 있었대요. 그 수건더미 앞에서. 말하면서도 잘 설명이 안 되는데, 아마 거기서 담배를 피우다가 담배 꽁초를 언제나처럼 수건더미에 던져 넣었던 모양이에요. 제대로 끄지도 않고. 그러자 수건더미에 불이 확 붙었죠. 갑자기 불이 나니까 당황해서 끌려고 발로 박스를 퍽퍽 찼는데, 박스가 폭발했대요. 다들 파편에 다치고 한 명은 아예 몸에 불이 붙어서… 어떻게 그런 일이 있을 수 있을까 싶었죠. 소문이 과장된 게 아닌가도 생각했어요. 하지만 그 담쟁이 벽이 까맣게 타 있고, 담쟁이들도 재가 된 걸 보니 믿을 수밖에 없더군요. 그러고 나서 얼마 후에, 고물 트럭 아저씨는 트럭을 폐차했어요. 더 이상 폐지 줍는 분들에게 시비를 걸지도 않았고요. 오히려 슬금슬금 눈치를 보는 것 같았죠. 담쟁이 벽에는 새 상자가 놓였고, 거기엔 지금도 수건이 쌓여 있어요. 이제 거기에 뭘 버리는 사람은 없죠. 그쪽에 가까이 다가가는 사람들도 폐지 줍는 노인들뿐이고요.

제 상상은 그래요. 아마 고철 줍는 노인들이 가스 캔 같은 것들을 모아서, 아직 안에 가스가 남은 것들만 그 수건더미 밑에 모아둔 것이 아닐까. 뭐 그런 게 많을 리는 없을 테니, 지나가다가 보이면 하나씩 주워서 가져다놓고, 그런 식이었겠죠. 그리고 다들 일이 끝나고 집에 들어갈 때마다, 수건을 휘발유에 적셔서 그 박스에 넣어놓지 않았을까요. 휘발유가 어딨냐고요? 그 문도 제대로 안 닫히는 고물 트럭. 연료 캡인들 제대로 닫혔겠어요? 거기다 수건을 가늘게 말아서 집어넣었다 뺐겠죠. 그분들이 괜히 차를 기웃거린 건 아닐 거예요. 트럭에 기름이 모자랐던 것도 연비 탓만은 아닐 거고요. 그렇게 한 명이 수건 한 장, 한 명이 가스통 한 개씩 매일 집어넣은 거죠. 어딘가 기도하는 것 같은 풍경이죠? 왜 그, 한 명 한 명이 돌 하나씩 주워다가 쌓아서 돌탑을 만드는 풍경이 떠오르지 않아요? 마음도 그랬을 것 같아요. 기도하는 마음. 마음들이 모여서, 천적을 물리쳐주기를.

그 벽은 지금 다시 담쟁이로 뒤덮여 있어요. 금방이더라고요. 다시 자라는 게. 담쟁이 자라는 거 보신 적 있으세요? 아주 작은 손 같은 잎이 자라서, 서로 손을 잡는 것처럼 붙어버리고, 그렇게 위로 위로. 은근 귀엽다니까요?

아홉의 사다리

붉은 사다리. 천장과 바닥을 잇는 몸체는 불길한 빛으로 녹슬었고, 그 끝에 연결된 천장과 바닥에도 붉은 녹물이 번져 있다. 아무짝에도 쓸모없는 붙박이 사다리. 타고 올라가봤자 천장에 머리를 박을 뿐이고, 다른 곳으로 옮길 수도 없다.

"…많이 녹슬었네요."

"예, 누수가 있어서…."

누수는 천장 쪽인가? 아마도 천장에서 흘러내린 물이 사다리를 타고 내려가 바닥을 적셨으리라. 그러는 동안 사다리엔 녹이 슬고, 녹물이 천장과 바닥을 물들이고. 꽤 오랫동안 그랬을 텐데, 누수되는 천장을 고치지는 못했나 보다.

내 앞에 앉아 있는 남자… 그러니까 이 집의 주인은, 아련한 표정으로 사다리를 보고 있었다. 괴담 수집에 진심인 친구로부터 이 기묘한 사다리에 대한 이야기를 들은 것은 석 달 전쯤의 일이다. 천장과 바닥을 연결할 뿐인, 아무 쓸모도 없는 기묘한 사다리에 대해서. 처음 들었을 때는 흥미롭게 생각하긴 했지만, 금방 잊어버렸다. 하지만 얼마 전 이 집주인의 어떤 기행에 대해 듣고 나서는, 꼭 사다리를 직접 보고 싶다고 생각하게 되었다. 무리하게 친구에게 부탁해 집을 방문하기로 했는데, 의외로 집주인은 친절했다. 남들이 사다리를 보러 찾아오는 것도, 사다리에 얽힌 이야기를 하는 것도 싫지 않은 듯했다. 오히려 반기는 것 같았다. 외양은 어딘지 우락부락하고 큰 키에 근육질이었지만, 섬세하고 예의 발랐다.

"사다리는 직접 설치하신 건가요?"

"아뇨, 동생이… 좀 오래되었죠."

"동생분은 왜…."

"글쎄요, 설치 미술이라고나 할까요. 뭐 모방이긴 합니다만."

남자는 씁쓸하게 웃으며 동생의 사진을 보여주었다. 사진 속의 동생은 남자와 딴판이었다. 키도 작아 보였고, 하얀 얼굴에 약해 보였다. 형제는 어릴 때부터 둘이서 자랐다. 형이 열일곱, 동생이 열여섯 살일 때 양친을 잃었다. 두 사람은 학교를 그만두었고, 형은 일을 시작했다.

병약한 동생은 가끔 아르바이트를 하기는 했지만, 대부분 집에서 지냈다. 십 년 정도를 그렇게 특별한 변화 없이 한 집에서 보냈다. 형이 세파에 점점 찌들어가는 동안, 동생은 예술과 미학에 찌들어갔다. 그 예술적 취미도 심히 괴벽이라 할만한 것이어서, 돌이나 쓰레기를 수집하기도 하고, 박제 따위에 심취하기도 했다. 동생이 심취하는 것들에 대해 형은 이해할 수 없었다.

"지금은 그래도 조금씩, 아 그런 거였구나 하는 생각이 들기는 하지만요. 왠지 생각이 동생과 비슷해져 간달까요…."

"모방이라고 하셨는데."

"아아, 그거요, 별거 아닙니다. 동생이 낡은 아파트에서 기묘한 사다리를 발견했던 모양이에요. 분명 유사시에 옥상으로 대피하기 위한 대피용 사다리인데, 옥상이 뚫려 있지 않았던 겁니다. 시공상의 착오나 뭐 그런 거였겠지만 동생은 그 사다리를 진지하게 연구했죠. 연구라기보다는 빠져들었달까요. 어제오늘 일이 아니긴 합니다. 남들은 무심하게 지나치는 것에 동생이 집착하는 건."

"그러다 결국 사다리를 사와서 집에 설치하는 지경에 이른 거군요."

"네, 똑같은 사다리를 찾느라 꽤 돈을 들인 모양입니다만."

"실례지만 동생분은 직업이…."

남자는 망설이다가 대답했다.

"아뇨, 직업은 없습니다. 제대로 직장을 가져본 적이 없죠. 몸이 약하기도 하지만, 일이라는 것에 통 마음을 붙이지 못해서… 평소엔 제 카드를 쓰죠."

형의 카드로 쓸모없는 사다리를 사서, 형의 집에 맘대로 설치한다. 꽤나 제멋대로인 동생이다. 동생은 사다리를 집에 설치하고 '야곱의 사다리'라 이름 붙였다고 한다. 유대 신화에 나오는 천국으로 가는 사다리다.

"사다리는 인간이 하늘로 걸어가기 위해 만든 물건이다… 그렇게 설명하더군요. 사다리라는 게 대개 위로 올라가기 위해 쓰기도 하고, 보통 점심 내기 사다리 타기 따위를 할 때도 아래에서 위로 그어가는 방식으로 타지 않습니까? 사다리를 타고 올라갈 때도 왼발 위로, 오른발 위로, 이런 식으로 교차해서 올라가는데, 이것이 하늘을 향해 걷는 거라고… 하늘을 향해 걷고자 하는 인간의 욕망이 사다리를 만든 거라고, 그렇게 말하더군요."

흥미롭지만 그리 신선하지는 않은 견해, 딱 그 정도다.

"그런데 사다리라는 건 결국 허공에 서 있을 수는 없으니까요. 지면이든, 벽이든 어딘가에 기대거나 고정해야 하죠. 그러니까 저 사다리는 그런 거라고 하더군요. 사다리를 사용하기 위해서는 천장에 고정해야 하지만, 그 천장이 있기에 사람은 더 나아갈 수 없다… 사다리는 인간의 갈구, 갈구한 끝에 맞닥뜨린 현실, 그런 모순적 관계라고….."

그런가. 땅에 갇혀 있다는 걸 알지만, 하늘로 올라가고 싶어하는 마음, 더 좁게는, 집이라는 이 작은 상자 밖으로 나가고 싶은 마음과 그것이 불가능하다는 걸 아는 마음. 혹은….

야옹.

고양이 울음소리가 상념을 깬다. 하얀 털이 덥수룩한 고양이가 통통한 몸을 제습기 박스 안에 누이고 느긋하게 이쪽을 보고 있다.

"아아… 저 박스를 워낙 좋아해서요, 버리지도 못하고 그냥 고양이 자리로 쓰고 있습니다."

"아, 예에….."

"뭐, 고양이랑 마찬가지 아닌가, 그렇게 생각하고 있습니다. 고양이에게 무슨 쓸모가 있어서 데리고 있는 것은 아니니까요. 사다리도 동생에게는 고양이 같은 것이었겠죠."

고개를 끄덕이긴 했지만 제대로 납득이 간 것은 아니다. 기묘하다. 이 남자의 동생에 대한 태도는. 뭐랄까, 동생을 좋게 평가하기는 힘들지만, 나쁘게 말하기에는 심리적 저항감이 있다는 듯한 태도다. 그것만이 아니다. 동생을 이해할 수 없다는 태도와, 동질감을 느끼는 듯한 분위기가 말에 섞여 있다. 억지로 공감하고 있다… 그런 느낌이다. 남자는 말을 이었다.

"그 후로는 집에서 도통 나가지도 않고 사다리만 처다보고 앉아 있었죠. 매료되었다고 할까요, 중독되었다고 할까요. 딱 그런 느낌이었습니다. 불안한 눈으로 때로는 고양된 표정으로, 때로는 원망스럽게… 네, 말 그대로 사다리를 타고 하늘로 올라갈 수 없는 것을 괴로워하는 것 같았죠. 이상하죠? 야곱의 사다리가 어떻고, 인간의 욕망이 어떻고 해봤자 결국 자기가 만들어낸 설정인데, 그 설정에 스스로 그렇게까지 몰입한다는 게 저로서는… 그러더니 결국….”

“오르기 시작했군요.”

“…네, 오르기 시작했죠. 처음엔 끝까지 올라가 봤다가 내려오는 것의 반복…이었습니다만, 나중엔 맨 위에서 명상이라도 하듯이, 아니, 매미처럼 달라붙어 있더군요. 그러다 점점 달라붙어 있는 시간이 길어졌습니다.”

남자는 사다리를 다시 바라보았다. 어떤 기분이었을까. 퇴근하고 집에 들어오면, 동생이 매미처럼 벽에 붙어 있다. 출근하러 나갈 때는, 등 뒤에서 매미처럼 들러붙은 동생이 배웅 인사를 한다. 결코 익숙해질 것 같지 않은 풍경이다. 머리에 식은 땀이 맺혔다.

“아, 이런 죄송합니다. 더우시죠?”

남자는 일어나서 에어컨 리모컨을 찾아 집어 들더니, 모드를 제습에서 냉방으로 바꾸었다.

“누수 때문에 혹시나 해서 제습 모드로 틀어둘 때가 많거든요. 손님이 오신 건 오랜만이라 깜빡했습니다."

"예… 아니, 괜찮습니다. 저, 그… 동생분은 언제까지 그런 행동을?"

남자는 난처한 표정을 짓더니 스마트폰을 꺼내 영상 하나를 틀어 보여주었다.

"이건 말로 설명해드리는 것보다 영상으로 보여드리는 게 나을 것 같네요."

영상은 스마트폰으로 찍은 것 같았다. 천장에 매달린 동생이 보인다. 매달려 있다기 보다는 머리를 천장에 들이밀고 있다. 머리로 천장을 밀고 있다. 천장을 뚫고 올라가려는 것처럼, 아니면 천장 속으로 들어가려는 것처럼. 보고 있으면, 마치 진짜로 들어갈 수 있어서 그러는 것처럼 느껴질 정도다. 그의 행동을 말리는 형의 목소리도 영상에 담겨 있다. 동생은 들은 척도 하지 않다가, 고개를 홱 돌리고 욕설을 뱉어낸다. '닥쳐, 넌 아무것도 몰라. 넌 나가서 일이나 해.' 그리고 다시 머리로 천장을 밀어낸다. 술이라도 마신 듯, 혹은 약이라도 한 듯 눈빛도 표정도 제대로 된 상태가 아니다. 남자는 한숨을 내쉬며 스마트폰을 내려놓았다.

"이날이 마지막이었습니다."

"그 후로…"

"네, 사라져 버렸죠."

행방불명이 아니라 사라졌다는 표현. 뉘앙스가 다르다. 남자는 천장의 얼룩을 바라보고 있다.

"그 후로는 어떻게 하셨습니까?"

"우선은 실종신고를 했죠. 경찰이 수색에 크게 신경을 쓰는 것 같지는 않았습니다. 성인 남성의 실종은 자의적 가출이 대부분이라면서요. 동생이 심각한 상태라는 걸 알리기 위해 이 영상도 보여주었지만, 소용은 없었습니다."

"그래서 이 집을 사셨군요."

원래 형제는 이 집에 전세로 살고 있었다고 한다. 동생이 행방불명된 후 형이 이 집을 매입했다. 오 년짜리 고금리 대출을 받아서까지.

"예, 어찌 될지 모르니까요. 동생이 돌아오기 전까지는 이 집에서 기다려야 하니…."

집주인이 집을 어떻게 처분할지도 모르고, 임차인 입장에서는 언제 내쫓길지 모르니 안심이 되지 않아서 집을 사버렸다는 얘기다. 거기까지는 납득이 간다. 하지만 사다리는….

"동생이 어디로 갔다고 생각하십니까?"

"글쎄요… 친구도 없고, 갈 곳도 딱히 없을 거라고 생각되는데…."

남자는 천장의 얼룩에 시선을 고정한 채로 뭔가 중얼거리다가 말을 이었다.

"미친 사람처럼 보일지 모르지만…."

"아니오, 이해할 것 같습니다. 어떤 상상을 하셨을지."

남자는 쓴웃음을 지었다.

"어쩌면, 동생은 성공한 것이 아닐까… 그런 생각이 들 때가 있습니다. 천장을 뚫고 올라가는 데 성공한 것이 아닐까, 저 누수는 그러니까 저 붉은 물은 그런 동생의 흔적이라고… 그런 생각이 들 때가 있어요."

"그래서 사다리를 치울 수 없었군요."

"네, 동생은 사다리란 올라가기 위해서만 있는 것이라고 말했지만 저는 완전히 동의할 수는 없습니다."

또 저런 말투다. '완전히 동의할 수는 없다.' 마치, 마음속으로는 반대하지만 이성이 막는 것 같은 느낌이다.

"사다리는… 내려오는 것이기도 하죠."

"네. 동생이 내려오려면, 사다리가 필요하니까요."

나는 고개를 끄덕였지만, 내심으로는 그 말에 동의하지 않았다.

사다리를 그대로 둔 것은 동생을 위해서가 아니다. 이 남자도 사다리에 매료되었다. 저 사다리는, 일종의 '기념품'이다. 예의 바르고, 조리 있게 말하지만 이 남자는 미쳤다. 이 남자는 동생을 닮아가고 있는 게 아니라, 동생이 '되려' 하고 있다. 왜냐면.

"개명을 신청하셨다고 들었습니다."

"예⋯."

"동생과 똑같은 이름으로요."

"네, 동생을 잊지 않기 위해서⋯."

"한 가지 시시한 것을 여쭤보아도 괜찮을까요?"

"아, 네. 물어보시죠."

"형을 미워하시나요?"

"아뇨, 이제는⋯!"

남자가 눈을 부릅떴다. 날 쳐다보는 그 얼굴에 의혹이 서려 있었다.

"실은 그냥 상상이었을 뿐입니다. 아무래도 이상하더군요. 당신들 형제의 관계가. 그리고 아까 영상에서 들은 말투도 그래요. 도저히 동생이 자길 보살펴주는 형을 대하는 말투 같지가 않았어요. 그래서 혹시 이런 게 아닐까 하고, 생각이 떠오른 참에 던져본 겁니다."

남자는 눈도 깜빡이지 않고 듣고 있었다.

"일하기 싫어하는 동생, 그 동생을 위해 생활비를 벌어오는 형, 여기까진 이해할 수 있습니다. 하지만 동생이 자기 카드로 기행을 부려도 막지 못하는 형, 자기 집에 기묘한 물건을 설치해도 뜯어내지 않는 형⋯ 굉장히 우애가 깊다면 그럴지도 모르죠. 하지만 도저히 그렇게 우애가 깊어 보이진 않더란 말입니다. 심지어 선생님에게서는, 그 '동생'에 대한 불만이 느껴졌죠. 그래서 상상해 봤습니다만, 이런 관계가 유지되려면 뭐가 필요할까… 예를 들어 폭력. 근데 외형만으로도 이건 아닐 것 같았죠. 그 반대라면 모를까요. 그렇다면 협박인가? 동생만이 알고 있는 비밀이 있어서, 그 비밀을 쥐고 평생 형을 부려 먹고 있다? 이것도 좀 이상합니다. 도대체 그 정도로 써 먹을 수 있는 엄청난 비밀이 뭐냐는 건 둘째치더라도요. 살면서 그 정도의 협박으로 쥐어짜였다면 동생이 정말 미웠을 테니까요. 정말로 그렇다면 동생이 사라져서 후련하다고 생각할 법도 한데, 그렇지 않더란 말이죠. 그래서 아예 다른 방향으로 생각해 봤습니다. '태어날 때부터 원래 이런 관계였다'라고 말이죠. 형과 동생의 관계를 뒤집어 보니 별로 이상한 일도 아니더군요."

"하지만… 신원을 속일 수는…."

남자의 목소리가 떨린다.

"열여섯 열일곱 살에 부모님이 돌아가시고 학교를 그만두었다고 했죠? 그렇다면 아직 주민등록증을 발급받기 전이었겠군요. 지문이 등록되기 전이라는 말이죠. 형이 열여덟 살이 되던 해, 당신은 형을 대신해 주민등록증을 발급하러 갔습니다. 형보다 일찍 어른이 된 거죠. 물론 형이 시켜서 한 일입니다."

"그런 짓을 할 필요가…."

"돈을 벌려면, 제대로 직장을 잡으려면 신원 증명이 필요합니다. 학생증 따위로는 약하죠. 주민등록증이 필요해요. 하지만 형은 일하기 싫었으니, 동생을 빨리 취직시키기 위해 먼저 주민등록증을 받게 한 겁니다."

남자가 몸을 부르르 떨었다.

"부모를 잃었을 땐 둘 다 아직 어린 나이였어요. 형이라는 존재는 당신에게 마지막으로 의지할 수 있는 존재였겠죠. 실제로 도움이 되지는 않아도, 마음이 의지할 곳. 혹은…"

남자의 어깨가 축 처졌다. 반론할 생각도 없는듯하다. 이 남자는 예의가 바르기만 한 게 아니다. 수동적이고 약한 남자다.

"당신이 뭘 해야 할지 정해주는 사람."

"…"

"이름을 빼앗기고, 돈을 벌어오고, 그렇게 십 년을 살아왔겠죠. 어른이 되었을 때 당신은 그런 관계에서 벗어날 수 있는 조건을 갖추었지만, 끝내 벗어나지 못했어요. 경로의존성이란 말이 있죠. 관성이라고 할까요? 살아온 대로 살아가는 것에서 안정을 느꼈다고 표현할 수도 있겠군요."

"…"

"그런데 그 경로에 저 야곱의 사다리가 등장한 겁니다."

"…"

"사다리는 내려오기 위해서도 존재한다. 땅으로 돌아오기 위해서도 존재한다…. 인상적인 표현이었습니다. 당신은 그래서, 땅으로 돌아오는 데 성공했군요. 원래대로 자신의 이름을 되찾는 데에 말이죠."

"…."

"선생님."

"…."

"아까 그 영상."

"…."

"어째서 찍은 거죠?"

가족이 난동을 부리는데 그것을 말리면서 스마트폰으로 촬영한다. 아무리 생각해도 어색한 장면이다. 생각할 수 있는 이유는 하나뿐이다. 증거를 확보하기 위해, 무슨 증거?

"동생이 심각한 상태라는 걸 알리기 위해 경찰에 보여주었다고 했지만, 실은 동생이 별다른 이유 없이 가출할 만한 정신 상태라고 어필하는 게 진짜 목적 아니었습니까?"

대답이 없다.

"선생님."

"…."

"제습기는 어디에 있습니까?"

"…!"

남자의 눈에 경악이 깃든다.

"아까 그렇게 말씀하셨죠, 고양이가 제습기 박스를 마음에 들어 해서 어쩔 수 없이 놔두셨다고. 그 말은 애초에 제습기 박스 자체가 따로 필요해서 가져온 게 아니란 이야기입니다. 당신이 필요해서 가져왔던 건 제습기였고, 박스는 그저 딸려 왔을 뿐이죠. 그런데, 아까 그러셨죠? 항상 에어컨을 제습 모드로 틀어두고 있다고. 제습기를 쓰는 게 아니라요."

남자의 얼굴이 마치 사정하는 듯한 표정이 되었다. 더 말하지 말아 달라고. 하지만 그럴 순 없다. 나는 천장의 붉은 자국을 가리켰다.

"누수는, 지붕이 아니라 천장 안에서 일어나고 있는 것 아닙니까? 천장 안에 틀어둔 제습기에서요."

남자가 힘겹게 입을 연다.

"천장 안에… 왜…."

"미라의 부패를 막기 위해서겠죠."

"…."

"당신의 형은 박제에도 취미가 있었다고 했죠. 집에 사다리를 설치할 정도로 기인이니, 작은 동물을 박제하는 작업 따위도 했을 겁니다. 한집에 살면서 당신이 그 작업을 못 볼 수는 없었겠죠. 박제라는 게 어떻게 만들어지는 건지 눈앞에서 배울 수 있었을 겁니다."

"…."

"당신은 형이 난동 부리는 영상을 찍어둔 뒤, 형을 죽였습니다. 형을 인생에서 치우고 빼앗긴 이름을 되찾기 위해서요. 문제는 그다음이죠. 시체가 남습니다. 시체를 집안에 그냥 두면 부패 때문에 결국 냄새가 나서 이웃의 신고를 당할 가능성이 높습니다. 그렇다고 토막을 내거나 해서 버리는 것도 위험합니다. 어디선가 시체가 발견되면 곧바로 수사가 들어오겠죠. 그래서 당신은 시체를 미라로 만들었습니다. 천장 속에 숨긴 뒤, 혹시 몰라서 제습기를 사용해 부패를 막았죠. 그대로 계속 숨겨만 두면 의심받을 가능성은 없습니다. 형은 집을 나가서 계속 실종 상태일 뿐이니까요. 하지만 그러려면 이 집에 계속 살아야 합니다. 그래서 당신은 무리해서 이 집을 샀죠. 오 년짜리 고금리 대출까지 받아서요. 사실 제가 선생님을 의심하게 된 결정적인 계기는 이 오 년짜리 대출입니다. 왜 오 년일까요? 길게 십 년짜리도 아니고, 이자 부담이 덜한 단기 대출도 아닌. 답은 간단합니다. 정확히 오 년 뒤에 갚을 수 있기 때문이죠."

"…."

"보험금. 맞죠?"

남자가 나지막이 신음을 흘렸다.

"실종된 상태로 오 년이 지나면, 제도적으로는 사망 판정을 받습니다. 그때가 되면 사망 보험금을 받을 수 있겠죠."

"…."

"사다리를 왜 그대로 두셨습니까?"

남자는 사다리를 바라보았다. 애원하는 것 같은 표정으로. 알 것 같다. 형이 사라진 후, 이 남자는 사다리에 의지했다. 아니 어쩌면, 사다리에 의지할 수 있었기에 형을 죽일 수 있었을지도 모른다. 이 남자는 평생 홀로 설 수 없다. 평생, 돌아갈 수 없다.

"선생님."

남자가 물기 어린 눈으로 나를 바라보았다. 눈과 눈이 마주친다. 입이 근질거린다. 이렇게 말하면, 너무 잔인한 걸까. 결국 입 안에서 맴돌던 말을 하고야 말았다.

"선생님을 구원할 사다리 같은 건 없습니다."

애매한 히어로

나에겐 특별한 능력이 있다. 정말로 특별한, 남에게 없는 그런 능력이. 그 특별한 능력이란 바로 타인의 죽음을 미리 알 수 있는 능력이다. 나에게 그런 능력이 있다는 사실을 깨닫게 된 것은 어린 시절의 일이다. 그날 나는 할아버지의 임종을 지켜보고 있었다.

할아버지는 중환자 병실에서 호흡기를 끼고 있었고, 나는 어른들과 함께 그 주위를 둘러싸고 있었다. 그렇게 둘러싸고 서있는 것에 대체 어떤 의미가 있는지는 잘 몰랐지만, 공간을 휘감은 숨 막힐 듯한 분위기만큼은 확실히 알 수 있었다. 나는 지루함을 드러내지도 못하고, 그 자리를 떠날 생각도 하지 못한 채 멍하니 할아버지의 표정 없는 얼굴만 바라보고 있었다. 그러던 중 갑자기 할아버지의 머리 위에 빨간색의 숫자가 나타났다. '5'라는 숫자가. 그 숫자는 뭔가 경고하듯 깜빡거리고 있었다. 나는 당황해서 주위를 둘러보았지만, 어른들은 누구도 그 숫자의 존재 자체를 눈치채지 못하는 것 같았다. 다시 할아버지의 머리 쪽을 쳐다보니, 숫자는 어느새 '4'로 바뀌어 있었다. 나는 그 순간에 직감했다. 그것이 할아버지의 남은 수명임을. 자신의 능력에 대해 이해하는 데는 시간이 그리 많이 걸리지 않았다. 하지만 딱 거기까지였다. 5초 뒤에 죽을 사람이 누구인지 알 수 있다. 그것뿐이었으니까.

이 능력에 다른 가능성이 있다는 사실을 깨달은 것은 열두 살 때였다. 가족들과 함께 놀러간 바닷가에서였다. 부모님은 파라솔 밑에서 수박을 자르고 있었고, 나는 얕은 바닷물에서 조개를 주우며 혼자 놀고 있었다. 그러다가 좀 더 깊은 바다, 그 안쪽의 신기한 생물을 발견했다. 아주 작은 문어였다. 그것은 흔히 수족관 따위에서 본 것들과는 전혀 달랐다. 작고 예뻤다. 신비한 빛의 파란 고리 모양이 온몸에 박혀 있었다. 어딘지 불길하지만 예뻐 보였다. 어린아이들이라면 보통 그런 행동을 할 것이다. 나는 그것을 주워들기 위해 좀 더 안쪽으로 다가갔다. 그때, 바닷물 표면에 빨간 숫자가 비쳤다. 나는 그것이 내 머리 위에 있다는 사실을 깨닫고 놀라 멈칫했다. 그러자 그 순간, 숫자가 사라졌다. 상황을 정확히 이해한 것은 아니었지만, 나는 일단 하려던 행동을 멈추고 바다에서 빠져나왔다. 화장실로 가서 거울을 확인했다. 머리 위에 숫자는 역시 없었다. 시간이 조금 지나고 나서, 나는 그 신기한 문어가 파란고리문어라는 이름의, 맹독을 가진 생물이라는 사실을 알게 되었다. 그랬다. 그 문어를 만지려 들었을 때, 나는 죽을 운명이었다. 하지만 내가 그 행동을 멈추자 숫자가 사라졌다. 그제야 나는 깨달았다. 내 눈에 비치는 죽음의 운명은, 정해진 불가변의 미래가 아니다. 바꿀 수 있다. 나는 깨달았다. 나는 죽음을 미리 알고 막을 수 있다. 한창 히어로 만화에 빠져 있던 시기였다. 나는, 히어로가 될 수 있다.

그 후로 나는 수많은 상황을 가정하고 연구를 거듭했다. 죽음까지 5초 남은 사람을 살려내는 방법에 대해서. 제일 처음 떠올린 것은 할아버지의 죽음이었다. 그 상황에서 내가 뭔가 할 수 있었을까? 여러 가지 고민을 해봤지만, 병사를 5초 내에 막을 수 있는 방법은 없다. 그렇게 결론 내렸다. 거기서부터 시작해, 죽음의 수많은 케이스에서 인위적으로 막을 수 없는 상황들을 하나씩 제거해나갔다. 예를 들어 천재지변, 폭탄 테러, 음독한 사람, 감전사 등등. 하나하나 지우고 나니 딱 한 가지 케이스만 남았다. 움직임에 의한 사망. 예를 들어, 철길에서의 사망이나 교통사고 같은 경우. 움직이는 사람에게 죽음의 카운트가 뜨면 그 움직임을 멈추면 된다. 멈춰 있는 사람에게 카운트가 뜨면 그를 움직이게 하면 된다. 이것이 5초 안에 사람을 살릴 수 있는 가장 가능성 있는 방법이다. 이 사실을 깨달았을 때, 나는 정말 기뻤다. 영화에 나오는 것처럼 화려하지는 않지만, 사람을 구할 수 있다. 히어로가 될 수 있다.

하지만 스무 살이 될 때까지도 나는 히어로가 되지 못했다. 죽기 5초 전인 사람을 만나지 못했기 때문이다. 내 생각은 지나치게 안이했다. 지나치게 낭만적이었다. 한 사람이 평범하게 도시에 살면서 시체를 마주칠 확률조차도 많지 않은데, 죽기 5초 전인 사람을 마주칠 확률이 대체 얼마나 된다는 말인가. 열 살만 더 많았더라면, 나는 그 시점에서 히어로가 되기를 포기했을 것이다. 하지만 나는 그러지 않았다. 생각했다. 끊임없이 생각했다. 그러다 어느 날 깨달았다. 불규칙적이지만 사망사고가 많은 장소. 그런 장소를 찾으면 된다. 특히 자살 명소로 알려진 곳들. 나는 여러 장소를 물색했고 하나하나 검토했다. 사람이 많고 사고가 일어날 확률이 높으며, 지나치게 넓어서 제때 대응하기 어렵지도 않은 곳. 결론은 금방 나왔다. 지하철역이었다.

그 해는 서울 지하철 스크린도어 공사가 막바지에 접어든 시기였다. 스크린도어가 설치되지 않은 지하철역은 세 개 뿐. 한 해에 지하철 투신자살은 평균 서른세 건 정도였다. 그해에도 서른세 건이 일어난다고 가정했을 때, 세 개의 역으로 나누면 11.5건. 열두 달로 나누면 거의 한 달에 한 건꼴이다. 계산이 나왔다. 사람이 가장 많이 뛰어들만한 곳을 골라 한 달만 지켜보면, 반드시 기회가 올 것이다. 그날부터 나는 매일 새벽부터 지하철역으로 가서 막차가 끊길 때까지 플랫폼 중앙에서 기다렸다. 누군가에게 죽음의 카운트다운이 뜨기를. 생각보다 그 기회는 빨리 오지 않았다. 한 달째에도, 두 달째에도 아무 성과가 없었다.

세 달째가 되었을 때 이변이 일어났다. 몇 달 동안 플랫폼에서 하루 종일 서성이는 수상한 남자가 있다는 신고를 받고, 경찰이 출동한 것이다. 그 수상한 남자란 바로 나였다. 뭘 하고 있었냐는 경찰의 말에 나는 제대로 대답하지 못했다. 마음에 거리끼는 게 있었던 건 아니지만, 사실을 말해도 믿어줄 리가 만무하기 때문이다. 한참을 머뭇거리자 경찰은 일단 역무실로 가자고 나를 잡아당겼다. 어쩔 수 없다. 잠시만 시간을… 그 순간, 20미터쯤 떨어진 곳에 서 있던 한 남자의 머리 위에 숫자가 떴다. 5. 지금이다. 닿을 수 있다. 나는 거의 본능적으로 그 자리를 박차고 뛰었다.

그 순간, 땅이 위로 올라오며 얼굴로 돌진했다. 코가 단단한 바닥에 부딪혔다. 팔로 땅을 지탱하고 뒤를 돌아보니, 역무원이 내 다리를 붙잡고 늘어져 있었다. 무슨 일인지는 바로 이해할 수 있었다. 내가 도주하려 한다 생각하고 순간적으로 붙잡은 것이다. 순간, 내 머릿속에서 카운트다운에 대한 생각은 까맣게 사라지고, 대신 날 쓰러트린 이 아둔한 멍청이를 향한 분노로 가득 찼다.

그날 나는 경찰에게 의미 없는 조사를 받고 아무 일 없이 풀려났다. 딱히 범죄를 저지르지도 않았으니 조사할 건덕지가 없었을 뿐더러, 한 남자가 전철에 뛰어들어 자살하는 바람에 내게 신경 쓸 경황도 없었기 때문이다. 그렇다 해도 다시 지하철 감시를 계속할 엄두는 나지 않았다. 역무원들의 감시가 붙을 것이 뻔하고, 실랑이가 있을지도 모른다. 경찰을 부를 가능성도 상당히 높다. 어쩌면 이미 내 얼굴이 전 역사에 다 깔렸을지도 모른다. 나는 집에 틀어박혔다.

집에 틀어박혀서 절망에만 매달렸던 것은 아니다. 나는 그날의 어떤 장면에 대해서 생각하고 있었다. 역무원이 나를 쓰러트렸을 때, 그는 선로 방향으로, 나는 반대 방향으로 넘어져 있었다. 잘만 하면, 그대로 걷어찼더라면, 역무원은 선로로 굴러 들어갔을지도 모른다. 그리고 나는 분명히 걷어차려고 했다. 순간적으로 역무원의 머리 위에 '4'라는 숫자가 떠오르지 않았다면 정말 실행했을지도 모른다. 그때 내 머리를 가득 덮고 있던 것은 분명 살의였으니까. 그것이 무슨 의미였을까. 숫자는 반드시 5에서 시작하지만은 않는다. 죽을 가능성이 생긴 순간, 요컨대 살의가 작동한 순간이라면, 5초보다 죽음까지 적게 남았더라도 남은 시간의 카운트다운은 뜬다. 곰곰이 생각했다. 이게 무엇을 의미하는지. 그리고 깨달았다. 카운트다운이 뜨면 죽는다. 뜨지 않으면 죽지 않는다. 다시 말해 내가 살의를 가졌을 때 카운트다운이 뜬다는 것은, 죽일 수 있다는 것이다. 반대로 뜨지 않는다면, 죽일 수 없다는 뜻이다. 이 능력은 내가 5초 안에 죽일 수 있는 상대와 죽일 수 없는 상대를 가르쳐주는, 살인 카운트다운이기도 한 것이다.

물론 그렇다고 해서 그날부로 갑자기 살인귀로 돌변한다거나 하는 일은 없었다. 여전히 나는 사람을 살리기 위해 이곳저곳을 찾아다녔다. 위험한 곳, 사람이 죽을만한 곳, 그런 곳만을 찾아 돌아다녔다. 그러면서 아무도 죽지 않는다는 사실에 초조해했고, 분노하기도 했다. 시간이 지나고 나이를 먹으면서 그 초조함은 더 커져갔다. 그러다 어느 순간, 마흔 살이 되었다.

이십 년 넘게 그 누구도 구하지 못하고 정신적 피로만 가득 쌓인 채, 내가 새롭게 정착한 곳은 등산 모임이었다. 험하고 위험한 산을 주로 다니는. 나는 그 모임에 필사적으로 나가며 사람들의 머리 위를 초조하게 체크했다. 이미 히어로가 되고 싶다거나 하는 그런 낭만적인 욕망은 사라진지 오래였다. 오히려 내게 남은 것은 강박증에 가까웠다. 나만이 가지고 있는 이 대단한 능력을, 여지껏 한 번도 제대로 사용하지 못했다는 사실에 대한 분노. 평범한 남들과 다른 특별한 내가, 그 특별한 일을 단 한 번도 하지 못했다는 사실에 대한 분노. 그리고 어쩌면 죽을 때까지 사용하지 못할지도 모르겠다는 예감에 따른 초조함.

등산 모임에는 나보다 한두 살 많은 여자가 하나 있었다. 허약하고, 실수도 많은 몸치 여자. 그 여자라면 언젠가 발을 헛디딜지도 모른다. 언젠가 잘못 넘어져 추락할지도 모른다. 그런 기대감을 안고 나는 언제나 그 여자에게 꼭 붙어 다녔다. 그렇게 계속 다니다 보니, 마치 내가 그 여자에게 다른 관심이 있는 것처럼 보였던 모양이다. 모임 사람들에게는 나와 그녀가 이상한 관계라는 소문이 퍼졌다. 불륜에 관대한 모임 분위기가 아니었다면 쫓겨났겠지만, 오히려 그들은 나와 그녀가 같이 있도록 배려해주었다. 그 덕에 우리 두 사람은 언제나 일행의 눈에 보이지 않는 맨 후미를 걷게 되었다. 그녀도 그것이 싫지 않은 듯, 나에게 점점 더 달라붙어 왔다. 다행이었다. 나만이 이 여자를 살릴 수 있다. 나는 그 관계를 유지하기 위해, 그녀에게 호감을 적극적으로 표시했다. 그리고 때때로 산행을 마치고 그녀를 안았다. 그렇게 일 년이 흘렀다. 하지만 그녀에게는 여전히 카운트다운이 뜨지 않았고, 나는 그녀와의 관계를 유지하기 위해 신경 쓰느라 완전히 지쳐 있었다. 그 아무 매력도 느껴지지 않는 목석같은 몸을 억지로 안고, 내키지 않는 밀어를 속삭이는 데 지쳐 있었다. 그리고 도통 죽을 위기에 처하지 않는 그녀에게 점점 분노를 느끼기 시작했다. 그 분노가 정점에 달했던 것은, 절벽에 가까운 좁은 돌계단을 오르던 때였다. 그날도 우리는 맨 후미에 있었고, 일행은 좀 더 위쪽을 올라가고 있었다. 그녀는 그 위태로운 곳에서 내 팔짱을 끼고 찰싹 붙은 채 이인삼각이라도 하듯이 힘겹게 걸어오르고 있었다. 그러던 중 그녀가 속삭였다. 남편과 이혼하기로 했다고. 나는 순간 멍해졌다. 이게 무슨 소리인가. 이 여자는 무슨 말을 하는 건가. 내 목적은 이루지도 못했는데, 이 여자는 무슨 소리를… 그리고 분노가 정점에 달했다. 나는 나도 모르게 고개를 홱 돌려 그녀를 노려보았다. 그녀는 내 눈빛을 오해했는지, 살며시 눈을 감았다. 그 순간, 나는 그녀의 머리에 뜬 '5'를 보았다. 죽일 수 있다. 지금이라면. 이 짜증 나는 짐을 버릴 수 있다. 나는 그녀를 힘껏 발로 밀어냈다. 외마디 비명을 지르며 그녀는 날려가 굴러떨어졌다. 이리저리 나무에 부딪히며, 보이지 않는 곳으로 사라져갔다. 그렇게 날려가는 그녀를 지켜보며 내가 느낀 것은 살인에 대한 죄책감도, 그동안의 노력이 보상받지 못했다는 자괴감도, 하다못해 드디어 나만의 능력을 제대로 사용했다는 후련함도 아니었다. 내가 그 순간 느낀 것은.

의문이었다. 아주 거대한 의문. 나는 거대한 물음표에 지배당했다. 왜냐하면, 그녀가 발에 차여 날려가는 순간, 카운트다운이 사라졌기 때문이다. 그 물음표에서 벗어나기도 전에, 어떤 진동이 느껴졌다. 발이 닿은 돌계단에서, 손이 잡고 있는 암벽에서, 그것은 좀 더 위쪽에서 시작된 것 같았다. 나는 고개를 들어 위쪽을 바라보았다. 그리고 지금까지 신경 쓰지 않고 있던, 앞서가는 일행들의 머리마다 떠 있는 '2'라는 숫자를 보고 말았다. 아아, 그런 거였나, 그 카운트다운은. 나는 붕괴하여 떨어지기 시작하는 암벽에 시선을 맡긴 채 체념하고 말았다. 나는 산사태 속에서 불륜 상대를 떠밀어 내 구하고 죽은, 로맨틱한 불륜남으로 기억에 남겠지. 인생의 마지막, 죽기 5초 전에야 나는, 뜻하지 않게 애매한 히어로가 된 것이다. 일생의 대부분을 열망한 일이었건만, 어째서인지 전혀 기쁘지 않았다. 남은 것은 그저 허무함뿐이었다.

눈치 없는 로맨스

아침부터 비가 많이 오네요. 투둑투둑, 하는 소리가 쉴 새 없이 나고 창밖은 어둑어둑, 하고. 서늘하면서 어딘가 습한, 이런 풍경을 보고 있으면 왠지 '일요일이구나…' 하게 돼요. 그렇지 않아요? 일요일 아침이라는 건 어쩐지 이런 느낌이잖아요. 그런 생각을 하고 나면 어쩐지 남자친구에게 전화를 하고 싶어져요. 남자친구와의 첫 추억이 생긴 날도 이렇게 비가 오는 일요일 아침이었거든요. 전 그날을 '네모난 일요일'이라고 불러요.

남자친구 이름은 욱이라고 해요. 사실은 그 일요일 아침이 되기 전부터 알고 지내는 사이긴 했어요. 알고 지낸다고 해봤자 따로 만난 적도 없고, 이름을 부르는 데 서먹함은 없지만 딱 그 정도였죠. 그 왜, 남들이 누구냐고 물으면 친구라고 대답할 정도까진 되지만, 사실 친구라고까지는 생각하지 않는 정도의 관계. 아시죠?

그날도 아침부터 비가 왔어요.

하필이면 그날 집에 먹을 게 똑 떨어졌는데, 장을 보러 나가기는커녕 가까운 편의점에 가기도 망설여지는 정도의 비였죠. 배달이라도 시킬까 했지만, 이렇게 비가 오는 날씨에 배달을 시키기는 아무래도 꺼려지더라고요. 그래서 그냥 이불 속에서 뒹굴거리면서 참았죠. 그러다 정오가 가까워졌을 즘, 그러니까 딱 이맘때였던 것 같네요. 거짓말 같이 비가 그치고 해가 쨍쨍하더라고요. 얼른 전화기를 붙잡고 배달 앱을 켰죠. 뭘 시켰는지도 기억해요. 쫄면과 고기만두, 김치만두. 사실 양이 너무 많기는 하지만, 아침을 배고프게 보냈더니 왠지 많이 시키고 싶더라고요. 보상심리랄까? 그러고 나서 사십 분쯤 기다렸을까… 뭐하면서 기다렸냐고요? 책을 읽었다고 말하고 싶지만 사실은 창가에 귀를 대고 오토바이 소리를 기다리고 있었던 것 같아요. 하여간 그 사십 분 후에 오토바이 소리 비슷한 것이 나고, 좀 더 있다가 벨이 울렸어요.

엘리베이터가 있긴 하지만 우리 집은 14층이라 약간은 시간이 걸렸죠. 부스스한 머리에 눌린 얼굴로 얼른 뛰어나갔는데, 배달음식을 들고 문 앞에 서 있는 사람이 글쎄, 욱이였던 거예요. 둘 다 흠칫해서 할 말을 잃고 서 있었죠. 먼저 말을 꺼낸 건 욱이였어요.

"저… 여기… 쫄면…."

"네, 아니, 으응."

봉지를 받아드는데 검지손가락이 살짝 스쳤어요. 또 움찔.
기분이 너무 이상한 거예요. 어쩌지? 평소처럼 얼른 문을 닫고
들어갈까? 아니, 그래도 인사는 해야… 뭘 말할까 망설이다 결
국 굉장히 이상한 말을 해버리고 말았어요.

"저기, 그, 들어와서, 같이 먹고 갈래?"

순간 욱이의 눈이 동그래지더니, 갑자기 뿌하하, 하고 웃어
버리더라고요. 저도 모르게 따라 웃었죠. 스스로 생각해도 굉
장히 이상한 말이었거든요. 그렇게 한바탕 웃어버리고 나니,
긴장이 싹 풀렸어요.

"아니, 이제 다른 데 배달 가야지. 여기 살아?"

"응. 우리 집. 다음에 놀러와."

"그래. 이만 가볼게."

욱이가 엘리베이터로 향하자, 저는 얼른 앞질러 뛰어가서 엘
리베이터 버튼을 눌러주었어요. 이상한 장면이죠? 배달음식을
손에 들고 엘리베이터 앞에서 라이더를 배웅하는 여자. 문이
닫힐 때쯤.

"너, 집에 있을 때는 귀엽네."

순간 얼굴이 확 달아올랐어요. 으악, 으악! 얼른 창가로 뛰
어가서 밖을 내다보았죠. 밖에는 회색의 경차 한 대가 서 있었

어요. 욱이가 곧 차에 올라타고, 시동이 걸리는 소리가 나더니 차가 떠났죠. 그 아이가 떠나고 나니 어딘가 섭섭한 것 같기도 하고 기쁜 것 같기도 한 묘한 감정이 남더군요. 그 차가 있던 땅에 남은 네모난 마른 자국이 마치 그 아이가 두고 간 작은 감정인 것처럼 느껴져서 설레였어요. 나도 모르게 사진을 찍었답니다. 그 네모난 황토색 자국을. 그 아이와 사귀게 될 때까지는 그 후로도 시간이 꽤 걸렸지만, 아마도 우리의 진짜 첫 시작은 그때부터였을 거예요.

➤━

부끄러운 죽음은 싫어

진공청소기로 할 수 있는 일이 얼마나 많은지 알면 아마 누구나 놀랄 것이다. 예를 들어, 진공청소기가 청소할 수 있는 것은 바닥만이 아니다. 공중을 날아다니는 벌레들도 청소할 수 있다. 파리, 날벌레 등 어지간한 벌레들은 진공청소기를 가져다 대면 자연스럽게 빨려 들어간다. 바퀴벌레 같은 경우도 바람이 부는 방향에 따라 움직이는 본능이 있기 때문에 진공청소기로 알아서 기어들어간다. 그뿐인가, 진공청소기의 소음은 고양이나 개 같은 동물들에게 상당히 거슬리는 소리이기에, 창밑에서 울어대는 동물들을 내쫓기에도 좋다. 심지어 아기를 달래는 효과도 있다. 태어난 지 얼마 안 된 아기가 울고 있다면, 진공청소기를 켜보자. 태아가 뱃속에서 듣는 소리가 진공청소기와 비슷해서 아기에게 안정감을 준다고 한다.

권장할 것은 못 되지만, 간혹 외로운 남성의 자위기구로 쓰이기도 한다. 청소기 호스 안에 성기를 집어넣고 가동하는 식인데, 한번 맛을 들이면 빠져나오지 못한다고 한다. 널리 알려져 있지 않은 사용법이지만 내가 이것을 알고 있는 것은, 가벼운 법의학 교양서 따위에서 읽었기 때문이다. 생각보다 많은 수의 젊고 어린 남성들이 청소기와 격렬한 사랑을 나누다가 세상을 떠나는 모양이다. 그리고 사후에 가족 혹은 경찰이 처음 맞닥뜨리는 모습은, 바지를 벗은 채 마치 코끼리에게 그것을 잡힌 것 같은 꼴로 누운 시체다. 사람을 죽인 코끼리는 사형을 당하겠지만, 청소기의 경우에는 어떨까. 역시 중고물품 매매 사이트려나. 만약 당신이 중고 거래로 코끼리를, 아니 진공청소기를 산다면 호스 안을 꼼꼼하게 들여다보길 바란다. 뭐가 들어가 있을지 모르니 말이다.

자, 이렇게 수많은 활용법이 알려졌지만, 나는 지금 청소기의 새로운 활용법을 개척해보려고 한다. 그 활용법이란, 바로 자살이다. 아, 천박하게 입에 진공청소기를 물고 죽는 그런 장면을 상상하지 않기를 바란다. 내가 이 방법을 선택한 데에는, 시신을 아름답게 보존하겠다는 목적도 있으니까.

스스로 말하기도 좀 뭐하지만 나는 매우 아름답다. 살결은 하얗고, 머리카락은 찰랑이며, 두 눈은 보석보다 맑다. 나는 이 아름다운 몸뚱이에 긍지를 가지고 있다. 그러니 죽은 후에도 사람들에게 아름다운 모습으로 보이길 원한다. 목을 매달고 실금한 모습도, 하루 지나 발견되어 팅팅 부은 부패한 모습도 원치 않는다.

나는 지금 커다란 비닐 압축팩 속에 들어가 진공청소기의 호스를 부여잡고 있다. 나는 스스로를 진공포장하고, 그 상태로 질식사할 것이다. 진공청소기를 너무 세지 않게 틀어놓고, 아직 내부에 여유가 있을 때 비닐 안쪽에서 호스와 비닐을 줄로 칭칭 감아 봉한다. 괜찮다. 연습은 이미 수없이 해보았다. 지금 이 방 안, 내 옆에서 굴러다니는 진공포장된 마네킹들이 그 증거다. 실패는 아름답지 않다. 실패의 결과도 아름다울 리 없다.

슬슬 비닐이 조여 온다. 호흡이 힘들어진다. 평범한 질식사라면 보통 이 단계에서 과탄산증으로 얼굴이 푸르게 질릴 수도 있겠지만, 이 방법은 아예 공기 자체를 없애는 것이니 아마 문제가 되지 않을 것이다.

설사 약간 질린다 해도 괜찮다. 오늘은 인생에서 가장 멋진 메이크업을 했으니까. 오늘은 인생 최고로 외모에 공을 들였다. 샤워를 하고, 미용실에도 다녀왔다. 가장 멋진 맞춤옷을 입었다.

심장박동이 느려지는 것이 느껴진다. 이렇게 정신이 멀쩡할수가. 보통은 이 단계에서 대변이나 소변을 지릴 수도 있겠지만, 나는 괜찮다. 진공상태의 압축팩이 나를 압박하고 있으니.

기대된다. 진공팩 속에서 며칠이 지나도 부패하지 않고 아름답게 죽은 내 모습을 사람들이 처음 보았을 때, 어떤 감정을 느낄지. 자신이 시체에게 반했다는 사실을 어떻게 받아들일지. 아아, 입 주변도, 얼굴도 조여들기 시작한다. 그래, 나는 보존되는 중이다. 이 아름다운 몸이, 찰랑이는 머리칼이, 멋진 몸….

이상하다. 정수리 부근에 이상한 감각이 느껴진다. 뭔가가, 뭔가가 잡아당기고 있다. 이미 몸은 꼼짝달싹하지 못하고, 눈도 슬슬 감겨 가는데, 이상한 감각이, 뭔가가 잡아당기는 감각이, 이제 거의 느끼지 못하게 되었을 통증이 찾아온다.

꾸욱 닫히는 눈꺼풀 사이로 내가 마지막으로 본 것은 내 옆에 진공포장 상태로 누워 있는 마네킹의 맨들맨들한 머리였다. 청소기에 빨려 들어간 머리카락들이 두피를 잡아당기는 것이 느껴진다. 조용히, 흐린 의식 사이로, 청소기에 성기를 넣은 채로 죽은 남자들의 이미지가 떠오른다. 아아, 머리카락이 달린 마네킹으로 실험했어야 했는데….

그 집의 크리스마스트리는 핼러윈 한정

1.

자, 2시의 라디오, DJ 김태관과 함께하고 계십니다. 시청자 사연을 읽어드릴 시간이죠? 오늘 사연 보내주신 분은 23.11님 입니다. 특이하게 펜네임이 숫자네요? 2023년 11월이란 뜻인 가요? 그럼 읽어드리겠습니다.

안녕하세요 저는 여섯 살 아이를 키우는 초보 맘입 니다. (에이, 여섯 살이면 이제 초보는 아니죠) 지난달 말에 일어난 일이에요. 아이가 유치원에 다니는데, 일주일에 한 번씩 그림 그리기 시간이 있거든요. (맞아요, 맞아. 그 런 거 있더라고요) 매번 똑같아요. 선생님이 주제를 내주 고 나면, 주제에 맞춰서 아이들이 자유롭게 그리는 시간이에요. 물론 주제 자체는 매번 다르죠. 그렇게 그림을 그리고 나면 아이가 집에 가져와서 항상 자랑하거든요. 그런데 얼마 전에는 크리스마스트리를 그려왔더라고요. 아직 10월인데, 주제가 크리스마스였나? 하고 의아해하면서 물어보니까, 웬 걸요, '집에 있는 것'이 주제였더라고요. 빵 터졌죠. 애가 집에 크리스마스트리가 있었으면 했구나 하고요. (아, 그럴 수 있죠. 어린애들은.) 그런데 잘 보니까 그림이 좀 이상했어요. 우리 애가 은근히 그림을 잘 그리거든요. 라디오 사연이라 보여드릴 수 없는 게 아쉬운데. (아 사연 보내실 때 그림 사진도 같이 보내주셨어요. 진짜 잘 그렸네. 딱 보면 크리스마스트리구나 하고 알아볼 수 있어요. 사람 키보다 조금 더 높은 진한 녹색 트리에 전구가 달린 줄이 꽈배기처럼 둘둘 감겨 있는데, 색색의 전구 표현을 참 잘했네요. 아 보여드릴 수 없는 게 저도 아쉽네요.) 그런데 그림에 이상한 게 있더라고요. 처음엔 사과인가 했는데, 흰색에 검은 점이 박혀 있는 게 사과는 아닌 것 같았어요. 그래서 아이에게 물어봤죠. '이건 뭐니?' 하고요. 그런데 아이가 대답하기를, '눈'이라는 거예요. 눈이 쌓인 걸 말하는 건가 했는데 그게 아니라 사람 눈이래요. 살짝 소름이 돋았죠. 사람 눈이 크리스마스트리에 장식된 걸 그린 건가 하고. 잠깐 고민했어요. 우리 애가 정서적으로 문제가 있는 건가? 상담을 받아봐야 하나? (그러게요. 저도 걱정되네.) 그러다 며칠 후에 작정하고 물어봤어요. 거기에 왜 사람 눈을 그렸냐고. 에이, 진작 물어볼걸. 아이가 말하기를 사람 눈이 달린 게 아니라, 산타클로스가 숨어서 보고 있는 거라는 거예요. 착한 아이가 있나 나쁜 아이가 있나 하고. 애들 생각이라는 건 참, 단순한데도 깜짝깜짝 놀라게 할 때가 있다니까요. (정말 그래요. 네.)

2시의 라디오 시청자 게시판

[일반] 아까 그 사연 뭐였냐?

121.140 | 2023. 11. 18 15:02:34

왠지 은근 소름 돋던데

───────────────────────────

(118.36) 산타클로스가 트리에 숨어서 보고 있다는데 귀엽대 시발ㅋㅋㅋㅋ.

(39.7) 정서적으로 문제 있는 애 맞는 것 같은데.

(118.36) 11월 초인데 크리스마스트리 얘기하는 것도 웃김ㅋㅋ.

(211.234) 그걸 귀엽다고 맞장구치는 태관 짜응도 소름이다.

   └ (39.7) 그 사연을 뽑아준 게 더 엽기다.

ㄴ (211.234)　　사연 뽑는 건 PD 아님?

ㄴ (39.7)　　　　몰?루.

(23.11)　　　그보다 보낸 사람 이름이 내 아이피랑 똑같은 게 소름.

ㄴ (211.234)　　본인 아님?

ㄴ (23.11)　　　미친아 이거 미국 아이피다.

ㄴ (211.234)　　사연에 사는 곳이 한국이라고 써 있던 것도 아닌
데 뭔 상관?

2.

2시의 라디오, 김태관과 함께하고 계십니다. 오늘도 시청자
사연이 많이 들어와 있습니다. 오늘 소개해 드릴 사연은… 어
라, 이번에도 펜네임이 숫자네요. 20.14님이 보내주셨어요.
23.11님과는 어떤 관계일까요? 그럼 읽어드리겠습니다.

　지난번 방송에서 나온 사연을 듣고 나서 저도 비슷한
경험이 있어서 보내보기로 했어요. 그 산타클로스가 트
리에 숨어서 지켜본다는 이야기 말이에요. (아, 그런 사연
이 있었죠.) 실은 저도 지난달에 때 이른 크리스마스트리
를 봤거든요. (아니, 이거 유행인가요?) 제가 사는 곳은 빌

라촌인데, 부엌 쪽 창을 통해서 앞집 거실 통유리가 보여요. (빌라촌에 그런 구조가 꽤 많죠?) 물론 의식하고 일부러 엿보는 건 아닌데, 가끔 설거지하다가 앞집 거실이 보일 때가 있어요. (아이구, 그래도 보면 안 되죠) 사실 그 집엔 반투명한 커튼이 쳐져 있어서, 아주 거실 구석구석을 샅샅이 볼 수 있을 정도는 아니긴 해요. 그런데 핼러윈 날… 저녁이었는데, 크리스마스트리가 어렴풋이 보이더라고요. 앞집에. 초록색 나무에 전구가 달린 줄을 휘감은.

지난번 사연의 크리스마스트리와 똑같죠? 뭐 크리스마스트리가 다 그렇게 생겼긴 하지만요. 10월에 크리스마스트리라니 그래도 별나다… 싶어서 유심히 봤는데, 그렇게까지 가까운 건 아니고 커튼 너머로 언뜻언뜻 본 거라서 확실하진 않지만 바람에 흔들리는 것처럼 느껴졌어요. 정작 밖에는 바람 한 점 없는데. 그런데 다음 날 아침에, 설거지하다가 생각나서 문득 넘어다봤더니 그 트리가 없는 거예요. 하룻밤 사이에 감쪽같이 사라진 거죠. 그런 일이 있을 수 있을까요?

2시의 라디오 시청자 게시판

[일반] 뭐야 개편하더니 호러 라디오로 가기로 한 거임?

118.36 | 2023. 11. 19 15:02:34

산타가 숨어서 보는 크리스마스트리가 튀어나오질 않나, 저녁에 나타났다가 아침에 사라지는 트리는 또 뭐야?

(39.7)　　　같은 사람이 주작 사연 계속 올리는 거 아냐? 20.14도 미국 아이피냐?

　└ (23.11)　　　미국 아이피 맞음.

　└ (211.234)　　　본인 등판.

(211.234)　　근데 오늘따라 태관 짜응 말이 별로 없네.

　└ (118.36)　　　그러게. 평소에는 중간에 추임새 자꾸 넣어서 사실 좀 짜증 났었는데. 오늘처럼 하는 게 나음.

　└ (39.7)　　　중간부터 말이 좀 없어지긴 하더라.

(211.37)　　기사 뜬 거 봤냐? 호러는 시발 이게 호러다.

　└ (118.36)　　　태관 짜응 와이프 죽은 거? 보름도 넘게 지난 떡밥을 들고 오고 지랄이냐.

　└ (211.37)　　　그거 말고 시발아. 기사 새로 떴다고.

　└ (39.7)　　　헐 진짜네.

251

[단독] 인기 라디오 DJ 김태관, 라디오 프로그램 PD의 아내와 불륜 정황?

2023. 11. 19 전국일보

최근 부인의 사망 소식으로 많은 팬을 가슴 아프게 했던 인기 DJ 김태관이, 부인 생전에 불륜을 저지르고 있었을 가능성이 드러났다. 아래의 사진은 본지 기자가 최근 김태관의 자택 인근 주민에게서 입수한 것으로, 약 석 달 전에 찍힌 사진으로 보인다.

이 사진에는 김태관이 한 여성의 손을 잡고 자택에서 나오는 장면이 찍혀 있는데, 본지의 후속 취재 결과 이 여성이 김태관이 진행하는 프로그램 PD의 아내로 밝혀져 더욱 충격을 주고 있다. 한편, 김태관의 부인은 지난 10월 31일 자택에서 사망한 것으로 알려졌으며, 혼자서 전기공사를 하다가 감전된 것이 사인으로 밝혀졌다.

2시의 라디오 시청자 게시판

[일반] 각이 딱 나오네.
118.36 | 2023. 11. 19 15:15:27

김태관 부인은 자살한 거다. 남편이 바람피우는 걸 알고 전깃줄을 잡고 지지직!

(211.37)   와 맞네 그거네.

└ (39.7)   미친 누가 전깃줄 잡고 자살을 하냐?

(23.11)   김태관 아니면 그 PD 부인이 죽인 거 아냐? 부인 없는 사이에 헉헉퍽퍽하다가 갑자기 부인이 들어와서 걸리는 바람에 우발적으로 지지직!

└ (39.7)   이게 맞지.

└ (210.38)   그러면 PD가 자꾸 이상한 사연 뽑는 것도 그거랑 관련 있는 건가? 크리스마스트리? 산타?

└ (118.36)   그거다 그거. 사실은 PD가 사연을 쓴 거지.

└ (39.7)   미국 아이피는 뭔데 그러면?

└ (118.36)   미국 아이피가 아니고 그거 아닐까? 23년 11월 20일 14시. 이때 뭔가 일어난다는 거 아냐?

└ (211.37)   11월 20일이면 내일이잖아? 내일 뭔가 일어나나? 뭐지? 이벤트인가?

└ (39.7)   복수 아닐까? 살해 예고일지도 모르지?

└ (118.36)   PD가? 누구를?

└ (39.7)   태관 짜응이겠지 뭐.

└ (118.36)   왜? 아! PD도 사실은 김태관 부인이랑 헉헉퍽퍽하는 관계였구나!

└ (39.7)   야설 쓰고 있네. 그게 아니라, 김태관이 자기 부인이랑 불륜을 저질렀잖아. 그거에 대한 복수로.

└ (218.234)   또또 지랄들 났네. 이 새끼들은 맨날 탐정 놀이로 생사람 못 잡아서 안달이 났지.

└ (39.7)   이 새낀 왜 혼자 불타.

3.

2시의 라디오, DJ 김태관과 함께하고 계십니다. 오늘도 시청자 사연을 읽어드릴 시간입니다. 오늘 사연 보내주신 분은… 7.15님입니다. 그럼 읽겠습니다.

안녕하세요, 저는 유치원 선생님이랍니다. 다니던 유치원을 옮기게 되어서 작년쯤 이사를 갔어요. 이사 간 동네에서. (…)

…뜨개 모임을 나가기 시작했는데, 거기서 친해진 언니가 있었어요. (크흠, 흠!) 저는 초보지만 그 사람은 정말 수준이 높았어요. 옷도 자기가 뜨개질한 옷을 입고 다녔어요. (…) 친해지고 나서는 집에도 가끔 놀러 갔어요. (…크흠, 죄송합니다. 목이 건조해서… 물 한 잔만 마시고 할게요. 하아…) 한번은 언니가 강제로 절 끌고 밖으로 나가서는, 다신 오지 말라고. 그러더라고요. 한동안 그 언니는 뜨개

254

모임에도 나오지 않게 되었어요. 모임에서 사람들에게 나중에 들었는데, 우울증이 심하다는 소문이 있다더라고 요. (……) 언니는 뜨개 모임에 나오지 않게 되었어요.

찾아가 볼까 싶었지만, 만나줄 리가 없겠죠. (…) 그래서 남편에게 사정을 이야기하고… (허억 허억. 쾅! 벌컥, 야 이 개새끼야!)

2시의 라디오 시청자 게시판

[일반] 방금 그거 뭐야?
118.36 | 2023. 11. 20 14:15:27

지금 방송 안 나오는 거 맞지? 뭐가 어떻게 된 건지 아는 사람?

(211.37)   김태관이 빡쳐서 나간 거 같은데?

   └ (118.36)   그걸 누가 모르냐 왜 나갔냐고.

(23.11)   방금 속보 떴다. 'DJ 김태관 방송 중 스튜디오 뛰쳐나가 PD 폭행하다가 청원 경찰에게 연행'.

   └ (39.7)   뭐야 이건 또 어떻게 돌아가는 거야? PD가 김태관을 공격하는 게 아니라 김태관이 PD를 공격했다고?

   └ (210.38)   그보다 방금 사연은 대체 뭐였어? 뜨개질?

   └ (118.36)   7.15는 또 뭐냐 23년 11월 20일 14시 7분 15

초? 7분 15초에 나온 멘트랑 관련 있나?

└ (210.38)   그게 맞을 것 같은데 다시 듣기가 안되니 확인

을 할 수가 없네.

[일반] 23. 11. 20. 14. 7. 15 본인입니다.
61.73 | 2023. 11. 20 15:15:27

세 번의 사연 모두 제가 보냈습니다. 사연의 실제 주인공들
은 다 다른 사람들이지만요. 일이 이렇게 되어 저도 마음이
아픕니다만, 사정을 알고 나면 이해해 주시리라고 믿습니
다. 마지막 사연을 보낼 때까지만 해도 사람의 본성이란 것
을 믿고 싶었습니다. 일이 이렇게 되어 참 안타깝네요. 김태
관 씨는 마지막 사연을 제대로 읽지 않았습니다. 피하고 싶
은 부분을 의도적으로 끊어 읽었죠. 제가 보낸 사연의 원본
을 보시면, 그동안의 사정이 어떻게 된 것인지 이해하실 수
있을 겁니다. 아래는 마지막 사연의 원래 내용입니다.

저는 유치원 선생님이랍니다. 다니던 유치원을 옮기게 되어
서 작년쯤 이사를 갔어요. 이사 간 동네에서 뜨개 모임을 나
가기 시작했는데, 거기서 친해진 언니가 있었어요. 저는 초
보지만 그 사람은 정말 수준이 높았어요. 옷도 자기가 뜨개

질한 옷을 입고 다녔어요. 녹색 털실로 짠, 아랫단이 찰랑찰랑한 니트 원피스였죠.

성격도 밝고 자상하고, 얼굴도 참 예쁜 사람이었죠. 친해지고 나서는 집에도 가끔 놀러 갔어요. 알고 보니 남편이 유명한 라디오 DJ더라고요. 그런데 남편 쪽은 제가 그 집에 드나드는 게 못마땅했던 모양이에요. 눈에 훤히 보일 정도로 싫은 태도였죠. 한번은 언니가 집을 잠깐 비운 사이에 강제로 절 끌고 밖으로 나가서는, 다신 오지 말라고 그러더라고요. 그러고 나서 한동안 그 언니는 뜨개 모임에도 안 나오게 되었어요. 모임에서 사람들에게 나중에 들었는데, 그 집 남편이 좀 엄하다고만 하더라고요. 우리 남편도 마침 라디오 방송국에서 일해서, 혹시나 하고 그 DJ에 대해 아는지 물어봤죠. 잘 안다데요. 남편 얘기로는, 의처증이 심하다는 소문이 있다더라고요.

제가 이사를 오기 전에도 몇 번 정도, 그 언니가 뜨개 모임을 한참 안 나온 적이 있었나 봐요. 모임의 누군가가 우연히 그 집 근처를 지나가다 언니를 마주쳤대요. 긴 옷으로 숨기고는 있었지만 온몸에 멍 자국 같은 게 있었다고 하더군요. 마치 채찍으로 맞은 것처럼. 아마도 남편이 손찌검을 했던 거겠죠. 그 이야기를 듣고 나니 많이 걱정되었어요.

언니가 다시 나오지 못하게 된 건 남편의 의처증 때문일까요? 저와 언니의 관계를 그런 관계라고 생각했던 것일까요, 그 남자는.

한참 시간이 지나고 나서, 언니는 다시 뜨개 모임에 나오게 되었어요. 저는 언니가 뜨개질하는 걸 보다가, 손목 안쪽에 까맣게 딱지가 굳어 있는 걸 발견했죠. 언니는 민망한 듯 웃으며 부엌일을 하다가 데였다고만 이야기했어요. 하지만 제게는 그 그 자국이 그런 자연스러운 사고에 의한 상처처럼은 보이지 않았어요. 오히려 낙인, 어쩌면 봉인… 화상에 포박당한 것처럼 보였달까요. 그러다가 어느 날 또다시, 언니는 뜨개 모임에 나오지 않게 되었죠. 그렇게 나오다 말다를 반복하다가, 결국은 계속 나오지 않게 되었어요.

제가 다니는 유치원에는 목요일마다 그림 그리기 시간이 있어요. 아이들에게 주제를 주고, 주제에 맞는 그림을 그리게 하는 거죠. 10월 26일이었을 거예요. 그날 주제가 '집에 있는 것'이었는데, 한 아이가 크리스마스트리를 그렸더라고요. 좀 이상하다고 생각했죠. 아직 10월인데. 아이에게 물어봤죠. 'ㅇㅇ이네 집에는 벌써 크리스마스트리를 들여놓았니?' 하고 그렇게 물어보니까, '우리 집이 아니에요'라고 하더군요. 다른 집의 베란다 너머로 크리스마스트리를 보았다는 거였어요. 그때는 이상하다하고 말았죠.

뜨개 모임은 매주 일요일이거든요. 10월 30일에 모임에 나갔는데, 모임 사람 중에 언니의 앞집에 사는 사람이 있었어요. 그런데 그런 이야기를 하더라고요. '설거지하다가 앞집을 보니, 크리스마스트리를 들여놨더라. 핼러윈 장식치고는 이상하네' 하고 우연이라기엔 좀 그렇잖아요? 그래서 물어보았죠. 혹시 그 트리가 언제부터 있었는지 아느냐고. 그랬더니, 아침엔 분명히 없었는데 저녁에 생겼다고 하더군요. ○○이가 트리 그림을 그린 건 26일이었으니까 날짜가 맞지 않아요. 그래서 그냥 우연히 다른 집에도 크리스마스트리를 놓았나 보다. 그렇게 생각하기로 했어요.

다음날이었어요. 언니가 죽었다는 소식을 들은 건. 집안의 전선을 혼자 갈다가 그만 감전사를 당했다고 하더군요. 몸에 긴 전선이 감긴 채 죽어 있었다고, 그 녹색 원피스를 입은 채로요. 그 이야기를 듣고 놀라고 슬프기도 했지만 언뜻 스쳐 지나간 생각이 하나 있었어요. 화상 자국과 감전, 크리스마스트리라는 이미지가 뒤죽박죽 섞이는 바람에 황당무계한 광경이 연상되었다고나 할까요. 그래요. 얼토당토않은 상상이지만 확인해보지 않고는 견딜 수 없었죠.

그래서 ○○이의 어머니에게 전화를 걸어, 지난번 그 그림을 사진 찍어서 보내줄 수 있겠냐고 물었죠. 그림 파일을 받아서 자세히 들여다보니, 트리의 위쪽에 눈… 안구 같은 것이 있었어요. 아이에게 물어보았죠. 이 눈은 뭔지. 아이는 산타클로스가 숨어서 보고 있는 거라고 말했어요. 다시 물었죠. 그럼 그걸 상상해서 그린 거냐고. 아이는 고개를 저었죠. 분명히 아이는, 그 눈을 보았다고 말했어요. 보았기 때문에, 산타클로스가 숨어 있다고 생각했을 뿐. 그래요. 10월 26일에 크리스마스트리가 있던 집과 10월 30일에 크리스마스가 있던 집이 다른 집일 리가 없죠. 크리스마스까지 한참 남은 10월에, 그것도 한 동네에서. 10월 30일 아침에 그 트리가 보이지 않았던 것은, 트리가 다른 곳으로 움직였기 때문… 살아있었기 때문이에요. 그런 생각이 들었어요.

살아있는 크리스마스트리… 만약 아랫단이 팔랑거리는 녹색 니트 원피스를 입은 사람이, 온몸에 피복이 여기저기 벗겨져 반짝거리는 전선을 휘감고… 어쩌면 전선에 묶여서… 서 있었다면, 그걸 멀리서, 또는 커튼 너머로 보았을 때 크리스마스트리라고 생각하게 되지 않을까. 언니의 팔에 있던 채찍같이 팔을 휘감은 화상을 떠올렸어요. 언니는 남편에게 수시로 전기고문을 당했던 것이 아닐까. 뜨개 모임에 나오지 않는 그 시기마다. 의처증이 심해진 남편이 바람 상대를 고백하라며 고문을… 그것이 심해져서 어느 날 결국….

상상은 확신에 가까워졌지만, 그래도 어디까지나 그것은 상상일 뿐이에요. 확인할 방법이라고는 아무것도 없었죠. 언니의 남편을 찾아가 추궁해 볼까도 싶었지만, 다짜고짜 찾아간다고 만나줄 리가 없겠죠. 설사 만나준다고 해도, 사실을 말해줄까 의심스럽고요. 고민하던 차에, 남편이 그 라디오 프로그램의 PD를 맡게 되었다는 걸 알게 되었어요. 그때 떠올랐어요. 라디오에 사연으로 이 이야기를 보내보자. 만약 내 상상이 사실이라면, 어떤 식으로든 반응하지 않을까. 그래서 남편에게 사정을 이야기하고 부탁했어요. 남편은 좀 걱정하긴 했지만, 그래도 제 심정을 이해해 주었죠. 그래서 사연을 보내기 시작했어요.

23.11이니 20.14니 하는 펜네임은 제가 정한 게 아니에요. 남편이 썼죠. 무슨 뜻이냐고 물어보긴 했지만, 정확히 대답해 주진 않았어요. 그건 일종의 기도… 혹은 주문 같은 거라고만 이야기해 주었을 뿐이죠. 그래도 제 계획을 방해할 생각은 아니라고 하기에, 그냥 그대로 믿었어요. 전 남편을 신뢰하거든요. 이유가 있어서 믿는 게 아니에요. '믿는 사람의 행복'. 그 행복이 무엇인지 알기에 믿을 뿐이죠. 당신은 어쩌면 그 행복을 알지 못하겠지만요.

사연을 보내는 건 오늘이 마지막이에요. 이 방송에서, 확실히 말해주시겠어요? 제 생각이 맞는지, 틀리는지. 당신이 결백한지, 아닌지. 부탁해요. 말하기만 한다면, 그것이 무엇이든 저는 믿을 준비가 됐어요.

(211.37)   진짜 싸이코패스였네 태관 짜응.

(23.11)   중간에 호흡 끊은 게 안 읽고 건너뛰느라 그랬던 거야?

(210.38)   근데 이게 주작이 아니라는 증거는?

   └ (118.36)   분탕 어서오고.

(39.7)   속보 떴다. 김태관 부인 살해 혐의로 조사 가능성 있음.

   └ (118.36)   그래서 23. 11. 20. 14. 7. 15는 뭐냐고?

   └ (23.11)   그거 찾은 거 같음. 알파벳 23번째, 11번째, 20
번째….

   └ (118.36)   w.t.k.n.g.o. 뭐야 이게? 약자?

   └ (23.11)   그거 한타로 쳐봐.

   └ (118.36)   아! '자수해'구나.

(39.7)   잠깐만 그러면 불륜 얘긴 어떻게 된 거야?

   └ (218.234)   이 새끼들 아직도 정신 못 차리네. 반성 안 하냐?

   └ (39.7)   이 새낀 또 왜 혼자 불타.

[바로잡습니다] 11월 19일 기사 관련

전국일보 2023. 11. 20

지난 19일에 본지가 보도한 '인기 DJ 김태관, 라디오 PD의 아내와 불륜 정황?' 기사는 사실관계가 불명확한 면이 있어 이를 바로잡습니다. 앞으로도 사실과 정론 보도를 위해 노력하겠습니다.

✈

종이 빨대는 좋아하세요?

"…종이 빨대군요."

남자는 내가 사 온 음료수를 물끄러미 바라보며 말했다.

"네, 이것뿐이라. 싫어하시나요?"

"…투명하지 않으니까요."

하긴, 그렇다. 투명한 컵에 반투명한 음료. 거기에 불투명한 빨대는 왠지 이질적이다. 나는 남자가 누워 있는 침대 옆에 음료를 놓아두고, 간병인용 의자를 끌고 와 앉았다. 면회 시간은 고작 40분. 그렇다고 취조 하듯이 할 수는 없다. 천천히 자연스럽게 이야기를 끌어내야 한다.

"제 딸은 가정통신문 맛이 난다고 하더군요. 요즘 아이들 표현은 참 재밌죠."

사실 내게 딸 같은 건 없다. 인터넷에서 보았던 적당한 표현을 떠올린 것뿐이다.

"…제 딸이라면 더 그럴싸한 표현을 했을 겁니다."

"따님이 표현력이 좋으신가 보군요."

"옛날부터 그랬죠. 아주 어릴 적부터."

남자는 스르르 눈을 감았다. 잠이 든다기 보다는, 뭔가를 생각해내려 애쓰는 것처럼 보였다. 눈가를 찌푸리고, 생각이 안나서인지 몸이 아파서인지 끙하는 소리를 내더니, 이윽고 한숨을 내뱉었다.

"예를 들어보려고 했는데 잘 안되네요. 아무튼 아기 때부터, 그 애의 표현력은 굉장했어요. 흉내 낼 수도 없을 만큼. 음식 맛을 비유하는 걸 들으면 그 맛이 느껴지는 것 같았고, 풍경을 이야기하면 그 풍경이 눈앞에 보이는 것 같았죠."

남자는 이야기를 계속했다.

딸의 표현력은 커가면서 점점 더 발전했다. 더 많은 단어를 알게 되고, 더 많은 지식이 쌓이면서 그 표현은 더욱 구체적으로 느껴졌다. 중학생 무렵이 되었을 때는 손짓으로 제스처까지 동반해 이야기하기 시작했다. 딸은 이야기하기를 좋아했다. 하굣길에 본 것, 소풍 가서 겪은 것, 점심에 먹은 음식 등. 무엇이든 이야깃거리가 되었고, 그 입에서 나오는 풍경은 그대로 남자의 눈앞에 펼쳐졌다. 하지만 딸이 모든 것을 표현할 수 있었던 것은 아니다. 이해할 수 없는 것이나 뭔지 모르는 것에 대해서는 당연하게도 표현하지 못했다. 딸은 표현하고 싶지만 표현할 수 없는 것이 있을 때마다, 못마땅한 표정으로 입을 꾹 닫고 있었다고 한다. 딸이 그런 표정을 짓고 있으면, 남자는 말을 시키지 않고 마음 풀릴 때까지 내버려 두었다.

올해 초, 아내가 죽었을 때도 딸은 침묵했다. 엄마를 잃은 충격 때문이려니 했다. 딸은 고등학생이 됐었다. 아내는 자기 차에 딸을 태우고 도로를 달리다가, 암벽을 들이받고 사망했다. 친정에 가던 길이었다. 원인은 일산화탄소였다. 배기가스가 차 안으로 역류해 들어오는 바람에 아내는 일산화탄소 중독 상태가 되었고, 일순간 혼절한 상태에서 암벽을 들이받았다. 아내가 죽은 후 얼마 되지 않아 장모님도 충격으로 드러누웠다. 병원에 있는 동안 지병이 악화됐고, 얼마 못 가 돌아가셨다.

장모님이 죽기 며칠 전, '마음의 준비'를 하라는 통보를 받고 남자는 딸과 함께 문병을 갔다. 장모님은 의식이 없는 상태였다. 딸은 장모님에게 손을 가져가다가 멈칫하고, 다시 가져가다가 멈칫하고, 손을 이리저리 흔들었다. 딸이 뭘 하는 건가 지켜보던 사이에, 남자의 눈앞에 뭔가가 떠오르기 시작했다. 벽. 투명한 벽이 있었다. 딸의 손은 그 투명한 벽을 뚫지 못하고 계속 멈췄던 것이다. 딸은 다시 못마땅한 표정이 되어 입을 다물었다.

병원에서 나오는 길에 1층의 카페에 들렀다. 남자는 아이스

아메리카노를, 딸은 아이스티를 시켰다. 음료가 나왔다. 하얀 종이 빨대를 꽂은. 딸은 음료를 마실 생각은 하지 않고 계속 뭔가를 생각하는 듯하더니.

"…빨대."

"응?"

"종이 빨대. 갈색이야."

"아니… 하얀색인데."

"아니, 이거 말고."

딸은 갑자기 말이 많아졌다. 어떤 갈색 빨대에 대해 다시 이리저리 손짓해가며 설명했다. 그것은 거대한 빨대였다. 끝이 어디인지 모를 하늘 저 위에서부터 내려와 땅에 꽂히는 갈색의 종이 빨대. 그것을 보았다고 말했다. 그것이 할머니를 덮었다고, 빨아들일 준비를 하고 있다고 말했다. 남자는 잠시 딸이 어딘가 아픈 게 아닌가 걱정했지만, 이어지는 말에 말문이 막혀버렸다.

"그때도, 빨대가 엄마를 빨아들였어."

딸은 그렇게 설명했다. 갈색의 종이 빨대가 하늘에서 갑자기 내려와 엄마를 덮어버렸고, 잠시 후 점점 까맣게 변하기 시작했다고. 차가 암벽을 들이받았을 땐 까맣게 변한 빨대가 먼지가 되어 사라졌고, 안에서 연기가 위로 피어오르는 것을 보았다고. 믿을 수 없는 이야기였지만, 딸은 그 믿을 수 없는 이야기마저 실감나게 표현해냈다. 머릿속에 빨대 같기도 하고, 연기를 뿜는 화장터 검은 굴뚝같기도 한 이미지가 피어났다.

"저기도 있어. 빨대."

딸이 가리키는 곳은, 휠체어에 탄 채 햇볕을 쬐고 있는 한 노인이었다. 노인은 호흡기에 링거를 달고 있었고, 간병인도 붙어 있었다. 딸은 그 노인이 보이지 않는다고 말했다. 그저 불투명한 종이 빨대가 보일 뿐이라고. 남자는 그날은 더 이상 빨대에 대해 묻지 않았다.

그 후로도 딸은 가끔씩 그 종이 빨대를 이야기하곤 했다. 거리를 지나가는 생판 남들을 가리키며 '빨대'라고 말하곤 했다. 남자에게도 빨대가 보이냐고 물었다. 보이지 않는다고 말하면, 딸은 짜증을 내고 입을 다물어버렸다. 하지만 그 후로도, 종종 빨대가 보이면 이야기를 했다. 아주 구체적이고 세밀하게 묘사했다. 최선을 다해서. 그러는 사이, 남자는 조금씩 빨대가 보이는 것처럼 느끼기 시작했다. 그리고 마침내 그 일이 일어났다.

그날 학교를 마치고 돌아온 딸은 문 앞에서 더 이상 들어오지 않고 가만히 서서 하늘을 올려다보고 있었다. 남자는 딸에게 들어오지 않고 뭐하냐고 물었지만, 딸은 대답하지 않았다. 아무 말도 없었다. 그리고 가만히 선 채, 손을 앞으로 내밀었다. 다시 뒤로 돌아서, 손을 앞으로 내밀었다. 다시 옆으로, 조금씩 돌면서… 그러는 사이에 남자의 눈앞에 거대한 빨대가 보이기 시작했다. 황급히 달려가 딸을 빼내려 했지만, 남자의 손은 빨대를 뚫고 들어갈 수 없었다. 소리치고, 빨대를 두드리는 사이, 빨대가 조금씩 검게 변해가기 시작했다. 칼을 들고 와 종이를 찢어보려 해도, 물을 부어도 소용없었다. 남자는 그래서.

"불을 붙이셨군요."

"예, 종이는, 타니까요. 마침 문 근처에 휘발유 통이 있길래…."

남자는 화상을 입은 눈꺼풀을 힘겹게 열었다 닫았다 하며 대답했다. 거대한 종이 빨대, 하늘에서 내려와 생명을 빨아들이는 빨대. 그런 말을 순순히 믿을 수는 없다. 하지만 남자는 실제로 집에 불을 질렀고, 그 결과 전신화상을 입고 겨우 살아남았다.

"왜, 탈출하지 않으셨죠?"

"문이… 막혀 있어서."

잠시 의아했지만 이내 의미를 깨달았다. 거대한 종이 빨대가 문을 막고 있었다. 그래서 그 빨대가 사라지기 전에는 나올 수 없었다….

"실례지만 돌아가신 부인과는 이혼 조정 중이셨던 것 같더군요."

남자는 불편한 표정을 지으며 대답 대신 입을 다물었다.

"혹시, 양육권은 누구에게 갈 예정이었습니까?"

남자는 눈꺼풀을 닫았다. 이것은 거부의 제스처다. 알 것 같았다. 양육권은 아내에게, 그래서 그날 아내는 딸을 데리고 친정으로 가려했던 것이다. 만약 그날.

"혹시, 혹시나 말입니다. 그날 아내 분 차에 뭔가….."

남자가 눈을 부릅뜨고 나를 노려본다.

"아, 이거 실례했습니다."

남자가 병실 출구 쪽으로 힐끗 곁눈질을 한다. 축객령이다. 나는 시계를 올려다보았다. 어느새 시간이 이렇게 되었나. 꾸벅 목례를 하고 일어난다. 병실을 나서며 간호사에게 인사한다. 복도를 걸으며 생각한다. 딸 쪽은 이미 만나보았다. 화재가 일어났을 때, 딸은 집 밖에 나가 있었기 때문에 아무 피해도 입지 않았다. 딸은 빨대 이야기는 한마디도 하지 않았다. 오히려, 요즘 아빠가 정신이 이상해졌다고 증언할 뿐이었다. 집에 불을 지른 것도 그 때문이라고. 딸의 증언이 훨씬 설득력이 있다. '정신이 이상해져 빨대 같은 환각을 보다가, 결국 집에 불을 질렀다.' 이쪽이 훨씬 말이 된다. 하지만 단 한 가지, 위화감이 있다. CCTV 기록으로는, 딸은 한 차례 현관문을 열고 들어갔다가 그 차림 그대로 나와서 밖으로 갔다. 그리고 그 직후 불이 났다. 왜일까.

만약에, 만약에… 남자의 말이 진실이라면.

사실 냉정하게 파고들어 보면, 남자가 이상한 말을 한 건 아니다. 이상하게 들릴 만한 말을 했을 뿐. 그 남자는 애초에 빨대를 직접 봤다고 말하지 않았다. 딸이 보았다고 말하는 걸 들었을 뿐이다. 물론 불을 지른 날에는 빨대를 보고 만지기까지 했다고 말했지만, 그것도 계속 딸에게 거듭 암시를 받은 결과 생긴 일종의 최면상태라고 하면 말이 된다. 만약 남자의 말이 진실이라면, 그러면 왜….

엘리베이터를 탔다. 안에는 먼저 탄 손님이 있었다. 아기를 안고 있는 여자.

"…양육권."

나도 모르게 중얼거렸다. 남자는 이혼 조정 중이었고 양육권을 뺏길 상황이었다. 그걸 받아들이지 못했다면, 그래서… 남자가 아내의 차에 뭔가를 했다면. 예를 들어 배기가스가 역류하도록 뭔가 조치를, 혹은 일산화탄소를 뿜어낼 뭔가를 아예 차 에어컨 따위에 직접 장치했다면. 그걸 딸이 알았다면. 그래서 긴 시간에 걸쳐 남자에게 암시를 걸고, 마침내 문 앞에서 빨대를 실체화해 놓고 남자가 자기를 못 보는 사이에 나가버렸다면. 그 후에 남자가 불을… 어?

'마침 문 근처에 휘발유 통이 있길래….'

'있길래'라고? 마치 예상치 못한 곳에서 발견한 듯한 말투다. 자기 집인데도, 휘발유 통 같은 위험한 물건인데도. 그렇다면 그 휘발유 통을 거기에 둔 사람은….

엘리베이터가 열린다. 1층에서 내리니 카페가 보인다. 머리가 어질어질하다. 종이 빨대를 하나 뽑아 들고 주문대 앞에 선다. 딸의 증언이 진실로 받아들여지면, 아마 아버지의 양육권은 박탈될 가능성이 높을 것이다. 그리고 나의 머리는 아버지의 말이 진실일 거라고 믿고 있다. 불투명한 상황, 불투명한 머릿속, 불투명한 판단… 나는 무엇을 선택해야 하는가. 주문을 하지 않고 머뭇거리자 뒷사람이 성화를 부린다. 얼른 생각나는 대로 대충 주문을 하고는 자리에 가 앉았다.

잠시 후 음료를 든 점원이 테이블로 다가와 쟁반을 올려놓고 사라졌다. 차가운 아이스티. 나는 거기에 종이 빨대를 꽂았다.

백묵을 쥐는 손

어휴 교실에 이게 무슨 냄새야. 자, 자, 다들 앉아서 수업 준비해. 뭐? 첫사랑 얘기해달라고? 너흰 맨날 그 타령이냐? 됐고 앉아. 오늘 수업은… 나 참, 알았다 알았어. 니들은 언제쯤 돼야… 알았으니까 조용히들 해 봐. 얘기 끝나면 제대로 집중하기다?

음… 그래, 선생님의 첫사랑은 중학교 때 담임선생님이었어. 너희들하고 똑같이. 뭐? 아니라고? 아니긴 무슨. 선생님도 다 눈치가 있어요. 내가 그때 공부를 잘했거든. 그래서 지금 선생님이 되어서 너희를 가르치고 있잖니? 하여간 공부는 잘했지만, 특별히 학교에서 친구를 사귀거나 누군가에게 관심을 가지거나 하는 일은 없었어. 사실 대상이 사람이 아니더라도 마찬가지긴 해. 딱히 뭔가에 관심을 크게 가지는 법이 없었지. 취미라고 할만한 것도 없었고. 무슨 일이 일어나도 그냥 아 그렇구나, 하고 넘어가는 성격이었어. 사실 지금 떠올려보면 그건 성격이라기보단 아직 내가 관심 가질만한 무언가를 만나지 못했던 것뿐이었지만.

생각해 봐. 아무것에도 관심을 가지지 못하던 사람이 말이야, 어느 순간 자기 마음을 확 잡아끄는 대상을 만났을 때를. 그 감정이 굉장히 신비롭게 느껴지지 않겠어? 내게는 그 선생님이 그런 대상이었지.

그 선생님을 만난 건 중학교 3학년에 올라가서였어. 응? 미인이었냐고? 미인이었지. 사실 얼굴이 정확하게 기억나지는 않아. 하지만 미인이었을 거야. 아니, 헉 예쁘다! 같은 느낌의 미인이라기보다는 뭐랄까 은은하게, 거리에서 흔히 볼 수 있을 법한 미인. 잘 모르겠다고? 그러니까, 있을 법한 미인이라서 자연스럽게 받아들여지는데, 생각해보면 미인이라는 느낌의… 됐다 됐어. 하여간. 성격도 얼굴과 비슷했어. 은은한 카리스마랄까, 세상엔 그런 사람들이 있거든. 말수도 적고, 목소리가 큰 것도 아니고, 가끔가다 나긋나긋 조용하게 말을 거는데 왠지 그 말을 거역할 수 없는 느낌의. 그런 사람들이 자연스럽게 무리의 대장이 되고는 하지.

생각해보면 정말 은근하게 범상치 않은 사람이었어. 외양이나 옷차림도 그래. 긴 머리에 자연스럽게 웨이브가 졌는데 그게 드라이를 한 게 아니라서 여기저기 머리칼이 삐죽삐죽하게 튀어나온 느낌이었거든? 수업 중에 가끔 무의식적으로 머리를 쓸어 넘기는데, 그게 지나치게 난폭하지도 않고 그렇다고 소심하지도 않은 굉장히 자연스러운 동작이었어. 칠판을 지우개로 슥슥, 지우는 것처럼 말이야. 이 느낌 알려나? 특별히 화장을 하거나 몸단장을 열심히 하지 않지만, 깨끗한 이미지였어. 항상 같은 옷을 입었거든. 그래 잡스처럼 말이야. 빨간색과 검은색이 섞인 체크무늬 셔츠에 청바지였지. 그런데 그게 정말 잘 어울렸거든. 선생님도 알았을 거야. 우리도 그렇게 생각했어. 아무거나 막 주워 입은 게 아니라, 자신에게 저 차림이 잘 어울린다는 걸 잘 알고 있기에 그렇게 입는 거라고. 응? 아아 너희들 옷차림도 멋져 아주 잘 어울려. 그런데 너희들이 입은 것처럼 그런 패션모델 같은 느낌이 아니라 좀 더… 음, 설명하기 쉽지 않네.

남자중학교라는 데가 사실 정글이거든. 뭐? 여학교? 선생님은 여학교에 다녀본 적이 없어서 모르겠구나. 하여간 그래. 남자학교에서 여자가 교사 노릇을 한다는 게….

그런 녀석들 꼭 있거든. 손바닥 안에 감춰지는 거울 들고 다니는 녀석들. 여교사가 짧은 치마라도 입고 있으면, 치마 밑으로 거울을 슬쩍 들이민다거나. 꼭 그런 짓을 하지. 딱 이것 때문이라기보다는 전반적으로 골치 아파. 여교사 말은 잘 듣지도 않고. 뭐 그래봤자 교무실로 끌려가서 한 소리 들으면 울고불고하지만. 애도 아니고 어른도 아닌 상태. 딱 그럴 때니까. 중학교 3학년은. 뭐 그런데, 그 선생님에게는 아무도 그러지 않았어. 희한하지? 딱히 무섭거나 엄하게 굴지도 않았고, 그렇다고 애들이랑 아주 잘 어울려서 웃고 떠들고 친구처럼 지낸 것도 아니야. 그런데도 그 선생님에게 함부로 구는 녀석은 전혀 없었지. 그냥 관심이 없었던 거 아니냐고? 아까 뭐 들었냐. 예뻤다니까. 중학교 3학년 남자애들은 말이야, 낙엽이 구르는 것만 봐도 발기한다고. 진짜라니까? 생각해보면 그런 것 같아. 그 선생님은 음… 똑똑한 것 같았거든. 어른이 되어도 그렇지? 왠지 유식하고 공부 잘하는 사람을 보면 자연스럽게 수그러들잖아? 아니 아니, 발기 얘기가 아니라고. 니들은 머릿속에 뭐가 들었냐.

학교선생님이라고 해도 사실 학생이 스스로 선택한 스승도 아니고 말이야. 부모가 가라는 대로 학교에 갔더니 처음 보는 사람이 갑툭튀해서는 '내가 니들의 스승이다' 이러고 있었을 뿐이잖아? '아, 이 사람이 나의 스승이다' 하고 인정할 마음이 들 리가 없지. 그러니 스승답지 않은 부분들부터 먼저 눈에 띄지 않을까? 그중에서도 특히, 지성이겠지. 엄격하게 관찰되는 부분은. 그 선생님은 특별히 수업과 관련 없는 이야기를 하거나 이런저런 지식을 늘어놓거나 하진 않았지만, 왠지 알 수 있었어. 몸 주변을, 그 풍성한 머리칼부터 작은 발을 감싼 스니커즈에 이르기까지, 지성의 온기가 흐르고 있었다고 하면 믿을 수 있겠니? 그래, 그녀는 우리에게 말 그대로의 한 명뿐인 선생님이었어. 나는 그 선생님에게 반했단다. 뭐 전기가 흐르는 것처럼이라던가, 엄청난 충격을 받았다던가. 가슴이 꼭 죄어왔다던가 그런 표현들 많이 보긴 했지만, 그런 것과는 달랐어.

나는 자연스럽게 그 선생님에게 반한 거야. 뭐라고 해야 할까, 종이에 물이 스미듯이? 음… 예를 들어 손에 큰 상처가 나서 피가 날 때, 거즈를 가져다 대면 피가 확 번지는 게 눈에 보이지? 그런 거였어. 내 첫사랑은. 그건 살갗 밖으로 삐져나와 붉고 뜨겁게 번져가는 피 같은 거였단다.

물론 나뿐만이 아니었지, 선생님에게 반한 건. 그맘때는 툭하면 선생님에게 반하곤 하지 않니? 너희들처럼 말이야. 아니긴 뭘. 하여간 대부분, 어쩌면 다들 선생님에게 반해 있었단다. 하지만 장담하는데 누구도 나만큼은 아니었을 거야. 수업을 시작하고, 선생님의 왼손이 책을 펴들고, 오른손이 백묵을 집고, 탁, 탁, 타닥, 하는 소리를 내며 칠판에 글씨가 새겨지는 광경은 나를 몸서리치게 만들었어. 나는 그 모습을 사랑했단다. 선생님의 길고 부드러운 밀빛 검지 끝이 백묵의 등을 누르고, 흔들리지 않는 엄지손가락이 백묵을 받쳐 든 모습. 손가락 끝으로 정갈하게 잡은 백묵이 조금도 흔들리지 않고 칠판 위에서

춤추는 모습을.

그리고 무엇보다도, 아주 작은 구석, 그래, 아주 자세히 보지 않으면 알 수 없는 부분. 검지손가락과 엄지손가락 첫 번째 마디의 도톰한 부분에 마치 분처럼 얇게 묻은 백묵 가루. 그 아주 옅은 자국이 살짝살짝 드러날 때마다 나는 온몸이 달아올랐어. 그 하얀 부분이 힘을 줄 때마다 조금씩 눌리고, 다시 도톰하게 튕겨 나오는 장면은, 그래, 두개골에서 정전기가 올라서 아래로 타고 내려가 발끝까지 싸일 정도로, 에로틱했어. 그리고 그 손가락이 필기를 마치고 백묵을 가지런히 칠판 밑에 탁, 하고 내려놓는 순간에 나는 가슴 깊은 곳에서부터 밀려 나오는 한숨을 억눌러야 했지.

나는 학교가 좋았어. 학교에 가는 시간이 너무 좋았지. 하지만 그렇지 않은 시간은, 그 손가락과 하얀 가루를 볼 수 없는 시간에는 고통에 몸부림쳤지. 폐에서부터 밀려 나오는 듯한 갈증에 몸속이 불타오르는 것 같았어. 그러다 어느 날부터, 백묵을 훔치기 시작했지.

수업이 끝나고 나면 난 누구보다 먼저 나서서 칠판 앞으로 갔단다. 칠판을 지우는 건 원래 주번의 일이긴 했지만, 왜 자기 일을 빼앗아 가냐고 항의하는 주번 따윈 물론 없었지. 자연스럽게, 선생님의 수업이 끝난 후 칠판 지우기는 내 일이 되었어. 난 그렇게 매일매일 칠판지우개로 칠판을 깨끗이 지우고는, 그날 선생님이 사용했던 백묵을 집어 슬그머니 주머니에 챙겨 넣었단다. 그리고 집에 돌아가서는, 하염없이 백묵을 어루만지며 들여다보았단다. 선생님은 매일 새 백묵을 쓰게 되었고, 내게도 새 백묵이 쌓이게 되었지. 한동안은 그것으로 만족했어. 아니, 만족했다면 거짓말이지. 만족하려고 했어. 하지만 백묵을 통해 느껴졌던 선생님의 손가락은 점점 투명해지더니, 결국 안 보이게 되었지. 어느 날인가는 선생님처럼 검지 끝과 엄지 끝으로 백묵을 잡고 바라보다가, 엉엉 울어버렸어. 바보 같지? 하지만 첫사랑이라는 건 늘 그렇지 않니?

그러다 어떤 생각을 떠올린 거야. 선생님에게 여동생이 있었거든. 한 살 차이 나는. 동생이 인형을 모으고 있었어. 구체 관절 인형이라고 하지? 그, 손가락을 움직일 수 있는 거. 나는 어느 날 집이 비었을 때, 동생의 책상에서 인형 하나를 집어 왔단다.

그 작은 손가락을 움직여 벌리고, 거기에 백묵을 끼워 넣었어. 뭐, 완벽하진 않았지. 지금 생각해보면 무슨 백묵이 아니라 시가 같았다니까? 하지만 나는 그때 감동했어. 정말 인생에서 그렇게 감동한 적이 몇 번이나 될까 싶을 정도로 말이야. 그 후로 나는 인형을 모으기 시작했지. 좀 더 큰, 좀 더 큰 인형을 모으기 위해 아르바이트도 시작했어. 그래, 동생은 좀 어안이 벙벙했을 거야. 인형 같은 것에는 한 번도 관심이 없어 보이던 오빠의 방에 어느샌가 구체관절 인형이 가득 차 있었으니까. 손가락에 하얀 가루가 묻은 인형들이. 처음엔 좀 수상했나 보지? 오빠가 방 안에서 인형으로 무슨 변태적인 놀이라도 하는 게 아닐까 하고. 하지만 시간이 지나고 나니 그냥 그러려니 하게 되었나 봐. 반면에 나는 인형을 더 그럴듯하게 만드는 데 몰두했어. 검지손가락 끝과 엄지손가락 끝으로 백묵을 잡은 모습을 만들려고 인형의 손가락 끝에 접착제를 발라보기도 하고, 도톰한 살이 눌리는 모양을 만들려고 지점토니 실리콘 같은 걸 덧대어 보기도 했지. 선생님의 백묵 쥔 손 모양은 뇌에 확실히 새겨져 있었으니까. 손가락 모양을 더 비슷하게 만들기 위해 철사 같은 것으로 감아보기도 하고, 백묵이 흔들리지 않도록 손가락에 핀을 관통해 넣기도 했어. 그렇게 인형에 몰두할수록, 선생님의 손가락에 대한 열정은 더 커져갔지. 심지어 수업 시간에는 그 손가락의 도톰한 볼, 하얀 백묵 자국이 너무 눈부셔서… 결국엔 선생님의 얼굴이 보이지 않을 정도가 되었던 거야. 동경의 마음은 언어로 변하고 끝끝내 문장이 되었지.

아, 가지고 싶다. 그 손가락이, 그 손이.

조금 시 같지? 첫사랑이란 게 그런 거니까. 하지만 누구나 그렇듯, 첫사랑은 어이없게 끝나는 법이지. 운명이었을까, 그런 상황이 되었던 건. 여느 날과 마찬가지로 나는 수업이 끝나자마자 앞으로 뛰쳐나가 칠판을 닦았지. 선생님은 교탁 위의 물건들을 집어 들고 나갈 준비를 하고 있었어. 나는 칠판을 지우면서도 선생님의 손가락을 힐끗힐끗 훔쳐보고 있었어. 한눈을 팔았던 탓일까? 그만 실수로 백묵을 떨어트리고 말았지. 고작 백묵일 뿐인데. 그 하얗고 작은 것은 교탁 밑으로 스르르 굴러 들어갔지. 선생님은 고개를 기울여 아래쪽을 보더니, 내 어깨를 툭툭 쳤어. 그 길고 통통 튈 것 같은 손가락으로. 마치 기타 줄을 튕기듯, 피아노 건반을 건드리듯 가볍고 잔잔하게. 그러더니 선생님은 교탁을 두 손으로 잡아 한쪽으로 기울이고는, 내게 그 교탁을 잠깐 붙잡고 있으라고 했지. 내가 교탁을 잡고 버티기 시작하자 선생님이 그 앞에 쭈그리고 앉았어. 그러고는 백묵을 집기 위해 손을 교탁 밑으로 집어넣었단다. 밀빛의 아름다운 손이 교탁에 완전히 가려지는 순간, 그래. 그건 본능에 가까운 것이었지. 나는 교탁을 놓아버렸어.

쿵, 하는 소리와 비명이 동시에 울렸지. 무슨 일이 있었냐고? 그야 뭐 당연히 손목이 잘려 나갔다거나 하는 일은 없었어. 다음날 선생님은 손바닥부터 손목까지 붕대를 하고 나타났지. 손가락은 통통 부어 있었어. 그 파랗게 부은 손가락을 보면서, 나는 내 첫사랑이 끝났다는 걸 알았지.

자, 이제 됐지? 수업하자. 다들 백묵 들어. 에헤이, 그렇게 잡는 게 아니라니까. 검지손가락 끝으로 살짝 눌러서. 응? 이렇게. 자, 보자, 선생님이 해줄게. 자. 이렇게. 응, 응. 그래, 완벽해.

"주민들이 신고한 모양입니다. 냄새 때문에요."

B는 코를 감싸 쥔 채 코맹맹이 소리로 말했다. 나는 그의 말을 듣는 체 마는 체하며, 방 안을 둘러보았다. 방 안에는 여성형 마네킹이 가득했다. 나는 마네킹의 오른손을 들여다보았다. B가 따라붙어 설명을 늘어놓았다.

"마네킹의 손목을 잘라내고 실리콘으로 붙인 겁니다. 손가락은 접착제와 응고제로 형태를 고정했고요. 보시다시피… 대부분 부패했습니다…."

어느 것 하나 할 것 없이 백화점 따위에서 흔히 볼 수 있는 평범한 마네킹뿐이었지만, 마네킹의 오른손만은 모두 사람의 손이었다. 저마다 제각각 다른 날에 잘라낸 것 같았다. 어떤 것은 검게 썩어 있었고, 어떤 것은 아직 형태를 유지하고 있었다.

"용의자는 백화점 수선 코너 직원이었습니다. 주변 점원들 증언으로는, 이유 없이 여자 손님들의 손목 둘레를 재보고는 했다더군요."

"음…."

세상에는 별의별 인간이 있기 마련이다. 불특정 다수의 손을 잘라내어 마네킹에 붙이는 사람도 없으리란 법은 없다. 하지만 그렇다 해도 대체 이건.

"대체 이건 뭐야?"

나는 마네킹마다 손에 쥐고 있는 백묵을 가리키며 물었다. B

는 굉장히 자신 없는 목소리로 대답했다.

"글쎄요… 학교 놀이라도 했던 것 아닐까요?"

>–

물가에 선 아이

　그 소녀를 처음 만난 것은 여름날의 오후였다.

　언제나처럼 캠핑 의자에 앉아 냇가를 바라보고 있을 때, 소녀는 흙 묻은 아기 인형을 안고 내 옆을 후다닥 지나쳐 갔다. 냇가에 도착한 소녀는 조심스럽게 쭈그려 앉더니, 아기 인형을 물속에 넣었다. 찰랑거리는 물속의 아기 인형을 한참 내려다보던 아이는, '됐다'라고 말하면서 인형을 꺼내 위로 쳐들었다. 햇빛이 인형을 비추었다. 인형의 금발 머리에서 물이 뚝뚝 떨어져 소녀의 뺨에 맺혔다. 한참을 그러다가 뭐가 마음에 안 들었는지 소녀는 다시 물에 인형을 집어넣었다. 다시 꺼내고, 다시 물에 넣어 흔들고, 다시 꺼내 햇빛에 비춰보기를 반복했다. 실눈을 떠가며 인형의 상태를 관찰하는 모양이 꼭 무슨 도자기 장인을 흉내 내는 것 같기도 하고, 나이에 어울리지 않게 진지

한 표정이라 나도 모르게 웃음을 흘리고 말았다. 몇 차례 작업을 반복한 아이는 바지주머니에 반쯤 걸쳐둔 수건을 꺼내 인형을 조심스럽게 닦았다. 그러고 나서는, 구경하는 내 시선 따윈 아랑곳하지 않고 온 길로 되돌아갔다.

딱 저 또래였다. 내 아이도. 내 딸은 여섯 살이 되었다. 이 냇가에서 빠져 죽은 그 해에. 비가 오던 날이었다.

아이를 낳기 위해 수많은 노력을 했다. 아이를 키우기 위해 수많은 시간을 쏟았다. 하지만 아이를 잃는 것은 순간이었다. 그날, 잠깐 눈을 뗀 사이에 딸은 냇물에 빠져 죽었다. 그 후로 내 인생에서 의미 있는 시간은, 이 냇가에 앉아 달이 사라진 곳을 바라보는 오후의 한때뿐이었다. 의미가 있다고 해도 그것은 보람이나 기쁨의 시간이 아니라, 자책과 후회의 시간일 뿐이다. 아아, 다시 네가 돌아온다면. 결코 눈을 떼지 않을 텐데. 결코 방심하지 않을 텐데.

다음 날도, 그 소녀는 냇가에 나타났다. 마치 똑같은 하루가 반복된 것처럼, 소녀는 똑같은 행위를 반복했다. 인형을 씻고, 닦고, 돌아갔다. 그다음 날도, 그다음 날도. 똑같은 풍경이 반복될 뿐이었다. 어느 날 그 아이가 내 옆을 뛰어가다 넘어지기 전까지는.

소녀는 도도도도, 하고 뛰어가다가, 무슨 만화의 한 장면처럼 만세를 부르며 흙바닥에 철퍼덕 넘어졌다. 나는 깜짝 놀라서 벌떡 일어났다. 아이를 일으켜 내 의자에 앉히고 물수건으로 닦아주었다.

다행히 특별히 다친 곳은 없는 모양이었다. 정강이에 약간 멍이 들고 이마에 작은 혹이 생기긴 했지만. 머리카락에 흙이 묻긴 했지만. 나는 아이의 머리를 깨끗하게 닦아주고, 좀 떨어진 곳에 팽개쳐진 인형을 들고 왔다. 그 인형을 물수건으로 꼼꼼하게 닦아 아이에게 안겨주었다. 아이는 울지 않았다. 씩씩하구나.

"괜찮니? 아픈 덴 없고?"

아이는 내 눈을 빤히 바라보더니, 대답 대신 손을 들어 먼 곳을 가리켰다. 아이의 손이 가리키는 곳에는 최근에 들어선 신축빌라가 있었다. 우리 집에서 십오 분 거리쯤 될까. 아이는 작은 입을 열어 야무지게 말했다.

"4동 101호예요."

"응?"

"놀러오세요."

아이는 당돌하게 말하고는, 인형을 안고 다시 냇가로 뛰어갔다. 아아, 제 나름의 고맙다는 인사를 한 거였구나. 가슴 속에 따끈한 것이 퍼져나갔다. 그날 이후로, 냇가에 앉아 소녀를 지켜보는 시간은 온전한 즐거움의 시간이 되었다. 놓치고 싶지 않은 풍경, 영원히 계속되길 바라는 시간. 그리고 어느 날, 비가 내렸다.

그것은 비가 그친 직후의 일이었다. 물속에 인형을 놓고 지켜보던 아이는, 갑자기 벌떡 일어나 냇물 쪽으로 걸어 들어가기 시작했다. 깜짝 놀란 나는 얼른 뛰어가 아이를 붙잡았다. 울고 있었다. 그 눈물 가득한 눈이 바라보는 방향으로, 인형이 떠내려가고 있었다. 이 작은 아이가, 인형을 구하려고 한 것이다. 나는 아이를 한 팔에 안고 냇물 속으로 첨벙첨벙 걸어 들어가 인형을 꺼냈다. 아이는 인형을 꼭 끌어안고 엉엉 울었다. 울면서, 다행이다, 다행이다라고 수없이 반복했다. 그 모습을 멍하니 바라보다가 나도 그만 그 아이를 끌어안으며 펑펑 울고 말았다. 다행이다. 다행이다.

냇가에서 나와 아이를 캠핑 의자에 앉히고, 하나 더 준비해 두었던 캠핑 의자를 펼쳐 아이와 마주 보고 앉았다. 언젠가 이런 날이 오지 않을까. 마주 보고 앉는 날이 오지 않을까. 그런 생각을 하며 의자를 하나 더 샀더랬다. 아이는 말없이 수건으로 인형을 연신 닦고, 햇살에 비춰보기를 반복했다. 그리고 인형을 바라보고, 다시 나를 바라보았다. 그리고 뭔가 결심하듯 고개를 끄덕이더니.

"줄게요."

그렇게 말하며 인형을 내게 내밀었다.

나는 인형을 받아들어 안았다. 많은 대화를 해본 것은 아니지만 이해할 수 있었다. 감사의 인사, 이별의 인사. 인형을 남에게 준다는 건, 소꿉놀이로부터 졸업한다는 것. 아이는 일어나 자기 집을 향해 뛰어갔다. 어쩔 수 없다. 아무리 아긴다 한들, 아무리 소중하다 한들, 저 아이는 내 아이가 아니니까.

그날 밤은 잠이 오지 않았다. 눈을 감아도 소녀의 얼굴이, 표정과 목소리가 떠올랐다. 그리고 눈을 뜨면, 인형이 내 곁에 있었다. 이 인형은 그 아이 대신 줄곧 내 곁에 있게 될까. 씁쓸하고 비릿한 웃음이 입가를 간질인다. 인형이 있다 한들 나는 소꿉놀이를 할 수 없다. 나는 어른이니까. 어른은 어른을 흉내 내는 놀이를 할 수 없다. 어른에게는 인형이 아니라 진짜 아이가 필요하다. 그때, 퍼뜩 어떤 생각이 떠올랐다. 나는 자리에서 벌떡 일어나 창고로 갔다. 쓸 만한 것이 없을까 뒤진 끝에 쇠망치 하나를 찾았다. 나는 쇠망치를 들고 집을 나와 달리기 시작했다. 그 신축빌라를 향해서.

소녀의 집을 향해 달리면서, 미뤄두었던 자책과 후회가 쏟아져 들었다. 다시는 눈을 떼지 않겠다고? 다시는 잃지 않겠다고? 거짓말, 거짓말. 이렇게 미련할 수가. 아이는 정직하다. 그건 감사의 인사도, 무슨 비유도 아니었다. 그 아이는 계속 말하고 있었다. 놀러오라고. 구해달라고. 인형을 물에 집어넣고, 상태를 지켜보고, 다시 물에서 꺼냈다가 다시 집어넣고⋯ 그건 정말로 소꿉놀이였던 것이다. 그 아이는, 엄마 아빠를 흉내 냈던 것이다. 그리고 엄마 아빠의 놀이에는 인형이 아니라 진짜 아이가 필요했을 것이다. 인형이 떠내려갈 뻔했을 때 아이가 터뜨린 그 울음. 어쩌면 당장 내일이 될지도 모를, 자기에게 다가올 최악의 미래를 소녀는 보고 말았던 것이다. 그리고 소꿉놀이를 그만두기로 했다⋯ 아아, 늦지 않았기를, 이번엔 제발 늦지 않았기를⋯.

자살해서 죄송합니다

"저는 경찰입니다."

남자는 그렇게 운을 떼고는, 침착한 어조로 이야기를 시작했다. 그 어느 날 밤에 걸려온 신고 전화에 대해서.

전화를 건 것은 나이가 많이 든 여성이었다. 아마도 80대 정도의 나직하고 잔잔한, 예의 바른 목소리였다. 전화 속의 목소리는 조심스럽게 말을 꺼냈다.

"저… 신고를 하려고 하는데…."

남자는 의례적으로 대답했다.

"예, 말씀하세요."

"예… 저기… 참 죄송하지만… 제가… 자살을 하려고 합니다."

"…!"

"여기다 거는 게 맞나요? 죄송하지만 제가 잘 몰라서…."

남자는 말문이 막혔다. 자살을 고민하는 사람이라면 전화할 곳은 아마 자살상담전화 1393이거나, 자살을 시도했다가 마음이 바뀌어 구조를 원하는 경우라면 119에 걸 것이다. 하지만 여기로 전화가 걸려왔다는 것은 112에 신고를 했다는 뜻이다. 경찰에 자살예고전화를 거는 이유는 셀 수 없이 많다. 그중에서도 가장 압도적인 것은 장난전화. 하지만 역시 장난전화는 아니라는 생각이 들었다. 단정할 순 없지만, 그 목소리는 뭔가….

장난전화가 아니라면 유력한 경우는 이미 결심이 확고하지만 시체가 발견되지 않을까 두려워하는 경우다. 혼자 사는 독거노인. 어쩌면 그럴지도 모른다. 남자는 조심스럽게 물었다.

"어머님 혹시 지금 혼자 계신가요?"

"예… 집에 혼자 있습니다만…."

"위치를 말씀해주실 수 있을까요? 주소나…."

"아뇨… 어차피 전화번호로 정보조회 같은 거 하실 수 있잖습니까? 너무 빨리 오시면… 곤란해서…."

역시나, 그런 거였다. 전화를 끊지 않고 키보드를 두드린다. 신고자의 전화번호, 걸려온 시간. 자살예고. 장소 밝히기 거부함. 위치추적 필요. 긴급출동 필요하다는 소견. 그리고 대화를 계속 시도한다.

"어머님, 지금 어떤 상황인지 말씀해주실 수 있나요?"

"상황… 누워 있어요… 진정제를 먹어서… 몸이 잘 안 일으켜지네요…."

어눌한 말투. 진정제 과다복용인가?

약물 복용으로 자살을 시도하는 케이스가 없는 건 아니지만….

"진정제만 드셨나요? 다른 건 안 드셨습니까?"

"예… 아무것도…."

"지금 가만히 누워계신 거죠? 다른 건 아무것도 안 하고?"

"예… 그런데… 좀 피곤하네요…."

"어머님, 잠깐만요, 잠깐만요. 전화를 끊지 마시고…."

이야기를 계속 시켜야 한다. 위치추적도 위치추적이지만, 추가로 다른 위험한 짓을 하지 못하도록 주의를 계속 이쪽으로 끌 필요가 있다.

"어머님, 왜 자살하시려는 겁니까? 이유가 궁금하네요. 말씀해주실 수 있나요?"

'자살은 안 된다' 같은 하나마나한 말이나, 자살하려는 사람의 판단력을 무시하는 듯한 말을 하는 건 의미가 없다. 어설픈 위로도 의미가 없다. 차라리 이럴 땐, 당신의 말을 들어보고 싶습니다… 같은 태도가 낫다. 어차피 최종적으로 자살을 막는 건 현장에 출동한 사람들이 해결할 문제다.

"그게… 글쎄요… 이성적으로는 아무래도 자살하는 것이 맞는 것 같아서…."

있다. 생각보다 이런 사람들이 많다. 살아있을 때의 장단점과 지금 자살할 때의 장단점을 냉정하게 비교하고, 그 결과 자살을 선택한 사람들이. 물론 그런 결론을 내렸다 해도 많은 경우에는 생존 본능의 방해를 받아 실행에 실패하지만, 가끔 나온다. 이런 사람들이. 그리고 이런 사람들이 자살을 선택하는 이유는 대개 현실적인 이유다.

"어머님, 혹시 어떤 이유 때문인지 여쭤봐도 될까요?"

"이유…가… 글쎄요… 우선은 전 혼자 살아요. 아주 작은, 화장실도 없는 방 한 칸에."

"따로 사는 가족은 없으시고요?"

"예… 그… 가족이 없습니다… 제가 낳을 수 없는 몸이었어서… 죄송합니다…."

아차, 입을 틀어막았다. 쓸데없는 말을 하고 말았다. 전화기 너머의 말은 계속되고 있었다.

"예… 저… 죄송합니다…."

죄송합니다. 죄송하다는 말을 너무 많이 한다. 위험신호다.

"어머님, 괜찮으니까 더 들려주실 수 있나요?"

"예… 그… 돈이 없어서 공과금을 못 낸지 좀 오래 되었는데… 전기랑 수도랑 가스… 돈을 못 냈고 낼 수도 없을 것 같은

데… 그래도 계속 썼네요. 죄송합니다. 조금이라도 냈어야 하는데… 딴 데 돈을 전혀 안 쓴 것도 아니고… 공과금은 계속 냈어야 하는데 나라에 참 죄송합니다….”

“얼마나 밀리셨는데요?”

“한… 200만 원 정도… 작년부터… 그전에는 어떻게든 냈는데… 제가 집에 TV가 없어서 오른 걸 모르고 있다가… 나라에 참 죄송합니다.”

또 죄송합니다. 깨달았다. 이 사람은 지금 정부에 전화를 걸고 있는 셈이다. 경찰이든, 도시가스공사든, 한전이든, 어쨌거나 정부라는 하나의 기관…이라고 생각하는 것이다.

“그, 어머님, 저기, 저도 경찰입니다. 나랏일 하는 사람인 건 아시죠?”

“예, 예, 그럼은요. 참 죄송하게 됐습니다.”

“어머님, 저흰 괜찮습니다. 진짜로 괜찮아요. 어머님이 돌아가시면 오히려 더 곤란합니다. 예? 솔직히 그거 안 내서도 돼요.”

“예에… 이상하네요… 어저께… 그… 양복 입은 사람들이 와서….”

남자는 직감적으로 깨달았다. 채권추심. 연체된 공과금을 걷는 방식은 사실 얼마나 기다려주느냐의 차이뿐이지 사금융과 별다르지 않다. 공과금을 연체하면 독촉장이 날아온다. 이

윗집 사람이 우편함에서 우연히 발견해도 내용을 쉽게 알아볼
수 있도록, 독촉장이라는 티를 팍팍 낸 우편물이다. 계속 안 내
면 더 잦은 빈도로 우편물이 온다. 그러다 어느 시점에는 채권
추심회사에 넘긴다.

"저, 저 그래서 자살을…."

"예… 고민을 좀 많이 했습니다… 다음에 또 다시 찾아오신
다고 해서서…."

"어머님, 제가 그 사람들 다시 찾아오지 않도록 하겠습니다.
그럼 괜찮으세요?"

"아뇨, 아뇨, 안 그러셔도… 그게… 제가 돈이 없어서…."

"돈이 없는 건 괜찮습니다. 그건 나라에서 어떻게…."

"그게… 나라에서 어떻게 하면… 안 될 것 같네요… 제가
뭘…."

"어머님, 어머님? 괜찮으세요?"

목소리가 확연히 느려졌다. 숨을 약간 힘들게 쉬는 것 같기
도 하다.

"계속 얘기해주셔야 해요. 아시겠죠?"

"예… 예… 그, 말씀을 드려야지요… 예…."

'말씀을 드려야지요.'라… '나랏일 하는 사람'에 대한 어떤 충
직함. 그 충직함이 그녀의 자살 결심에 한몫을 하기도 한 것 같
지만, 지금은 그것이 도움이 되고 있다. 그녀는 나랏일 하는 사

람이 대화를 요구하는 동안은 말을 멈추지 않을 것이다.

"예… 제가… 그냥 그런 생각이 들었습니다… 돈을 못 내면, 내야 할 돈이 쌓이고… 더 많이 돈을 못 내고… 그러면 그 돈만큼 폐를 끼치고 살아야 하는데, 내가 그래도 되나, 내가 그렇게 해서 살 가치가 있나… 그런 생각을…."

"살 가치가 있죠, 아무렴요."

살 가치가 있다고 설득하기 위해 한 말이 아니다. 그저 듣고 있음을 어필하기 위한 추임새일 뿐이다.

"예… 그렇게 말씀하시지만… 생각하면서 걸었습니다. 그… 동네에 다리가 하나 있는데… 강바람이 시원해서 산책하기 좋거든요. 강아지들도 많이 보이고…. 생각하면서 걷는데… 땅을 보며 걷다 보니, 전에는 몰랐는데 바닥에 뭐가 쓰여 있더군요. 그… 시 경찰서에서 붙인…."

자살 예방 문구… 요즘도 있는 곳이 있다.

"뭐라고 써 있었나요?"

"예, 그… '넌 혼자가 아니야'라고…."

가슴이 콱 막혔다. 그따위 문구는 어떤 멍청이가 쓰는 걸까. 뭘 안다고, 다른 사람에 대해 뭘 안다고. 죽고자 하는 마음에 대해 어떻게 안다고. 내가 혼자인지 아닌지를 왜 가르치려 드는가.

"어머님, 그…."

"그렇구나…라고 생각했죠. 그, 사람이 살아야 하는 이유는… 혼자가 아니기 때문이구나…."

"어머님, 저."

"예… 그런데 저… 이제 정말 힘이 없네요… 이제 말을 하기가…."

숨이 가쁘다는 것이 전화기 너머로 확실히 느껴진다. 이미 위치파악은 끝났다. 구급대와의 정보 공유도 끝났다. 출동한 요원들이 늦지 않아야 할 텐데. 남자는 생각했다. 이제 내가 할 수 있는 일은 없다. 그래도, 그래도.

"어머님, 어머님! 저 한마디만 꼭!"

"예… 예…."

"어머님은 혼자가 아닙니다."

"예…."

의미 없는 예. 하지만 남자는 진심이었다.

"제가 듣고 있습니다. 어머님의 이야기를요."

순간 잠시 정적이 흘렀다. 하아하아, 하는 가쁜 숨조차 멎었다. 남자가 겨우 숨을 내려놓을 수 있게 만들어준 것은, 잠시 후 조용히 흘러나온 한마디였다.

"그거… 고마운 말씀이네요…."

긴 통화에서 단 한 번 들은 귀한 말이었다. '죄송합니다.'가 아니라 '고맙습니다.'

"…그 후로 그분은 어떻게 되셨나요?"

남자는 내 질문에 잠시 고민하는 듯 말을 멈추었다가, 떨리는 목소리로 말을 이었다.

"돌아가셨습니다."

그랬구나 역시.

"현장에 도착했을 때는 이미 돌아가신 상태였다고 합니다. 진정제를 먹고 누워 있었다더군요. 가스밸브를 열어놓고요."

"그러면 가스 중독으로…."

울컥, 하는 소리가 들린 것 같다. 남자의 목소리가 울먹인다.

"아, 아니요…."

가슴속에서 뭔가가 터져버린 듯, 남자는 울고 있었다. 울면서도 말을 멈추지 못했다.

"가스는… 끊겼답니다. 그래서 나오지 않았대요. 사인은… 저산소로 인한 뇌손상이라더군요. 진정제 때문에 호흡이 쉽지 않은 상태에서, 계속 억지로 너무 많은 말을 하느라… 한 마디만 덜했어도 늦지 않았을 거라고, 그게…."

전화기 너머에서, 남자는 오열하고 있었다. 때로는 울게 내버려 두는 게 나을 때도 있다. 아니, 사실은 울지 못하게 할 방법도 없다. 한참을 울다가, 남자는 떨면서 다시 말했다.

"저는, 저는 어떻게 해야 하죠?"

곤란한 질문이다. 뭐라고 대답해야 할까. 나는 손에 쥔 볼펜을 무심코 굴렸다. 판촉용으로 만들었다가 남은 물건 중 하나다. 볼펜대에는 자살예방전화라는 문구가 박혀 있다. 이런 볼펜에 정말 의미가 있을까? 나는 머릿속에 떠오른 딴생각을 무심코 입으로 중얼거렸다. 결코 남자에게 말하려던 것은 아니었는데.

"글쎄요⋯."

돌림판 작가 허아른의 소설 분투기
주제는 랜덤 결과는 미스터리

1쇄 발행 2024년 6월 17일

지은이 허아른
펴낸이 배선아
IP개발팀 윤승일, 유민우, 조민기, 차종문
IP사업팀 문채린
디자인팀 최서은, 박예진
관리 에이투지엔터테인먼트 경영지원팀
펴낸곳 고즈넉이엔티

출판등록 2017년 3월 13일 제2022-000078호
주　　소 서울특별시 마포구 성지1길 35, 4층
대표전화 02-6269-8166 **팩스** 02-6166-9199
이 메 일 gozknockent@gozknock.com
홈페이지 www.gozknock.com
블 로 그 blog.naver.com/gozknock
페이스북 www.facebook.com/gozknock
인스타그램 www.instagram.com/gozknock

ⓒ 허아른, 2024
ISBN 979-11-6316-546-0 03810